La Légende d'Aslinya
Livre I
Le vœu d'une sœur

Juhan Hiu Stone

La Légende d'Aslinya
Livre I
Le vœu d'une sœur
Roman

LE LYS BLEU
ÉDITIONS

© Lys Bleu Éditions – Juhan Hiu Stone

ISBN : 979-10-377-6434-8

CARTE D'ASLINYA

Château de Pang Kat

Habitation typique de Hutan

École de Tahu

Entrée de Gadis Cantik

Tunnels de Gurun, royaume des Rubahs

Indah, refuge des dernières Elangs

Entrée de l'autel du Sanctuaire Perdu

Personnages

Peri Warna est une célèbre artiste qui vit à Dongeng, dans le royaume de Hutan.

Chipan « J. » n'a aucun souvenir de son passé. Il semble même découvrir des émotions pourtant rudimentaires.

La Reine Kerajaan est la souveraine aimée du Royaume de Pang Kat. Son mari est décédé d'une longue maladie. Depuis ce tragique évènement, Kerajaan est terrorisée à l'idée de perdre sa fille.

Loan, princesse de Pang Kat, souffre d'une maladie inconnue. Les spécialistes de Tahu lui ont diagnostiqué un don d'empathie

Matih est un orphelin, recueilli par la Reine Kerajaan. Il veille à toujours être présent lorsque Loan est en proie à sa maladie.

La Générale Xatria Mulia est réputée pour n'avoir jamais perdu un combat. Son seul nom suffit à calmer les enfants les plus turbulents.

Teman s'est associé à Chipan et est devenu le traiteur le plus populaire de Cahaya, un village du royaume de Pang Kat.

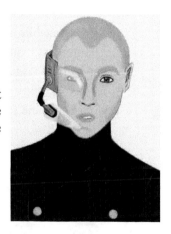

Pengurus est le gardien de la « Légende d'Aslinya ». Il est aussi un utilisateur habile de l'Ilmu.

Reka est un pilote et un technicien de talent. Certains pensent même qu'il pourrait rivaliser avec le génie du Docteur Sarjana.

Gen' s'est établie à Dongeng il y a de nombreuses années. Elle s'est occupée de l'éducation de Peri Warna, bien consciente du fardeau porté par la jeune femme.

De nombreuses rumeurs circulent au sujet de l'Ilmu que maîtrise Milicia, mais elle est aussi redoutée pour son intelligence hors du commun !

Bras droit de Milicia, peu de gens connaissent le nom de cet homme à l'armure si lourde et imposante. Mais sa force lui vaut la réputation d'être aussi dangereux que Xatria.

Vénus est considérée comme la plus belle femme d'Aslinya, depuis des temps immémoriaux.
Et pour cause ! Le temps semble n'avoir aucune emprise sur elle.

Tess fait partie de la garde rapprochée de Vénus. Elle est aussi l'une des combattantes les plus respectées de Gadis Cantik.

Mang est l'une des dernières représentantes des Elangs, peuple exterminé peu après la « Grande Guerre ».

Le Docteur Sarjana est réputé comme étant le plus grand scientifique d'Aslinya, notamment parce qu'il est le génie créateur des Pesawat ! Les rumeurs prétendent qu'il a cessé de vieillir à la suite d'un incident dans son laboratoire.

Hans veille sur le Domaine Isolé (royaume de Hutan) depuis de nombreuses années. Lors de l'une de ses rondes, il fit la connaissance de Isyss, une petite chienne blessée.

Isyss, la petite chienne adoptée par Hans.

Oti est l'un des seuls Rubahs à oser côtoyer les humains depuis l'abolition de l'anti Rhizome. Il est friand de toutes les dernières technologies.

Banni sur l'archipel Nusas, Rob fait partie des « sans nom ».

Hagan est le gardien du Sanctuaire Perdu. Il est le dernier rempart contre le réveil de Dewa.

Avant d'être victime de la maladie d'Akhir, Celah fut la cible de menaces d'un groupuscule aux objectifs obscures.

« Folklore »

Un Makhluk,
créature de Dewa

Serpent des marais

Pulpe des dunes

Pesawat, moyen de transport, sur Aslinya

 Knifgun, arme permettant de matérialiser l'Ilmu de son utilisateur

 Labah, petit robot à la technologie de pointe

Robot dans lequel Oti voyage, lorsqu'il est dans le désert

La Légende d'Aslinya

Le Néant est un concept d'absence absolue, ou de nullité absolue. Il est directement et indissociablement lié à la notion d'existence.

Le Néant savait qu'il existait un monde plein de vie avant qu'il ne soit libéré. Il errait seul, dans un immense espace vide, en essayant de trouver quelque chose, quelqu'un... En vain.

Las de poursuivre son but inatteignable, le Néant pleura. Quelques larmes finirent par couler de son entité.

De l'une d'entre elles naquit une créature, immunisée face aux terribles pouvoirs du Néant. Il lui demanda de créer un nouveau monde et de le sceller dans un coffret magique afin qu'il puisse observer ce monde sans que sa malédiction n'affecte qui ou quoi que ce soit.

La créature, baptisée Dewa, obéit. Peu à peu, l'espace fut rempli de galaxies, d'étoiles, de planètes. C'est au centre de ce nouvel univers qu'Aslinya vit le jour.

De cette planète émanait une source intarissable d'Ilmu : une puissance qui permettait aux planètes de tourner, aux océans de suivre les marées, au temps de s'écouler...

Le Néant, qui souhaitait un monde libre et indépendant, ne put intervenir lorsque Dewa décida de régner en maître absolu sur le monde qu'il avait créé.

Les peuples d'Aslinya décidèrent d'apprivoiser l'Ilmu, pour ainsi maîtriser de puissants sorts. Pour pallier son immortalité, les Aslinyens mirent au point une incantation qui emprisonna Dewa dans une tombe scellée par trois totems. Dewa, dont le destin était désormais semblable à celui du Néant, fit une promesse :

« Celui qui parviendra à me libérer verra son souhait le plus cher être exaucé. »

Prologue

Pang Kat, le royaume de la Reine Kerajaan. Le plus grand royaume d'Aslinya. Un immense château, une ville prospère, une armée puissante menée par la redoutable Xatria Mulia, réputée pour n'avoir jamais perdu un seul combat grâce à son Knifgun. Il s'agit d'un bracelet qui permet à son utilisateur d'emmagasiner l'Ilmu, naturellement présent dans l'air, et de le matérialiser par un canon d'énergie ou en armes telles que des sabres, des épées, des armes à projection d'énergie...

Régulièrement, la Reine Kerajaan Kat organisait des évènements festifs pour ravir son peuple. La souveraine, aimée de tous, avait à cœur de combler ses sujets. La souveraine en tirait également un certain bénéfice...

Celui de préserver sa fille de son don hors du commun. Car oui, la Princesse Loan possédait l'incroyable magie d'empathie. Celle-ci lui permettait de capter le mal-être des gens afin d'apaiser leur souffrance. Malheureusement pour Loan, l'énergie négative qu'elle drainait la rendait malade.

Ces évènements culturels et artistiques avaient toujours été efficaces pour faire parvenir à Loan des ondes positives. Cependant, depuis déjà quelques semaines, cela ne semblait plus suffisant...

Et la soirée à venir allait être des plus mémorables !

Effectivement, Peri Warna, une grande artiste peintre et sculptrice avait été conviée à Pang Kat afin d'exposer ses dernières œuvres. Son travail était reconnu de tous, chacun lui vouait un profond respect. Une main sûre, une technique irréprochable, l'émotion qui se dégageait de ses œuvres était palpable... Mais cette exposition ne serait pas l'unique sujet qui brûlerait les lèvres des habitants du royaume le lendemain...

Ce soir-là, des vies allaient changer. Des destins différents et éloignés allaient s'entremêler. Tout avait pourtant commencé de façon classique : Peri Warna avait minutieusement aménagé l'immense salle d'exposition, les gens commençaient à affluer et à combler les files d'attente pour s'assurer une place de choix, le personnel était en ébullition, soucieux d'offrir le meilleur des services lors du vernissage de cette invitée prestigieuse... Rien n'avait été laissé au hasard...

Rien... Car en coulisses, et dans un tout autre contexte, un évènement bien particulier était orchestré. Dans le plus grand des secrets, à l'abri des regards s'organisait le retour de Dewa !

I
« Ce soir sonne le crépuscule de votre vie ! »

Une semaine avant les festivités, Chipan J. avait reçu une lettre de la part du Royaume de Pang Kat. Vivant dans un petit village, Cahaya, à quelques lieues de la capitale, ce jeune cuisinier fut surpris de constater qu'on le chargeait de l'organisation du buffet de cette soirée d'exception.

Conscient de l'honneur qui lui était fait, Chipan comptait pourtant décliner l'invitation... qui n'en était pas une. La lettre était formelle, la participation du prodige de la gastronomie était obligatoire !

Grandement encouragé par Teman, son assistant, Chipan s'était mis au travail, non sans émettre quelques protestations !

— Qu'est-ce qu'ils me veulent ! Ils disposent de leurs cuisiniers de confiance... Pourquoi moi...

— C'est que ton talent est enfin reconnu par le Royaume ! rétorqua Teman. Imagine un peu ! Tous ces bourgeois pleins aux as qui feront la queue devant le restaurant pour goûter ta cuisine ! Ça sent bon pour nous !

— Le restaurant marche déjà très bien... Nous pourrons bientôt faire ce tour du monde dont nous rêvons ! répondit Chipan.

— Quoiqu'il en soit, c'est un ordre de Pang Kat, alors pas de chichis ! conclut Teman.

Les deux amis formaient un drôle de duo. Chipan était un jeune homme grand, au corps sculpté et qui aimait porter sa vieille écharpe pardessus des vêtements clairs dans lesquels il se sentait à l'aise et qui, accessoirement, mettaient en valeur sa peau brune. Il n'était pas rare de le voir pieds nus, même lorsque les circonstances exigeaient qu'il faille se vêtir de ses plus beaux atouts. Chipan n'aimait pas se conformer aux exigences de la société, partant du principe qu'il faut vivre pour soi et se sentir bien, en accord avec soi-même.

Teman, lui, était plus petit, on devinait malgré son crâne presque rasé la blondeur de ses cheveux. Plus enclin à respecter les usages, il rappelait souvent à son vieil ami qu'on ne porte pas de bonnet et qu'on se doit d'entretenir sa barbichette lorsqu'on est convié à un grand évènement !

Les préparatifs étant terminés, les deux amis chargèrent le Pesawat en vue de quitter Cahaya.

Peut-être vous demandez-vous ce qu'est un Pesawat ! Il s'agit d'un moyen de transport un peu spécial qui permet de voyager en planant au-dessus du sol. Le prototype fut créé il y a déjà quelques années par le très célèbre Docteur Sarjana. Lorsque le premier spécimen fut commercialisé, tous les Aslinyens souhaitèrent en faire acquisition. Optimisation des délais de déplacement, confort... Ils alliaient l'aisance de déplacement de nos avions, l'accessibilité de nos voitures et pour certains, la capacité de charge de nos plus grands bateaux ! Ils fonctionnent à l'Ilmu.

En faisant route vers Pang Kat, les grandes plaines partiellement comblées de luxuriantes forêts et bercées par les très hautes montagnes émerveillaient les deux amis. Puis, après quelques minutes, se dessinaient au loin les formes majestueuses et imposantes du royaume.

Pang Kat, reconnu pour ses interminables murailles blanches, ses bâtisses très semblables aux constructions médiévales de notre monde, ses vastes rues pavées et aérées, son organisation presque parfaite, comme si chaque projet immobilier avait été pensé en fonction de ceux à venir. Chaque maison, chaque appartement, chaque établissement, devenu insalubre ou trop vétuste était immédiatement rénové ou détruit afin de faire place à quelque chose d'utile, tout en respectant l'architecture traditionnelle de la cité. Que ce soit une nouvelle construction ou l'aménagement de jardins, de parcs… Malgré tout, le royaume continuait de grandir et de nouvelles murailles étaient pensées en conséquence. En mémoire du visage d'antan de la cité, des vestiges des murailles existantes étaient sauvegardés, comme un témoin de l'âge et de l'apogée de Pang Kat. La décision de les laisser perdurer était aussi stratégique : au sommet d'une montagne, bercé d'autres très abruptes au nord-ouest, face à la mer à l'est, et cerclé par de petits marais, les barrières naturelles n'étaient plus suffisantes depuis l'avènement des Pesawat qui offraient à qui voulait la possibilité d'attaquer par le ciel. Ces reliques offraient donc une protection supplémentaire. Même si, soyons honnêtes, personne ne se risquerait aujourd'hui de s'en prendre directement à Pang Kat ! Le château, quant à lui, dominait le reste du royaume depuis un sommet un peu plus haut. Entouré par l'eau qui s'écoulait d'une source, le seul moyen d'y accéder par voie terrestre était un ascenseur hydraulique ingénieux. Là encore, la sécurité était de mise. Seule une passerelle amovible en bois massif permettait de lier l'ascenseur au château.

Ces images mémorables qui défilaient devant les yeux de Chipan et Teman furent cependant obscurcies par les embouteillages à l'entrée de Pang Kat ! Des Rubahs, des Saljus, des Apis[1]... Des êtres de toutes provenances et de tous peuples avaient décidé de rejoindre l'imposante cité. Et il ne s'agissait pas d'arriver en retard à la salle d'exposition...

Les gardes, après s'être assuré que les deux jeunes hommes ne représentaient aucune menace, escortèrent Chipan et Teman vers les cuisines.

Une fois sur place, sans attendre, Chipan J. se mit au travail alors que Teman partit à la rencontre de la grande artiste, Peri Warna, afin de connaître les thèmes qui lui avaient inspiré ses œuvres. L'objectif de la manœuvre était de faire concorder le repas avec l'exposition.

Loin d'être une diva capricieuse, la très humble Peri prit la direction des cuisines afin de s'entretenir avec le jeune cuisinier. Voyant arriver cette belle jeune femme, dont le soleil avait comme imprégné la peau, Chipan reconnut immédiatement celle dont le visage avait été placardé dans tout le royaume :

— J'ai terminé la mise en place de mes peintures et de mes sculptures, indiqua Peri. Votre ami me parlait de votre désir d'être dans le thème de mon travail... Pardonnez ma familiarité, mais peut-on se tutoyer ! C'est plus convivial ! souriait Peri.

— J'allais te le proposer ! s'exclama Chipan.

— Parfait ! Alors voilà, le thème de la soirée sera les différents états de l'eau, les différentes couleurs qu'elle aborde au rythme des saisons et de la journée... Son incompatibilité

---

[1] *Alsinya est peuplée de créatures civilisées dont l'intelligence égale, voire surpasse celle des Humains. Vous les découvrirez au fil des pages.*

avec le lourd ainsi que la liberté qu'elle m'inspire ! expliqua Peri.

— Bien ! J'avais pensé à un torrent de sauce aigre-douce avec des colorants naturels qui s'écoulerait entre les différents plats proposés pour l'entrée, tu vois…

Les deux artistes excellaient dans leurs domaines respectifs et la discussion était des plus passionnées !

À tel point que l'heure d'ouverture de la salle d'exposition était imminente. Fort heureusement, tout était prêt ! La foule commençait à prendre place. Dans un premier temps, un ballet devait avoir lieu sur une vaste scène, au milieu des sculptures de Peri. Teman passa parmi les spectateurs afin de leur offrir une coupe d'un somptueux nectar et quelques mignardises avant que la féerique démonstration ne commence. Tous se délectaient de la cuisine de Chipan. Y compris la Reine Kerajaan, confortablement installée dans sa loge en hauteur, accompagnée de Loan, sa fille et de Matih, un jeune homme qu'elle avait recueilli il y a maintenant de nombreuses années. Xatria Mulia, assurant la protection de la famille royale, gardait attentivement la porte de ce balcon de luxe.

La luminosité dans la salle commençait à baisser, le silence s'installa doucement. L'immense rideau qui cachait la scène se leva pour laisser apparaître des sculptures rappelant l'océan, de toutes tailles et de toutes formes, devant une peinture aux dimensions colossales d'un éléphant marchant sur l'eau. Trois danseuses aux tenues claires et sobres sortirent du centre et des deux côtés de la plateforme, une quatrième descendit du plafond grâce à un large ruban qui bougeait selon les poses qu'elle prenait.

Les lumières offraient des nuances de couleurs somptueuses et la musique jouée par un orchestre de qualité emportait le public dans une ambiance mystique et apaisante.

Après presque une heure, les amateurs d'art étaient comblés. Alors qu'ils étaient hypnotisés par la qualité du spectacle qui leur était offert, des éléments presque anodins les interpellèrent.

Progressivement, les lumières ne variaient plus en fonction des sons générés par les musiciens, certains d'entre eux perdaient même leur concentration. Les danseuses semblaient plus approximatives dans l'enchaînement de leur pas.

Les spectateurs, sentant la gêne des artistes, commençaient eux aussi à se demander si tout était normal... Était-ce une décision de Peri ? Un problème technique ? Qu'était-il en train de se passer ?

Toutes ces personnes plongées dans l'obscurité de la salle sans fenêtres n'avaient aucune idée de ce qu'il se passait en dehors. Oui, à l'extérieur, au-dessus de Pang Kat se jouait un tout autre spectacle !

Les éléments semblaient se déchaîner ! Le ciel avait l'air de se craqueler de toute part tant les éclairs se multipliaient, la foudre était assourdissante et accablait le royaume en le frappant de plus en plus régulièrement. Elle n'avait rien de naturel. Des éclairs verts, puis violet, puis orange, d'abord éloignés les uns des autres se rapprochaient pour finalement se concentrer au-dessus de la salle d'exposition.

BAAAAAAAAAAAAAAAAM !

Soudain, trois éclairs frappèrent simultanément la salle, causant un effondrement conséquent du plafond et provoquant un chaos instantané. La danseuse suspendue heurta violemment le sol et perdit connaissance alors même qu'un départ de feu à proximité de la scène menaçait de lui porter le coup de grâce. Tous, submergés par la panique tentaient de fuir. Les gens hurlaient, couraient dans un désordre indescriptible. Certains tombaient tandis que d'autres, complètement aveuglés par le désir de survie, les piétinaient sans la moindre hésitation.

Sans attendre, Xatria prit Loan dans ses bras pour la mettre à l'abri, criant à la Reine Kerajaan et à Matih de la suivre le plus vite possible. La guerrière jouait des épaules dans les escaliers et les couloirs du vaste complexe pour protéger au mieux la Princesse. Mais elle allait trop vite pour la Reine qui fut vite semée.

Matih, quant à lui, fut séparé de sa mère de cœur par la foule hystérique.

Passant devant les loges, traversant les cuisines, Xatria poussa un mur derrière lequel se trouvait une petite pièce.

— Princesse ! Restez dans ce petit bunker ! demanda la Générale Mulia. Il est conçu pour résister à tout, vous y serez à l'abri. Ne vous montrez pas, n'ouvrez à personne, sous aucun prétexte ! Je retourne chercher votre Mère. Si je ne suis pas revenue d'ici quinze minutes, la sortie secrète au fond de cette salle. Celle que je vous ai dévoilée lors de la visite du complexe. Elle vous permettra de fuir par les montagnes.

— Faites-moi confiance Xatria. Je vous attends, prenez soin de Mère, je vous en prie.

Xatria s'éloignait à toute allure, souhaitant secourir Kerajaan sans attendre. Dans la précipitation, la Générale n'avait pas inspecté le lieu de repli, partant du principe que seuls les membres de la famille royale et quelques élus y avaient accès.

Derrière Loan, dans le noir le plus total, commençait à se dessiner une silhouette. Se retournant pour constater qu'elle n'était pas seule, la Princesse poussa un hurlement avant de voir apparaître un visage.

« Qui êtes-vous ! Comment avez-vous trouvé cet endroit !
N'approchez pas ! Gardez vos distances ! Vous entendez ! »

Pendant ce temps, Peri, proche de la scène au moment où les premières flammes s'étendaient et embrasaient le fruit de son travail de titan, décida d'intervenir. Elle ne pouvait se résoudre à voir la jeune danseuse, toujours inconsciente, perdre la vie. La jeune femme possédait un don fabuleux ! Par chance, derrière le tableau représentant l'éléphant se trouvait un énorme réservoir d'eau, prévu pour le final de son spectacle. Elle prit le contrôle du contenu pour le diriger sur l'incendie. L'eau dansait en suivant les gestes précis de l'artiste, et le feu avait été vite maîtrisé et affaibli. Peri, athlétique et entraînée, prit la jeune femme sur ses épaules pour la sortir de ce temple de la culture qui se transformait en un désolant champ de ruines. Sur son chemin, elle utilisait ses dons pour sortir les spectateurs enfouis ou bloqués par les décombres de la structure du toit qui continuait à s'effondrer tout en tentant d'organiser leur évacuation, sous les yeux stupéfaits de Xatria.

Peut-être l'avez-vous déjà deviné, Peri Warna était l'une des descendantes des trois peuples qui emprisonnèrent Dewa. L'Ilmu qui émanait de son corps était d'une puissance extraordinaire. Son don hors du commun lui permettait de prendre le contrôle des éléments primaires : l'eau, le feu, la terre et l'air.

Malheureusement, elle ne put intervenir suffisamment rapidement pour éviter la panique générale. À mesure que les minutes s'écoulaient, l'immense salle sombrait, entre flammes et décombres. Au milieu de ce désordre total, la Reine Kerajaan avait trouvé refuge derrière une grosse colonne en marbre.

— Majesté… Enfin, je vous trouve ! se distingua une voix dans le brouhaha.

— Écoutez, le moment est mal choisi pour exprimer vos griefs ou vos remerciements, nous devons nous mettre à l'abri de cette foule déchaînée ! conseilla vivement Kerajaan, sentant son sang-froid l'abandonner peu à peu.

— Je crains fort que cette manœuvre soit totalement inutile dans votre cas ! répondit froidement l'inconnu.

— Je vous demande pardon ?

— Ce soir sonne le crépuscule de votre vie… Adieu !

Soudain, le jeune homme concentra de l'Ilmu autour de sa main et laissa s'échapper un vif disque tranchant qui se dirigea tout droit vers le cœur de la souveraine. Cette dernière poussa un cri strident. Fort heureusement, Xatria arriva au même moment et dévia l'attaque de l'assaillant de Kerajann, grâce à son Knifgun. Plus le possesseur du Knifgun possède de l'Ilmu en lui, plus il est expérimenté et sûr de lui, plus l'arme sera puissante et polyvalente. La guerrière s'interposa ensuite entre les deux personnages :

— Je ne sais pas qui vous êtes ni quelles sont vos motivations, mais je ne vous pardonnerai jamais l'affront que vous venez de commettre ! En garde !

Au moment où Xatria se mit en position d'attaque, l'agresseur disparut dans un étrange nuage gazeux.

— Vous n'avez rien ! reprit Xatria.

— Non, rassurez-vous, ma chère… Mais sans vous, j'étais perdue.

— Venez, mettons-nous à l'abri. Nous reparlerons de ce qui vient de se produire une fois en lieu sûr. La Princesse Loan nous attend déjà dans le bunker.

Une fois sur place, c'est avec stupeur que les deux femmes constatèrent que Loan n'était plus là. Cédant à la panique et à ses émotions, la Reine ne put s'empêcher de pleurer :

— Que veulent-ils ? S'en prendre à moi... Enlever mon unique fille... sanglotait Kerajaan.

— Nous allons le découvrir très vite Majesté, je vous en fais la promesse.

II
« Jamais je n'aurais dû intervenir »

Au lendemain de cette éprouvante soirée, nombreuses étaient les versions des faits s'étant déroulés dans la salle d'exposition. Certains parlaient d'un violent orage, d'autres d'un attentat visant à éliminer tout le gratin présent au spectacle de Peri Warna, de la vengeance d'un rival de cette dernière...

Dans les appartements de la Reine Kerajaan Kat, l'ambiance était des plus tendues. Elle avait réuni à huis clos quelques personnes de confiance pour faire le point sur les brusques évènements survenus quelques heures plus tôt.

Les longs rideaux bleu roi avaient été fermés, l'immense lustre de cuivre et de verre éclairait sobrement la pièce et laissait entrevoir les quelques portraits des dynasties passées bien protégés par des cadres massifs dont le bois était partiellement recouvert de cuivre également.

Étaient présents Xatria Mulia bien sûr, mais aussi Pengurus, le gardien des Légendes d'Aslinya, qui avait quitté Tahu, capitale du savoir, dès qu'il eut vent de toutes ces étranges rumeurs, répandues comme une traînée de poudre !

Pengurus était un homme respecté pour sa sagesse et sa maîtrise de l'Ilmu. Vêtu d'une toge élégante et lumineuse en accord avec son chapeau particulier qui cachait en partie ses cheveux noirs, l'homme était l'incarnation même de la force tranquille.

La Reine avait également convoqué Peri, curieuse de savoir comment la jeune artiste avait pu maîtriser deux des quatre éléments.

Tous étaient arrivés dans le grand salon. Après un blanc qui sembla durer une éternité, la Reine prit la parole :

— Je vous remercie d'être venus. Si vous êtes ici, c'est parce que je suis convaincue que vous êtes les seuls à pouvoir solutionner ces problèmes qui m'ont empêché de fermer l'œil cette nuit... Tout d'abord, l'enlèvement de la Princesse Loan. Ce n'est un secret pour personne, ma fille, c'est toute ma vie ! Nous devons agir, ensemble, pour qu'elle me revienne saine et sauve. Il y a ensuite mon agression... Quelqu'un a tenté de m'ôter la vie. Je n'ai vu que très brièvement mon agresseur, mais il portait l'emblème du royaume de Hutan... J'étais sûre que les querelles entre nos royaumes n'étaient qu'un lointain souvenir, mais j'ai la preuve aujourd'hui qu'il n'en est rien !

— Hutan ! s'interrogea Peri. J'y suis née, j'en connais chaque recoin Majesté, ainsi que les gens qui y vivent ! Je puis vous assurer que jamais je n'ai entendu parler d'une quelconque conspiration contre Pang Kat. Ce doit être une erreur...

— Vous me traitez de menteuse ! s'indigna Kerajaan.

— Non... Majesté... Peri détourna le regard.

S'en suivit un nouveau silence. Pengurus reprit :

— J'ai pris note de nombreux témoignages. Le phénomène qui s'est produit n'a rien d'un caprice de Mère Nature. Des éclairs orange, violet et verts qui converger vers un même point... Quelqu'un s'est débrouillé pour réunir les descendants de Lumyre, d'Anthik et de Rhêve. La Légende du réveil de

Dewa attise le désir des inconscients depuis bien des lunes… Mais jamais personne n'avait été en mesure de localiser les héritiers. Si quelqu'un a pu y parvenir, cette personne est aussi en mesure de trouver les totems. Les conséquences seraient des plus dramatiques pour nous tous…

— Vous suggérez que des imbéciles croient toujours à cette vieille fable ! ricana ironiquement Kerajaan. Je vous en prie, je parle sérieusement… C'est l'avenir de mon royaume et la vie de ma fille qui m'importent…

— Majesté… reprit Peri. Je suis l'héritière du peuple de Rhêve. Je ne remets pas en cause vos croyances ou votre lucidité, mais je refuse de rester muette devant les insultes faites à la mémoire de mon peuple ! Vous vous demandiez comment j'avais pu maîtriser l'eau et le feu ce fameux soir. Je vous apporte ici la réponse. Cette Légende est véridique. Le silence de chacun des trois héritiers est une des consignes que nous avons… Jamais je n'aurais dû intervenir, mais quand j'ai vu la détresse de tous ces gens, je ne pouvais rester sans rien faire…

Peri commença à jouer avec les flammes des luminaires fixés sur les murs et le plafond, tout en jonglant avec l'eau dans les verres des convives. Elle fit ensuite appel au vent pour faire danser les rideaux dans la pièce et finit avec panache en faisant trembler les briques qui composaient le grand salon. Kerajaan ne put que reconnaître la véracité des faits avancés par cette jolie jeune femme à la peau dorée.

— Voilà qui confirme mes affirmations ! conclut Pengurus, émerveillé par les dons hors du commun de Peri. Il n'est pas rare de voir des mages maîtriser un élément, peut-être deux en de rares occasions si l'Ilmu que dégage la personne sort du commun…

— Oui… Mais je ne vois pas quel est le rapport avec la Princesse ou moi-même ! rétorqua Kerajaan après avoir repris ses esprits.

— Ma Reine, chaque piste à suivre est cruciale… expliqua Xatria. Nous ne devons négliger aucun détail… Les investigations menées jusqu'à ce matin n'ont conduit à rien… Imaginez que ces personnes qui veulent le retour de Dewa se soient servies de cette ambiance apocalyptique pour vous faire chanter… Ce chantage peut être financier, mais aussi militaire… Je vous rappelle que vous disposez de l'armée la plus puissante d'Aslinya…

Les échanges et les hypothèses allaient bon train. Chacun y allait de son idée, de ses interprétations. Pengurus décida alors de recentrer le débat :

— Pendant que nous tergiversons, nos opposants prennent une avance considérable sur nous… Mon Ilmu est au service du savoir. Peut-être devriez-vous m'emmener sur les lieux de l'enlèvement de la Princesse Loan. Peri, si vous pouvez me servir d'intermédiaire avec la terre, peut-être que celle-ci pourra me conter ce qui s'est produit dans ce bunker hier soir.

— Avec plaisir Pengurus ! répondit Peri avec conviction.

— Xatria va vous accompagner, ajouta la Reine Kerajaan. Tous les trois, ne reculez devant rien pour retrouver ma fille. Je vais mettre un Pesawat issu de la dernière génération à votre disposition, ainsi que mon meilleur pilote : Reka. Il est aussi un technicien brillant. Une fois vos recherches terminées au bunker, vous n'aurez qu'à rejoindre l'aérogare à l'ouest du château.

— Mais Majesté, vous laisser sans protection en ces circonstances ! protesta Xatria.

— N'ayez crainte Générale Mulia, j'ai pris le soin de contacter mon équipe de secours, ponctua Kerajaan.

Ainsi, Peri, Xatria et Pengurus partirent pour la salle d'exposition. Un spectacle désolant s'étalait devant les yeux de l'équipe. Sans trop d'encombres, ils rejoignirent les cuisines, puis le bunker. Peri utilisa sa magie pour invoquer la terre. D'elle jaillirent comme des spectres aux couleurs jaunâtres. Pengurus prit alors la main de la jeune artiste. Fermant les yeux, il s'exprima :

— De la peur, de l'agitation, mais pas de lutte... Il ne s'agit pas d'un enlèvement, la Princesse a suivi cet homme de son plein gré. Ils sont partis par les montagnes. Je vois un jeune homme à la peau brune, il a de l'allure... Il dégage une puissance hors du commun...

— Ça n'a pas de sens, poursuit Xatria. Pourquoi la Princesse aurait suivi cet homme ! Peut-être est-ce un chantage... Sa captivité contre la vie de la Reine... C'est odieux !

Pengurus ouvrit les yeux :

— Je ne suis pas en mesure de vous donner davantage de précisions... Il est néanmoins rassurant de savoir que la Princesse Loan n'a pas subi d'agression.

— Ne perdons pas de temps, allons à la station de Pesawat du château ! proposa vivement Xatria. Nous devons retrouver leurs traces. Le Pesawat nous permettra de gagner du temps !

Gagner du temps... Oui... Mais c'était sans compter sur le projet annexe qui se tramait dans l'ombre. Alors que Xatria, Pengurus et Peri menaient leurs investigations, la Reine Kerajaan Kat recevait son « équipe de secours » :

— Vous aviez raison, commença la Reine. Nous devons être efficaces ! Nous allons nous rendre à Hutan et sauver ma fille !

Un homme et une femme s'avançaient...

L'homme était vêtu d'une imposante armure, seuls ses yeux étaient visibles. Son casque laissait tout de même entrevoir une importante cicatrice sur l'œil droit.

La femme, elle, était d'une beauté à couper le souffle. Une belle brune aux yeux d'un bleu azur, une tenue provocante qui n'était pas sans rappeler le charme des artistes de cabaret.

— Oui Majesté, enchérissait la belle brune. Nous y parviendrons. Comme je vous l'ai dit, avant que quiconque ne réalise ce que nous préparons, notre projet sera achevé ! Mettons-nous en route ma Reine, chaque instant est précieux !

À l'ombre des regards, trois Pesawat avaient été préparés. Cette petite station, inconnue même des membres les plus prestigieux du royaume, était accessible depuis les sous-sols du château de Pang Kat.

L'expédition devant être discrète, il était impossible de voyager à bord de l'un des Pesawat de luxe que possédait Kerajaan. La Reine embarquerait à bord d'un vaisseau sans prétention, mais entourée de ses meilleurs éléments.

Prenant de l'avance sur le trio composant l'autre équipe, les Pesawat se mirent en route pour Hutan.

De leur côté, Xatria, Peri et Pengurus avaient rejoint Reka :

— Bonjour à tous ! Générale Mulia, c'est un honneur que de travailler avec vous ! Pengurus ! Si on m'avait dit un jour que j'aurais le privilège de vous conduire lors d'une de vos quêtes… Et Mademoiselle Warna, tant de beauté vaut bien une révérence ! Puis-je vous montrer à tous l'incroy…

— Nous n'avons guère de temps ! interrompit vivement Xatria. Il nous faut partir dès à présent ! La Princesse Loan court en ce moment même un danger à nul autre pareil ! Le Pesawat est-il prêt !

— Évidemment ! répondit Reka. Partons tout de suite si tel est votre souhait !

Sans plus attendre, le petit équipage prit place à bord.

Le Pesawat naviguait lentement dans les cieux, ciblant chaque chemin menant au bunker de la Princesse disparue. Il en existait plusieurs. Ces sentiers avaient été conçus avant l'avènement des Pesawat, permettant à la royauté de maximiser la réussite du retrait en cas d'attaque.

Néanmoins, l'utilisation d'un Pesawat réduisait considérablement l'avancement de l'exploration, car beaucoup de ces chemins empruntaient des grottes ou autres parcours couverts.

Pengurus profita de ces instants de recherches pour questionner Peri :

— Dites-moi Mademoiselle Warna, comment avez-vous découvert que vous étiez porteuse d'une magie si incroyable ? Vous manipulez l'Ilmu comme personne !

— Je ne saurais vous dire, répondit timidement Peri. À dire vrai, ces dons me sont venus sans crier gare. Comme chaque jour, je suis partie aux champs avec ma grand-mère... Peri, au hublot du Pesawat, leva les yeux au ciel, souriante et emplie de nostalgie. Elle reprit. Grand-mère m'a toujours demandé de l'accompagner. Elle disait toujours qu'il faut traiter la nature avec le respect qui lui est dû. Qu'il faut la remercier pour ce qu'elle nous offre. Un sol sur lequel marcher et s'appuyer. La nourriture qu'elle nous offre sans condition, pourvu qu'on la traite bien. La beauté de ses jardins sauvages. L'eau pure qu'elle nous envoie depuis ses hautes montagnes. Grand-mère dit aussi qu'elle nous fait don de sa mort. Celle qui nous permet de créer le feu depuis ses branchages et ses feuilles en fin de vie... Grand-mère...

Interlude – Peri Warna

Chaque jour, le dilemme de grand-mère Gen' était le même. Il fallait réveiller et lever Peri. L'enfant détestait se coucher tôt et refusait le réveil aux aurores. Pourtant, Gen' lui imposait ce rituel sans jamais faillir.

Peri, malgré elle, se levait et entendait les paroles redondantes de sa grand-mère, non sans protester. La nature, gna gna gna… Généreuse, tsss, *« je m'en fous »* concluait-elle régulièrement.

Oui. Gen' était intransigeante. Le matin était dédié à la méditation et à la géologie, l'après-midi à l'hydroponie et à l'agriculture. Deux fois par semaine, la vieille dame expliquait la physique à Peri : comment faire du feu, le changement d'état de l'eau en fonction des températures, et tant d'autres sujets.

Quel intérêt ?

La jeune fille n'y voyait qu'une présence pesante, qui l'empêchait de vivre son enfance, puis son adolescence. Maintes fois, Peri avait tenté de s'émanciper de sa grand-mère. Trop envahissante, trop stricte.

Un soir, Peri était sortie avec des amis. Dongeng, son village, faisait partie du royaume de Hutan. Il était situé au cœur de la plus dense des forêts et à environ 10 lieues de la grande cité. Les ruines que celle-ci abritait étaient nombreuses. Et nombreux étaient les adolescents qui les visitaient.

Après plusieurs heures d'errance, Peri rentra chez elle en se préparant au sermon que sa grand-mère allait lui servir. Elle prit le temps d'une respiration avant de franchir la porte de la maison. Elle avait pris soin de préparer son regard las, sa voix monocorde et neutre.

Elle passa la porte. Grand-mère Gen' ne l'attendait pas dans la cuisine comme elle en avait l'habitude chaque fois que la demoiselle prenait des libertés. Peri ouvrit la porte de la chambre de cette dernière, personne.

Peri prit le temps de manger l'assiette de légumes que sa mamie avait laissée. Entre chaque bouchée, la jeune femme comptait les scénarios mis au point par sa grand-mère. *« Elle me fait le coup du "j'ai déménagé sans toi"... Non, elle n'a pas laissé de lettre... Peut-être est-ce le "j'ai une vie moi aussi"... ou alors... ».* Peri souriait en imaginant sa mamie de cœur élaborant de nouveaux stratagèmes.

Se rapprochant du réfrigérateur, la jeune femme jeta un œil au calendrier :

« Le jardin aux milles sens, ahah. Elle est sans doute partie sans moi... »

Ses yeux devenant lourds, Peri prit la direction de la salle de bain pour se brosser les dents. Les incisives. Les prémolaires. Les molaires. Geste vertical oblige, Peri imaginait les excuses qu'elle pourrait fournir à son aînée autoritaire.

Peri regardait dans le vague, n'oubliant pas de solliciter son imagination en vue de pouvoir répondre à *« la grincheuse »*. Ses yeux parcouraient la salle d'eau. Les serviettes étaient sèches, les trousses de toilette des deux femmes étaient prêtes à l'emploi, la brosse à dents de Gen' était dans le pot...

Peri eut un sursaut. Grand-mère Gen' ne serait jamais partie sans son nécessaire de toilette. À plusieurs reprises, Peri appela sa grand-mère.

Inquiète, Peri visita chaque pièce frénétiquement. Sans résultat.

Peri sentit un souffle sur son visage. Les fenêtres étaient pourtant fermées. Le vent avait l'odeur du sol fraîchement retourné, il était glaçant et poussait Peri vers la cour de méditation. Une ombre perturbait le paysage habituellement paisible du lieu.

« GRAND-MÈRE GEN' ! »

Le corps inerte de la vieille femme gisait, inerte, sur le sol. Peri se précipita dehors. Tentant d'essuyer ses larmes incessantes, elle suppliait grand-mère Gen' de rester en vie :

« Grand-mère ! Grand-mère ! Tu n'as pas le droit ! Tu entends ! Tu dois rester avec moi. Tu l'as promis. Grand-mère, tu as promis ! Lève-toi ! J'ai besoin de toi, tu as promis grand-mère ! »

Rien.

Le souffle de Gen' faiblissait. Peri assistait impuissante à la mort, lente et presque inévitable, de celle qui l'avait recueillie alors qu'elle n'était qu'une toute petite fille.

Non. C'était impossible. Peri ne pouvait se résoudre à la perdre.

Peri pleura sans réserve. Petit à petit, les pierres semblaient se rassembler autour de ses poings qui percutaient vigoureusement le sol. Le vent commençait à accompagner son souffle vacillant. La terre et le vent semblaient s'être réunis pour combiner leur meilleur. Les nuages avaient déserté pour laisser place à la lune, pleine et plus lumineuse que jamais. Surprise, Peri leva sa main droite. Elle était si chaude. Si brillante. Elle posa cette lumière sur la poitrine de Gen'.

Lentement, la respiration de Gen' s'accélérait, son corps tiède reprit en vigueur. Gen' ouvrit les yeux :

« Peri... Ce n'était pas une tentative de leçon cette fois... »

Les émotions de Peri se bousculaient. La joie. Le soulagement. Elle prit la main de Gen', la mit contre sa joue :
« rentrons grand-mère. Tu dois t'allonger et te reposer ».

Sans plus attendre, Peri contacta un médecin. Constatant l'urgence, ce dernier se présenta au domicile des deux femmes à peine vingt minutes plus tard.

Le professionnel de santé ne comprenait pas. Grand-mère Gen' souffrait de la maladie d'Akhir, qui détruit rapidement le cerveau, provoque un coma, puis la mort. Pourtant, et sans soins adaptés, son corps avait lutté et s'était préservé durant des années de la sinistre maladie. Suite au sauvetage de Peri, il n'en restait que de vagues stigmates.

Le savant posa de nombreuses questions à Peri, qui ne cessait de confirmer ses dires précédents. Après une prise de sang, le médecin prit congé.

Peri s'avança vers la chambre de Gen'. Elles échangèrent quelques banalités, puis Peri commença à raconter l'étrange phénomène qui s'était produit :

— Grand-mère. Je dois te parler d'une chose étrange qui s'est produite lorsque je t'ai trouvée... Peut-être refuseras-tu de me croire... Mais au moment où j'ai pensé que tout était perdu... Au moment où j'ai supplié pour avoir une nouvelle chance de te prouver à quel point tu comptes pour moi. Ma main s'est mise à briller. C'est comme si la terre et le vent étaient à l'écoute. J'ai senti une force sans pareil envahir ma main...

— Non ! protesta Gen'. Laisse-moi me reposer maintenant. S'il te plaît...

— Grand-mère, après ce qu'il vient de se produire, je ne peux te laisser sans surveillance.

Gen' tourna la tête dans la direction opposée à Peri et fit mine de s'endormir. Toute la nuit, Peri resta au chevet de sa grand-mère, somnolant parfois. Mais sans jamais perdre de vue cette concentration d'Ilmu dans son corps. Elle qui jamais n'avait été mage.

Le lendemain, Gen' se leva comme si de rien était. Prenant soin de ne pas réveiller la jeune Peri.

Elle alla préparer le thé et le jus d'orange alors que Peri s'éveillait péniblement après avoir passé la nuit sur une chaise en bois. Rapidement, elle rejoint Gen' dans la cuisine. Elle s'assit sur l'un des tabourets, sans un mot.

Machinalement, Gen' servit son petit déjeuner à Peri. Ses gestes devenaient hésitants. Après plusieurs inspirations, le regard fuyant, Gen' décida de rompre le silence :

— Mon enfant, j'ai tant espéré que ce moment maudit n'arriverait jamais... Es-tu prête à m'écouter attentivement ?

Peri fit un signe de tête discret et laissa sa grand-mère prendre la parole :

— Tu le sais, je ne suis pas ta grand-mère biologique. Depuis que tu m'as été confiée, je t'ai préparée au mieux pour que tu puisses te servir de ton pouvoir sans difficulté... J'espérais cependant que ton Ilmu ne se manifesterait jamais. Ce que tu as ressenti hier soir n'a été possible que grâce à l'éducation que je t'ai donnée... Tu es l'héritière du peuple du Rhêve. De par ce fait, tu es capable de communiquer avec la nature et d'utiliser à ta convenance la terre, le feu, l'eau et l'air.

— C'est insensé ! Tu m'as enseigné cette Légende grand-mère ! Si j'avais eu de tels pouvoirs, je m'en serais rendu compte ! C'est impossible... Le regard de Peri n'accrochait plus rien.

— Écoute-moi Peri, reprit grand-mère Gen'. Jamais tu ne dois utiliser ton Ilmu... Tu n'aurais pas dû me sauver de la mort... Nombreux sont ceux qui convoitent ton pouvoir. Nombreux sont ceux qui veulent éveiller Dewa pour faire exaucer leur souhait... Utiliser ta malédiction ne fera que causer ta perte.

— Mais grand-mère, c'est grâce à cette « malédiction » que tu es en vie aujourd'hui... Constata Peri. C'est un don... Je pense...

— Non ! Interrompit Gen'. J'y suis maintenant contrainte... Je vais t'aider à utiliser ce fardeau... En priant pour que jamais il ne t'échappe et attire l'attention. Peri, mon enfant, je te le confirme... Ce grand pouvoir est une malédiction... Maintenant qu'il s'est développé, ton destin sera similaire à celui de tes parents... Tu mourras si tu tombes enceinte.

Peri avait eu besoin de quelques jours pour se remettre de toutes ces révélations. Gen', consciente du traumatisme causé par de tels aveux, avait décidé de laisser à Peri le temps qu'il lui faudrait pour assimiler ce qu'elle venait d'apprendre.

D'elle-même, et après quatre jours, Peri s'adressa à grand-mère Gen' :

— Grand-mère. Je suis prête. Prête à endurer tes consignes les plus strictes. Je ne révélerai à personne mes dons. Aide-moi à les apprivoiser au mieux.

Grand-mère Gen', le regard impassible fixait Peri. Ses yeux s'adoucirent, sans perdre leur détermination.

III
« Prends ma main »

À quelques lieues de Pang Kat, un duo bien singulier faisait route. Une jeune femme aux cheveux blonds bien coiffés, à la peau ensoleillée, portant une robe des plus distinguées suivait Chipan J. Oui, loin des montagnes passées au peigne fin par Peri, Pengurus et Xatria, avançant dans les plaines du royaume de Pang Kat, Loan s'essoufflait derrière le jeune cuisinier.

Ils avaient parcouru bon nombre de kilomètres. Quelques fermes agricoles au loin meublaient le paysage. Le reste se constituait de vastes plaines dont la seule limite était l'horizon, des petites forêts. Chipan et Loan longeaient les montagnes vers le sud pour ne pas être repérés. Dans le but d'atteindre une destination qui intriguait Chipan.

Depuis déjà plusieurs heures, Chipan tentait de comprendre les motivations de Loan :

— Je te repose la question… Pourquoi tu voulais à ce point que je t'aide à sortir de Pang Kat !

— Je ne peux rien vous avouer… Aidez-moi juste à rejoindre Gadis Cantik, s'il vous plaît…

— Je ne ferai pas un pas de plus Princesse ! Je suis là, à marcher vers un royaume dans lequel je ne peux entrer, pour escorter une nana dont je ne sais rien. Ça m'énerve. Alors ou tu te mets à table, ou je te laisse là !

Loan prit un instant. Voyant l'agacement de Chipan, elle finit par parler :

— Très bien… Je vais vous expliquer… Depuis quelque temps, Mère est différente. Je remarque et déplore la venue de maintes personnes au château. Je le sens grâce à mon don, ces personnes ne cherchent pas à servir Mère… Elles sont empreintes d'émotions contradictoires. Je ne parviens pas à identifier leurs motivations. Je ne sais pas ce qu'elles veulent. Mais je sens que Mère est en danger…

— Ouais ! Interrompit Chipan. En gros, maman ne te gâte plus ! Alors tu veux te venger en fuguant ! Chipan rit aux éclats. Donc, en fait, depuis des heures, tu…

Loan pleurait. Elle laissa ses genoux heurter le sol. Chipan cessa de rire. Il revint à son niveau, il s'accroupit et leva sa main en direction de son visage et remit les cheveux de Loan derrière son oreille. Son regard changea :

— C'est plus grave que ce que je pensais on dirait… Excuse-moi. Je te laisse poursuivre. Prends ton temps…

— Merci.

Loan prit à nouveau le temps de rassembler ses idées :

— Si je veux me rendre à Gadis Cantik, c'est parce que ma marraine dirige ce royaume. Elle a toujours insisté sur l'importance que j'ai pour elle. Aujourd'hui, plus que jamais, je souhaite m'en remettre à elle.

— L'éternelle Vénus est ta marraine ! interrogea Chipan. Mais il paraît qu'elle déteste les hommes et les enfants… Elle leur a interdit l'accès à Gadis Cantik… Seules les femmes y sont admises. À ce qu'on dit, elle refuse la venue de certaines d'entre elles parce qu'elle les considère comme trop laides pour son royaume…

— Je ne suis pas laide ! s'énerva Loan. Mais j'ai en ma possession une lettre écrite de sa main, portant son seau. Je pourrai entrer. Êtes-vous toujours d'accord pour m'y emmener ?

— Oui. Répondit Chipan. Je ne sais pas ce qui se trame. Mais tu as besoin d'aide… Je ne voulais pas dire que tu es trop moche pour entrer d'ailleurs ! Ne voyant pas de sourire se dessiner sur le visage de Loan, Chipan reprit. Et puis je ne vais pas te laisser seule dans ces plaines, tu pourrais te faire agresser. Lève-toi ! Prends ma main !

Loan sourit. Elle regarda tendrement Chipan :

— Je vous remercie, une nouvelle fois. Je remarque que vous vous adressez à moi de façon bien familière…

— Ouais ! Pour moi, que tu sois impératrice ou paysanne, c'est pareil, tu es un être humain. Tu manges, tu dors, tu…

— J'ai compris ! Et pour vous… Pour TE prouver que c'est le cas…

Loan déchira sa robe, se débarrassa de son corset et se confectionna une tenue plus adaptée au voyage entrepris. Elle fut d'ailleurs bien heureuse d'avoir pu dissimuler le fait qu'elle portait des baskets sous sa tenue longue et distinguée !

Chipan souriait. Il voyait bien qu'il n'avait pas affaire à une enfant pourrie gâtée du plus puissant des empires. Il fit même remarquer à Loan que ses bijoux risquaient d'attirer les regards à outrance. Elle s'empressa de les ranger dans la besace du jeune homme.

Dès lors, Loan pouvait suivre Chipan sans problème. Ce dernier fut étonné de l'endurance de la frêle jeune femme.

Durant leur marche, Loan expliqua qu'elle suivait assidûment l'entraînement proposé par sa professeure d'arme : Xatria Mulia. Chipan cessa sa course :

— Attends ! Tu plaisantes ! C'est Xatria elle-même qui te donne tes cours de sport ! Celle dont on dit qu'elle n'a jamais perdu un seul combat ! Celle dont les armées restent invaincues à ce jour ! Mais c'est une blague ! Avec son enseignement, tu avais juste à assommer tout le monde et à te barrer !

— Tout à fait, souriait Loan. Mère a toujours tenu à ce que je sois apte à me défendre seule. Ce qui est contradictoire avec les limites qu'elle m'impose... Ne jamais sortir du château. Ne jamais rester seule... Elle a engagé Xatria pour s'assurer que jamais personne ne puisse s'en prendre à moi... Matih et moi avons suivi son enseignement.

— Matih ? s'étonna Chipan. C'est qui ?

— Un enfant que Mère a recueilli, précisa Loan. Nous avons grandi ensemble. Le pauvre ne possédait aucune famille. Mère décida de nous éduquer ensemble.

— Super... dit Chipan en un roulement d'yeux. En gros, j'escorte une brute sanguinaire en puissance, elle a un frangin tout aussi entraîné, et moi, je me balade avec elle ! Sans compter que Xatria est probablement à mes trousses ! Youpi !

— Mon cher. Je ne peux être la brute que vous décrivez... Mon don m'empêche de faire du mal à qui que ce soit. Vois-tu, je suis une empathique. Cela me permet de capter la douleur des gens et de l'annihiler. Malheureusement, lorsque j'utilise ce pouvoir sans réserve, je tombe malade... La douleur psychologique et la douleur physique sont intimement liées...

Une nouvelle fois, Chipan arrêta de marcher. Il pensait sans arrêt aux mots que Loan venait de prononcer. La Princesse le regardait sans trop comprendre. Mais elle respectait son silence.

La nuit commençait à prendre le pas sur le jour. Voilà plusieurs minutes que Chipan regardait dans le vide, statique. Loan s'était assise sur un rocher près du cuisinier.

L'esprit de Chipan regagna son corps. Ses yeux prirent le chemin de la jeune femme. La Princesse, patiente, fixait le sol sans perdre de vue qu'elle devait atteindre Gadis Cantik au plus vite. Chipan prit la main de Loan :

— Un don ? Je suis peut-être un peu bête, mais en quoi te rendre malade est un don ? Et puis quoi ! Tu canalises les douleurs physiques et émotionnelles de gens dont tu ne connais rien ! Ces douleurs ne sont pas là par hasard. Je n'ai pas ton savoir ou ton éducation, mais tu l'as dit, les douleurs physiques et psychologiques sont liées. Pourquoi leur enlever la chance d'apprendre !

Loan, surprise, resta muette. Chipan s'adoucit :

— Je ne suis pas le plus intelligent, mais en bien peu de temps, j'ai compris qui tu étais dans tes grandes lignes. Tu aimes tes semblables. Tu veux les aider et tu as la conviction que c'est ta vocation en tant que future souveraine. Mais j'ai une question. Quelle souveraine pourras-tu être si tu n'es plus de ce monde ?

Chipan exprimait par ses gestes et expressions les inquiétudes qui l'habitaient, tandis qu'il parlait de sa nouvelle amie. Loan était touchée par tant de sincérité. Elle cherchait en elle-même un souvenir semblable à ce qu'elle vivait en l'instant.

Bien sûr, la Reine Kerajaan l'avait toujours protégée, mais jamais une telle question ne lui avait été posée. Son pouvoir était tabou. Personne n'en parlait autour d'elle. Loan, embarrassée de ne pouvoir répondre à Chipan dans l'immédiat, avait un regard fuyant. Cherchant une réponse alors même qu'elle ne comprenait pas pourquoi ses proches ne l'avaient préparée à ce qu'elle vivait. Loan, dans un élan :

— Il est déjà tard ! Peut-être devrions-nous établir un campement ici même. Nous pourrions nous servir de ma robe pour nous abriter.

Son compagnon de route eut un bref regard sur ce qui les entourait. Dos à la montagne, des roches de taille importante les isolaient de la vue d'éventuels opportuns, une dense forêt à quelques mètres…

— Bonne idée, ponctua Chipan. Je vais appeler Teman pour lui donner notre position. C'est un ami de longue date, tu peux lui faire confiance. Il doit être fou d'inquiétude à l'heure qu'il est. Je vais rester éveillé.

— Je te fais confiance. Je m'occupe de faire un feu. Peux-tu nous trouver de quoi manger ? dit Loan avec une lueur de défi dans les yeux.

— Sans problème ! Rétorqua Chipan avec énergie. Je reviens dans moins d'une demi-heure !

Loan fit un foyer sans problème. Peu de temps après, les flammes commençaient à se balancer. La Princesse songeait encore et toujours aux dires de Chipan. Elle contemplait sans lassitude les plaines paisibles et nues qui s'étendaient face à elle :

— Bah alors, ma jolie… Résonna une voix dans les sentiers abrupts.

Loan sursauta, ne reconnaissant pas la voix de son interlocuteur. Péniblement, elle tentait de voir le visage de celui qui l'interpellait.

— Excusez-moi, répondit poliment la jeune femme. Que me voulez-vous ?

— Oh mais rien du tout… Si ce n'est que tu es bien mignonne. Ce n'est pas prudent de rester en ces terres éloignées de tout sans compagnie.

Il n'était pas seul. Trois hommes s'approchaient lentement de Loan. La belle tenta de les tenir à distance.

Des cris...
Des hurlements...
Le silence.

Entendant ces bruits anormaux, Chipan reprit la route du campement. Il ne lui fallut que peu de temps pour rejoindre le lieu dans lequel il avait laissé Loan. Et quel spectacle ! Les corps de Loan et de ses trois agresseurs étaient étendus sur le sol. Chipan s'empressa de rejoindre Loan :

« Loan ! Loan ! Que s'est-il passé ! Ressaisis-toi ! »

Loan reprenait doucement ses esprits. Elle se leva péniblement et regarda vaguement Chipan, tentant de parler. Puis, elle se tourna sur lui.

Un bruit sourd.
Un souffle étouffé.
Chipan ne mit pas longtemps pour comprendre ce qui venait de se passer.

L'un des trois agresseurs avait profité de cet instant d'inattention pour poignarder la jeune femme.

Fou de rage, Chipan révéla son Ilmu. Son corps était étincelant. Sa force, sa vitesse, sa précision... Comme si tous ses sens s'aiguisaient.

Il frappa l'assaillant.

La mâchoire du porteur de l'arme fut instantanément brisée au contact du poing de Chipan. Le corps du bandit fut projeté contre les roches aux pieds des montagnes. Avec une vélocité sans égale, le jeune homme au corps sculpté s'élança sur l'agresseur de Loan.

Chipan se mit à genoux au-dessus de l'homme armé, qui hurlait de douleur, du fait de sa mâchoire disloquée. Il le regarda droit dans les yeux. Le pardon n'était plus possible.

Chipan ferma son poing et dans un ultime élan...

« STOP ! »

La main tremblante de Chipan s'arrêta à quelques centimètres de ce qu'il restait du visage du vil personnage. C'était Loan. À bout de souffle, elle demanda :

— Chipan... Je t'en prie... Ne leur prends pas la vie... Et je t'en prie... Sauve-moi du destin funeste qui me guette...

Respectant le souhait de Loan, Chipan tentait de retrouver ses esprits. Toujours menaçant, il exigea des trois malfrats qu'ils dégagent au plus vite. Leur promettant cependant que s'il venait à les rencontrer de nouveau, ces derniers vivraient leurs derniers instants.

Les hommes disparaissaient dans les vastes plaines. Gadis Cantik était encore loin. Teman ne serait pas là avant plusieurs minutes.

Les organes vitaux de Loan semblaient avoir été épargnés, mais elle perdait beaucoup de sang. Étant blessé à l'abdomen, il fallait faire vite. Chipan tant bien que mal, fit un pansement compressif avec cette écharpe à laquelle il tenait tant.

Les minutes semblaient longues. Le temps interminable.

Interlude – Kerajaan

La Reine Kerajaan était très présente dans l'éducation de sa fille. Elle aimait tant la petite Loan. Aussi fut-elle présente pour ses premiers pas, ses premiers mots, ses premières dents...

Dès que ce fut possible, la Reine inculqua à Loan le respect d'autrui, l'amour de son prochain. Si Kerajaan pouvait être laxiste parfois, jamais elle n'aurait permis à la Princesse de se montrer condescendante ou humiliante envers qui que ce soit.

Kerajaan ne manquait rien de l'évolution de la Princesse, sans pour autant négliger son rôle de souveraine. Le Roi Kat avait succombé à une longue maladie voilà plusieurs mois mais le peuple n'avait pas souhaité un nouveau vote.

À Pang Kat, il était de coutume que le peuple reconnaisse la légitimité d'un souverain, moyennant un vote consultatif à la fin de chaque règne. En cas de décès, l'époux ou l'épouse de l'élu(e) disparu(e) était soumis(e) aux mêmes règles. Ici, Kerajaan avait su convaincre, et s'imposer à tous les citoyens, de sa capacité à gouverner.

Kerajaan est une femme forte, physiologiquement et moralement. Elle est de celles qui savent mener une négociation et pour qui son peuple est aussi important que son propre enfant.

Une femme belle, puissante, accomplie, déterminée... Et dotée d'un cœur bon et juste. Alors qu'elle éduquait Loan, elle

avait accepté d'élever un petit garçon qui avait été abandonné :
Matih.

Ainsi, Loan et Matih avaient grandi ensemble. Ils finirent par se lier tels des jumeaux.

Soucieuse de préserver Matih des jalousies et des manigances, Kerajaan avait fait savoir à son peuple que l'enfant était comme son fils. Même s'il est évident qu'il ne pourrait contester la légitimité de Loan.

IV
« Je dois protéger les gens que j'aime »

Partis de Pang Kat, trois Pesawat planaient au ras du sol. Petits, mais munis de toutes les technologies permettant une évolution des plus discrètes. Silencieusement, ils avançaient dans une brume épaisse permise par les montagnes et les forêts qui s'étendaient par-delà le Royaume. Cependant, ils ne semblaient pas se diriger directement au nord-est, où se trouvait Hutan.

Ils firent un arrêt dans une jeune forêt. Kerajaan sortit de son Pesawat, accompagnée de son « équipe de secours » formée par la jolie brune et l'homme à l'armure imposante. Elle s'approchait d'un des arbres.

La forêt fut soudain anormalement animée. Une partie de paysage prit rapidement la forme d'une base secrète, fraîchement déterrée. La terre glissait sur l'énorme complexe et la végétation plus ou moins factice avait laissé place à une immense parabole de pierre.

La Reine et ses acolytes avançaient au milieu des laboratoires de recherche et d'espionnage jusqu'à arriver devant un hangar d'une taille monumentale dans lequel sommeillait l'ultime Pesawat. Imposant, intelligent, armé comme mille hommes. Bien qu'un équipage restreint était suffisant pour assurer le bon fonctionnement de l'appareil, ce dernier avait été conçu pour contenir des régiments de soldats. Un élément semblait cependant lui manquer.

Effectivement, le vaisseau avait été pensé et assemblé en fonction d'un Pesawat plus petit : le véhicule de secours de la souveraine. Celui-là même qu'elle avait pris pour se rendre sur les lieux.

Techniciens, mécaniciens, scientifiques, conseillers... Tous se ruèrent sur Kerajaan et se vantaient de leurs innovations, de leur expérience, de leurs dernières trouvailles. Elle leva la main, le regard sévère :

— Est-il prêt ?

— Oui votre Majesté, répondit le responsable de la base. C'est LE Pesawat ultime. Il est équipé de...

— Sa puissance de tir ? Interrompit sèchement la Reine.

— Il est équipé des derniers condensateurs d'Ilmu mis au point par le célèbre Docteur Sarjana. Il dispose de batteries qui se régénèrent grâce à l'Ilmu contenu dans l'air. Le temps de latence entre chaque tir s'en retrouve diminué pour n'être que de quatre minutes, soit 60 % plus rapide que les Pesawat actuels. Quant à l'Ilmu qu'il peut projeter, les tests ne sont pas achevés, mais il pourrait détruire la moitié d'un grand royaume en un coup, soit 55 % de...

— Oui oui... Reprit la Reine. Mais qu'en est-il de la surface couverte par son tir ?

— Il doit pouvoir couvrir environ 4 à 5 villages, voire un royaume à pleine puissance, mais comme je vous l'ai précisé, les tests...

— Je pars maintenant ! conclut Kerajaan.

— Majesté... Tenta de poursuivre péniblement le scientifique avant de plier sous les yeux implacables de la Reine. Très bien, laissez-nous le temps de nous assurer que le ravitaillement est complet...

Chaque membre du complexe s'affairait aussi vite que faire se peut, mais beaucoup eurent du mal à cacher leur stupéfaction.

Kerajaan, habituellement si aimable, amicale, accessible, semblait être devenue une femme amère, guidée uniquement pas son esprit combatif et autoritaire.

À peine dix minutes plus tard, l'équipe donnait son aval. Kerajaan entra dans le Pesawat, suivie de près par son équipe de secours puis par une vingtaine d'hommes triés sur le volet. Une fois à l'intérieur du vaisseau, Kerajaan posa plusieurs questions :

— 25 kilomètres… Il me semble que c'est suffisant Milicia !

— Tout à fait Majesté, notre cible sera impactée par notre tir sur Hutan, répondit sobrement la jolie brune mystérieuse. Ce sera parfait, tout se déroulera comme prévu… Que l'on prépare le matériel audiovisuel ! Tout doit être prêt d'ici 25 minutes maximum ! Si l'un d'entre vous me déçoit, il pourrait bien ne connaître aucun lendemain !

Des civils étaient montés à bord à l'abri des regards. Juste trois civils. Une présentatrice reconnue pour la qualité de son travail journalistique, un cameraman et un ingénieur du son. Kerajaan se tourna vers Milicia :

— Êtes-vous certaine de pouvoir parasiter chaque émetteur visuel et auditif du royaume de Pang Kat ?

— Majesté, prononça Milicia sans quelques ricanements. Je suis capable de bien plus. J'ai cependant besoin d'environ cinq minutes pour envoyer votre message à tous les émetteurs simultanément. C'est la raison pour laquelle votre message ne doit pas excéder ce laps de temps et qu'il doit être enregistré au moins 15 minutes avant l'assaut ! Nous devons être crédibles ! Je vous sens hésitante, ma Reine…

— Non, il n'en est rien ! Kerajaan secouait sa tête de droite à gauche, mais elle ne pouvait s'empêcher de baisser les yeux.

Qu'était-elle en train de faire ? Kerajaan se dirigeait vers Hutan, à bord de son Pesawat de guerre. Elle pensait à la Reine qu'elle avait toujours été. Une figure de droiture, une femme sage, avertie, pragmatique, juste...

Elle leva les yeux au ciel. Elle s'interrogeait sur l'image que son peuple aurait d'elle après la réalisation de son projet. Les plus nobles intentions ne justifient pas le plus noir des desseins. Kerajaan le savait. Sa quête des totems allait la mener à des actions irréversibles. Était-elle prête à changer toutes ces vies au nom de celle de sa fille ?

Kerajaan prit un instant pour s'isoler des quelques personnes présentes dans le puissant Pesawat.

Une fois dans ses appartements, elle pleura discrètement. Un des totems avait été localisé à Dongeng... Et elle comptait bien s'en emparer. Mentir. Tromper. Manipuler...

Les idées, les « et si ? », la réflexion à d'autres alternatives envisagées mille fois... Kerajaan se sentit partir, son sang-froid s'évaporait au fur et à mesure que ses pensées lui échappaient. Soudain, la dirigeante du plus imposant des royaumes reprit ses esprits pour se focaliser sur son but. Préserver Loan de son don, peu importe le prix.

Longtemps, Kerajaan avait attendu ce cadeau inespéré : devenir mère. Elle savait que l'occasion ne se présenterait plus jamais.

Kerajaan, après de lentes et longues respirations, rejoignit Milicia qui commençait à s'impatienter. Tout était prêt. Elle prit place devant une copie parfaite de ses appartements officiels.

Fixant l'objectif du cameraman, elle s'adressa à Pang Kat d'une voix tremblante et fragile :

« *Mon cher peuple. Hier, nous avons été victimes d'une attaque sans précédent au sein même de notre capitale.*

Au milieu de ce chaos, notre Princesse, la jeune Loan a disparu. J'ai tout mis en œuvre pour la mettre à l'abri. Aidée de la Générale Xatria Mulia que vous connaissez tous.

Mais, ma fille, l'incarnation même de la bonté, de la gentillesse, de l'altruisme, nous a été arrachée en cette terrible nuit.

Nous avons été séparées durant les émeutes de notre salle d'exposition, symbole grandiose de notre culture.

Alors que je faisais mon possible pour m'assurer que Loan était à l'abri, j'ai été agressée.

Un homme sombre et mesquin a tenté de m'assassiner.

À Pang Kat, mon peuple aimé, vous êtes tous au fait de ma préférence pour les mesures diplomatiques et réfléchies.

Mais au lendemain de cette tragédie, notre royaume est meurtri, nos cœurs hurlent "justice" à l'unisson.

Alors que j'étais persuadée que nos débats avaient mené à l'avènement d'une époque formidable, empreinte de solidarité et de paix pour tous, voici que de nouveaux alliés décident de détruire ce que nous avons construit, tous ensemble.

Nos frères et sœurs innocents ont péri hier soir, sans raison apparente.

C'est pourquoi je décide dès à présent que le dialogue est rompu. C'est dépourvue de l'esprit de vengeance, mais animée par mon désir de justice, que je décide, au nom de chacun, de riposter.

Le monstre qui a attenté à ma vie portait les couleurs et l'emblème de Hutan. Compte tenu de l'ampleur de l'attaque, je suis aujourd'hui contrainte de faire usage de la force. Face à cette barbarie et à cette bassesse, Aslinya doit se souvenir de la grandeur de Pang Kat.

Dans quelques instants, je ferai souffler le vent de la justice sur nos agresseurs.

Je leur prouverai que Pang Kat n'a rien perdu de sa superbe. Je leur prouverai que s'en prendre à l'un d'entre nous, c'est provoquer la colère de tous. Je leur prouverai notre unité et notre valeur.

Je vous aime et vous estime ».

Le Pesawat de Kerajaan poursuivait sa route à vive allure. Le canon à Ilmu était prêt depuis déjà plusieurs minutes. Hutan se dessinait de plus en plus rapidement à mesure que le Pesawat s'élançait en sa direction.

Dans leur Pesawat, à Pang Kat, Pengurus, Xatria et Peri avaient suivi avec attention l'annonce de Kerajaan depuis l'émetteur radio de l'appareil.

Le visage paniqué, Peri ne put se contenir :

— Hutan ! Non... Grand-mère Gen'... Reka ! Ouvre le sas, je dois absolument me rendre à Dongeng !

— Mais Peri, Reka se tourna vers la jeune artiste. Nous sommes à plusieurs dizaines de mètres du sol ! Tu ne vas pas...

— Ouvre !

Le reflet sur les lunettes de navigation de l'homme aux cheveux châtains ne cachait pas l'étonnement qu'on pouvait lire dans ses yeux d'un bleu presque translucide. Mais après tout, si Peri Warna était la détentrice de l'Ilmu du peuple du Rhêve, sans doute savait-elle ce qu'elle faisait.

Pengurus prit la parole à son tour :

— Peri ! Je t'en prie, ne prends pas de décision hâtive. Nous devons rester ensemble. Pour sauver la Princesse Loan et pour contrer le possible retour de Dewa.

— Rien n'est plus essentiel que de retrouver la Princesse, poursuit Xatria. Je comprends ton besoin de retrouver la femme qui t'a élevée... Mais garde bien en tête que la Reine ne reculera devant rien pour sauver sa fille et que je l'épaulerai... Si nos chemins venaient à se croiser de nouveau et que tu tentes quoique ce soit pour lui nuire, je n'hésiterais pas à te neutraliser.

Peri jeta un regard vers la Générale. Sans dire un mot, elle s'approcha du sas que Reka était en train de déverrouiller. Avant de sauter, elle s'adressa aux membres de l'équipe :

— Je le sais Xatria. Je salue ta loyauté et je ne veux pas que nous perdions ce début d'amitié qui nous lie. Mais je ne peux laisser la Reine de Pang Kat détruire le royaume qui m'a vu grandir. Je dois protéger les gens que j'aime. Comme toi. Pengurus, j'ai senti lors de notre enquête que ton pouvoir cache quelque chose, nous nous reverrons... Reka, merci...

Peri sauta du Pesawat encore en mouvement. Elle fit appel à l'air, elle semblait suspendue dans le ciel. Puis, comme si son centre de gravité était Hutan, elle se propulsa vers le royaume.

Le Pesawat de Kerajaan survolait Hutan. Sous le vaisseau, les gens vivaient leur vie. Certains ayant pris conscience de la présence de l'énorme bâtiment flottant, s'interrogeaient sur les raisons de sa présence. Un premier cri, suivi de nombreux autres, alertait sur l'horrifique vision de l'énorme canon pointé dans leur direction.

Devenant étincelant par l'accumulation d'Ilmu, le canon libéra une première vague d'énergie. En moins de temps qu'il en faut pour le dire, une partie de la capitale avait été détruite, ainsi que quelques villages alentour.

Le village de Dongeng, bien qu'épargné, fut fortement secoué par la violence inédite de l'explosion.

Les maisons et autres locaux se fissuraient ou s'écroulaient face à cette puissance meurtrière.

Alors que toutes leurs infrastructures sombraient les unes après les autres, les habitants de Hutan fuyaient vers la forêt dans laquelle des abris les accueilleraient.

Profitant de la peur et de l'évacuation des villes et villages en urgence, le Pesawat de Kerajaan se posa à proximité de la maison dans laquelle Peri avait grandi. Milicia fut la première à descendre :

— C'est ici… Je le sens. Le premier totem se trouve dans ce qu'il reste de cette maison ! Vous ! Milicia désigna deux soldats présents dans le Pesawat. Accompagnez-moi dans cette demeure.

— Je vous interdis d'entrer dans ma maison, gronda grand-mère Gen'. Je n'ai pas succombé à votre attaque fourbe, ce n'est pas pour vous laisser l'occasion de me piller !

— Dégage vieux fossile, répliqua Milicia. Nous sommes pressés, nous n'avons pas de temps à perdre avec une mémé sénile. Dans ce qu'il reste de ton trou à rat se trouve quelque chose que nous cherchons depuis un moment. Alors, t'es mignonne et tu vas faire une partie de cartes avec tes copines édentées !

— Vous n'avez pas compris jeune fille, reprit Gen'. Vous ne repartirez pas d'ici avec le totem du Rhêve. J'ai élevé la descendante de ce peuple, partez ou périssez !

— Et bien et bien… dit Milicia en se caressant le menton. Tu sembles vouloir me contrarier… Soit !

Milicia fit un signe aux deux soldats qui l'accompagnaient. Sans attendre, ils mirent la vieille femme en garde.

Alors qu'ils entreprirent de l'encercler, Gen', d'un mouvement vif et précis, enfonça sa canne dans le sol. En résultèrent d'innombrables ronces épaisses et puissantes qui entravèrent les deux soldats. Leurs épines étaient si aiguisées et résistantes qu'elles furent capables de percer l'alliage qui composait les armures des deux malheureux.

La constriction devint si lourde que l'épiderme des soldats se craquelait au point de laisser s'échapper des torrents de sang.

Grand-mère Gen' constatant que son Ilmu allait causer la mort des soldats leva son sort :

— Partez d'ici et emmenez vos hommes avant que leurs hémorragies ne leur coûtent la vie… Ne revenez jamais par ici ou vous découvrirez que ma clémence a ses limites.

— J'ai clairement eu tort de te sous-estimer mamie, constata Milicia. Mais vois-tu, tu n'es pas la seule à maîtriser l'Ilmu… J'en suis moi-même une redoutable utilisatrice !

En un instant, le colosse à l'armure fournie saisit la hache fixée à son dos et chargea la vieille femme. La puissance de l'acolyte de Milicia laissa tous les autres bouche bée.

Un fracas.

Le silence.

Loin de la funeste scène qui se déroulait à Dongeng, Peri Warna, qui faisait route à vive allure vers Hutan, sentit son sang se glacer.

Avec le temps, le lien qu'elle avait noué avec grand-mère Gen' était intimement puissant. Ne pouvant accélérer davantage sa course, elle pleura.

À l'instant, elle avait compris. Le cœur de cette femme sage et droite qui l'avait élevée, qui lui avait enseigné comment se servir de son Ilmu, comment comprendre et dompter son pouvoir, faiblissait.

Priant pour arriver à temps, pour avoir ne serait-ce qu'une minute pour lui exprimer son amour et sa gratitude, Peri demanda au vent de la porter encore plus vite.

Sa vitesse, pourtant déjà équivalente à celle d'un objet qu'on laisse tomber depuis une grande tour, augmenta sensiblement.

Presque vingt minutes s'étaient écoulées depuis que Peri avait eu ce sinistre pressentiment.

Approchant de son village, elle ne put que s'indigner devant ce spectacle désolant.

Ses yeux parcouraient le champ de ruines qui s'étendait devant elle, ses jambes, vives et entraînées, bravaient les nombreux obstacles semés sur sa route. Des arbres, des débris, ce qu'il restait des maisons de ses voisins, jusqu'à arriver à la quatrième colline, où se situait sa maison.

Les troupes de Kerajaan étaient parties depuis peu. Désespérée, Peri hurla le nom de sa grand-mère de cœur à de nombreuses reprises. L'évènement lui rappelait le douloureux souvenir de l'avoir un jour trouvée inanimée dans la cour de méditation.

Instinctivement, c'est d'ailleurs le premier endroit vers lequel elle se dirigea. Mais elle n'eut pas à s'y rendre. Avant de se rendre à sa destination, Peri s'arrêta. Elle était devant elle, allongée sur le sol teinté de rouge.

Il était trop tard. Grand-mère Gen' avait succombé à la terrible blessure qui déformait son ventre. Les pouvoirs de Peri, aussi grands soient-ils, ne pouvaient plus agir.

Les heures passaient et Peri ne pouvait plus s'arrêter de pleurer. Agenouillée au sol, le corps inerte de son aînée dans les bras, elle ne pouvait contenir la déchirante émotion qui parcourait tout son être.

Lentement, Peri prit la main de Gen' :

« *Tu seras à jamais dans mon cœur. Tu étais dure, intransigeante, ferme... Mais tu m'as tout appris. Plus jamais je n'aurai l'occasion de te dire tout ce que tu m'as apporté. On m'a volé la possibilité de te dire mon amour une dernière fois... Tout ce que tu m'as enseigné, je m'en souviendrai. Je retrouverai celui qui t'a arrachée à moi... Et puisque chaque vie est précieuse, je ne prendrai pas la sienne... Mais sois sûre qu'il ne restera pas impuni* ».

Ses paroles achevées, Peri prit grand-mère Gen' dans ses bras et l'emmena dans la cour de méditation, peu abîmée par le terrible assaut de Pang Kat sur Hutan.

Devant l'arbre coloré face auquel toutes deux pratiquaient leurs exercices, la terre s'ouvrit sous l'Ilmu de Peri. Les racines de l'arbre se soulevèrent pour emporter le corps de la vieille femme à l'intérieur de l'espace dessiné par le sol. Doucement, la terre avait repris sa place, elle couvrait désormais et pour toujours l'enveloppe charnelle de Gen'.

Cette nuit-là, le ciel chargé libéra une pluie torrentielle sur Dongeng. La foudre fracassait le sol sans répit.

Peri resta dehors, devant la tombe de Gen'. Emportée par la fatigue, la jolie femme se coucha sur le lit de la grand-mère, encore intacte.

Ce n'est qu'au lendemain de cette terrible épreuve que Peri constata qu'il manquait quelque chose dans la maison.

V
« C'est grâce à toi »

Tout était flou. Péniblement, ses yeux découvraient une chambre confortable ; les rideaux étaient d'un vert émeraude distingué, la tête de lit avait été sculptée avec le plus grand soin et rappelait des vignes folles et insaisissables.

Plus de doutes, Loan était parvenue à atteindre Gadis Cantik. À plusieurs reprises, la Princesse avait tenté de se lever mais son initiative avait été laborieuse, du fait de sa blessure récemment soignée. Des bandages avaient été disposés autour de sa fine taille. Ils avaient par endroit pris la couleur écarlate de son sang.

Par la fenêtre de sa vaste chambre, Loan voyait de luxuriants jardins au pied de sa tour, de belles bâtisses arrondies au loin. Gadis Cantik n'était pas réputé comme étant le royaume de la beauté pour rien !

Des espaces verts qui s'étendaient sur l'ensemble de la capitale, rares étaient les habitations dont le revêtement n'était pas coloré. Du point de vue de Loan, la cité ressemblait à un gigantesque tableau empli d'innombrables fleurs.

Loan entendit le bruit d'une porte derrière elle :

— Chipan ? S'étonna la Princesse. Vous avez pu entrer dans le royaume !

— Héhé, je suis aussi surpris que toi, répondit Chipan. Après que tu as perdu connaissance, j'ai essayé de te faire un pansement avec mon écharpe... J'étais bien énervé... Et je ne sais pas trop comment, mais j'ai couru vite. Très vite, avec toi dans mes bras. Jamais je n'avais senti une telle puissance. C'est très bizarre...

— Alors, tu es capable de manipuler l'Ilmu ? interrogea Loan.

— Je n'en savais rien jusqu'à aujourd'hui, mais oui ! On dirait... Après un léger silence, Chipan reprit. Bref ! Les gardes m'ont vu débarquer, j'ai raconté brièvement ce qui nous est arrivé, j'ai montré ta lettre et ils m'ont immédiatement laissé entrer. D'ailleurs, Teman est un peu dégoûté parce que je suis arrivé avant lui et qu'il est obligé de nous attendre dehors.

— Tu n'as pourtant pas l'air d'une femme ! plaisanta Loan.

À nouveau, la porte s'ouvrit. Deux femmes superbes entrèrent et prirent place de chaque côté de celle-ci.

Une femme vêtue d'accessoires précieux, de voiles soyeux et de juste ce qu'il faut de tissu pour ne pas être indécente fit son apparition. Sa beauté était à couper le souffle. Un corps digne des plus belles sculptures, de beaux et grands yeux verts, une longue et volumineuse chevelure à la couleur du blé, Vénus venait d'entrer dans la chambre.

En voilà une qui savait soigner ses entrées ! Il ne manquait plus que le cortège musical. Ses lèvres pulpeuses commencèrent à danser, soulignées par un léger maquillage et par un petit grain de beauté disposé tout près à droite, juste au-dessus de son menton :

— Loan...

— C'est une blague interrompit Chipan. Non seulement cette nana est sublime, mais en plus, elle a une voix à charmer les dauphins ! Je…

Les deux gardes pointèrent leurs hallebardes sur le beau cuisinier. Lui rappelant ainsi qu'il n'était pas le bienvenu à Gadis Cantik.

« Vous n'êtes ici que parce que vous avez sauvé Loan d'une mort certaine. Restez à votre place ! »

L'extrême douceur de Vénus fit place à un sursaut d'agacement à peine quelques dixièmes de secondes. Regardant à nouveau sa nièce, son calme revint :

— Je suis si heureuse que tu aies pensé à moi. En revanche, pourrais-tu m'expliquer la raison pour laquelle tu es venue de si loin, en marchant, et en de si mauvaise compagnie !

— Marraine, reprit Loan. Je devais fuir le château pour n'éveiller aucun soupçon. Ce jeune homme a tout fait pour m'aider. Sans aucune contrepartie. C'est un homme bien…

— Fuir le château ! Ma jeune enfant, tu peux d'ores et déjà considérer que l'armée de Pang Kat tout entière est à ta recherche ! répondit Vénus. Tu as juste gagné un peu de temps… Raconte-moi tout, ta mère sera derrière nos murs d'ici quelques heures. Avant que tu ne commences, je tiens à présenter mes excuses à ce jeune homme. Vénus regarda Chipan avec bienveillance. Merci d'avoir aidé Loan à atteindre Gadis Cantik.

Vénus tourna la tête, se dirigea vers un fauteuil moelleux et s'installa. Elle fit un signe de tête à Loan qui, après une inspiration, se lança :

— Depuis plusieurs mois, Mère me dispense d'assister à ses conseils. De coutume, elle me demandait d'être présente. Notant ce changement, Matih m'a aidé à disposer un mouchard dans la salle en question. Mère y rencontre des gens que je ne connais pas. Je sais qu'elle a envoyé l'armée du royaume en reconnaissance sur l'ensemble d'Aslinya pour trouver « des totems ». Sans doute du fait de mon don d'empathie, je redoute qu'elle déclenche un conflit mondial sans précédent. Matih m'a suggéré de venir vous prévenir. Il pense que vous seule saurez raisonner Mère.

— Ma chère Loan, dit Vénus les yeux fermés. Tu as bien fait. Ta mère recherche les totems Rhêve, Anthik et Lumyre... C'est évident. Nous devons l'en empêcher...

— Mais, s'interrogea Loan. C'est une légende. Pourquoi risquer une guerre pour satisfaire son obsession pour un conte de fées !

— Tu te trompes Loan. Vénus s'exprimait d'une voix hésitante, ses yeux s'humidifiaient à mesure qu'elle parlait. Cette légende n'a rien d'un folklore. Et même si ses versions ont été altérées au fil du temps, elle est bien réelle malheureusement. Kerajaan est certainement en possession d'un des totems... D'où son attaque sur Hutan...

— Comment ! Loan, surprise et démunie, ne pouvait croire ce qu'elle venait d'entendre. Hutan a été attaqué !

— Hélas, oui, répondit Vénus. Il va falloir faire vite... Nous devons absolument retrouver les descendants des peuples initiateurs du sort qui scella Dewa jadis... Sinon, nous serons tous condamnés. De ce que j'ai cru comprendre, nous avons la chance inouïe d'avoir l'un des trois avec nous... Chipan !

Chipan, surpris par l'annonce de Vénus eut un mouvement de recul :

— Quoi ! Oula, je ne sais pas de quel délire vous parlez, mais moi, j'ai juste porté secours à cette jolie demoiselle ! Je me fous de vos problèmes politiques !

— N'as-tu pas eu de guide pour t'expliquer ce que tu es ? Interrogea Vénus.

— Non, je suis orphelin. Je me suis toujours débrouillé tout seul, indiqua fièrement Chipan J.

— Je vois… dit Vénus en se dirigeant vers Chipan. Vu la prouesse que tu as réalisée pour amener Loan jusqu'à moi, tu dois être le fils du peuple Lumyre… Je ne vois pas d'autre explication… Écoute-moi bien jeune homme, tu dois impérativement stopper les plans de Kerajaan. Il en va de la survie de tous…

— Mais qu'est-ce qu'elle raconte ? se moqua Chipan. Je ne voudrais pas te faire passer pour une cinglée, mais je crois qu'il te manque une case ! J'avoue, j'ai fait un truc que je ne comprends pas pour sauver Loan. Je suis capable d'utiliser l'Ilmu et je n'en savais rien. Mais de là à me lier à cette légende, faut pas déconner ! Allez, je me barre moi… Amusez-vous bien avec vos quêtes imaginaires !

— NON ! s'exclama Vénus. Si tu es celui auquel je pense, je ne peux te laisser repartir. Tu dois apprendre à te servir de l'Ilmu. Je te défie ! Si tu es le descendant de Lumyre, tu survivras, si ce n'est pas le cas, tu mourras, souriait Vénus.

Chipan se sentait acculé. Il accepta le duel contre Vénus. Ils se dirigèrent tous deux vers l'arène traditionnelle de Gadis Cantik, escortés par plusieurs femmes armées et suivis par Loan, inquiète et curieuse au sujet des révélations de sa marraine.

Comment Vénus pouvait-elle en savoir autant à propos de cette légende ? Pourquoi était-elle si avisée et concernée ? Et surtout, comment pouvait-elle défier un homme capable d'utiliser l'Ilmu ? En était-elle capable, elle aussi ?

Vénus et Chipan avaient fait leur entrée sur le stade. De la pierre brute, de couleur sable et visiblement façonnée à la main.

Les gradins en cercle autour du ring soutenu par des chaînes robustes étaient dépourvus de spectateurs.

Seuls quatre piliers de roche au-dessus de l'immense abîme sous la surface de combat donnaient l'illusion d'une dernière connexion avec Aslinya.

Les deux combattants s'observaient, attendant le signal pour s'affronter.

L'une des gardes de Vénus fit retentir le tambour.

Chipan hésitait. Tiraillé entre l'envie de se mesurer à une adversaire qui semblait redoutable et l'absurdité de ce duel.

Sûre d'elle, Vénus fonça sur Chipan. Ses ongles soignés prirent la forme de griffes aiguisées et acérées. Péniblement, Chipan esquiva l'assaut.

Encore. Et encore. Les esquives de Chipan devenaient de plus en plus imprécises et difficiles.

Vénus lança un regard plein de détermination à Chipan :

« C'est ce que tu peux faire de mieux ? »

Chipan se décida à contre-attaquer. Prenant son élan, armant son poing, il mit toute sa force dans le coup qu'il comptait porter à celle qu'on appelait la prêtresse de la beauté.

Vénus se montrait souple et ne perdait pas son aplomb. Déjouant les assauts de Chipan les uns après les autres, elle humiliait non sans plaisir le jeune homme courageux et insouciant.

À plusieurs reprises, Chipan flirtait avec le gouffre sans fin qui déterminait les limites de l'arène.

Une fois. Deux fois. Dix fois. Chipan ne cessait de se relever, toujours plus affaibli par les techniques précises de Vénus. Loan assistait, impuissante, à la défaite inéluctable de son nouvel ami.

À maintes reprises, le corps de Chipan frôlait la chute fatale. Son visage se déformait au rythme des coups de Vénus.

Le jeune homme était submergé par la puissance et le savoir-faire de la souveraine de Gadis Cantik. Acculé, dépourvu de défense, Chipan se trouvait à nouveau au bord du terrain.

Sonné par ces nombreux assauts, il regardait dans le vague, perdu…

« MARRAINE ! JE VOUS EN CONJURE, CESSEZ DE VOUS ACHARNER. »

Chipan, entendant la voix de celle qu'il s'était promis de protéger, libéra une nouvelle fois son Ilmu.

Entouré d'une lumière dorée, son corps souffrant des attaques frénétiques de Vénus semblait plus léger, plus rapide, plus instinctif.

Malgré cela, Vénus ne perdait pas l'avantage qu'elle avait sur le jeune homme. Plus de doutes, elle savait.

Devant l'évidence, les cheveux de Vénus s'allongèrent pour étreindre la gorge du jeune homme.

Suffoquant, Chipan se débattait violemment. Mais Vénus était hors de portée. La femme fatale suspendit Chipan au-dessus du vide encerclant l'arène.

Comme lors de l'agression de Loan dans les plaines de Pang Kat, son corps devint encore plus lumineux. De l'Ilmu tombé du ciel sectionna la chevelure de la superbe femme. Son corps à la merci de la pesanteur prit appui sur le vide et se propulsa sur le terrain.

S'en suivit un échange de coups puissants, une lutte acharnée. Le duel était plus équitable. Vénus, souriante et convaincue des prouesses de Chipan, prit ses distances :

« On arrête, il n'y a plus de doute possible ».

Vénus cessa de combattre. Elle regardait Chipan satisfaite. Mais la rage du jeune homme ne faiblissait pas.

Il semblait avoir perdu la raison et l'intensité de ses attaques ne faiblissait pas. Une nouvelle fois Loan tenta de l'interpeller. En vain. La Princesse de Pang Kat se résigna à utiliser son don d'empathie.

L'Ilmu qui émanait du corps de Chipan était drainé par celui de Loan. Un ballet d'énergie s'exécutait au-dessus du stade. L'aura et la lumière autour de Chipan devinrent proches de l'inexistence. Retrouvant sa forme initiale, il perdit connaissance.

Les yeux de Loan, blancs et vides, ne donnaient aucune indication sur son état. Son enveloppe charnelle laissa échapper de l'Ilmu sous forme de foudre, frappant et dévastant le stade au hasard.

Comme Chipan avant elle, Loan s'écroula au sol, épuisée.

Quelques heures plus tard, les deux amis se réveillèrent dans une salle de soins, sous le regard attentif des gardes du corps de Vénus.

Cette dernière ne mit pas longtemps à rejoindre Chipan et Loan :

— Vous semblez vous être remis du spectacle inhabituel que vous avez livré devant moi. Loan, je te suggère de rester ici avec moi. Je te cacherai et te protégerai.

— Mais marraine, je ne cherche pas de protection. Je souhaite que Mère soit délivrée de l'emprise néfaste dont elle est victime... répondit Loan.

— J'ai bien compris ma toute belle, reprit Vénus. Mais tu n'es pas sans savoir que Kerajaan règne sur le plus puissant des royaumes. La seule façon de contrecarrer ses desseins, c'est de la prendre de vitesse. Une fois fait, nous irons à sa rencontre pour la raisonner. Chipan ! Tu dois absolument trouver ton totem.

— Euh… Hésitait Chipan. C'est-à-dire que je n'ai aucune idée de ce que c'est !

— Les Lumyre, comme le peuple de Rhêve ou de Anthik, ont opté pour l'extinction de leur lignée. Ils ont également décidé de ne laisser aucune piste pour les descendants. As-tu un objet datant de ta naissance qui ne t'a jamais quitté ?

— J'ai beau y réfléchir… Je ne vois pas… Regrettait Chipan. En dehors d'un vieux cuiseur à riz, qui peine à se charger en Ilmu quand j'essaie de l'utiliser…

— Va le chercher ! Interrompit Vénus.

— Je vais rejoindre Teman. Nous retournerons au laboratoire de cuisine. C'est là-bas que je l'ai laissé. Chipan regarda Loan d'un air sûr et serein. C'est grâce à toi…

Sans donner plus de détails, Chipan prit la route vers l'entrée de Gadis Cantik où Teman s'impatientait et faisait part aux gardiennes de son vif mécontentement.

Voyant son ami de toujours arriver, Teman se partageait entre soulagement et colère. Après une explication succincte de la part de Chipan, les deux amis prirent la direction de leur cuisine à bord de leur Pesawat.

VI
« C'est impardonnable ! »

Après des heures de recherches, le Pesawat de Pengurus, Xatria et Reka reprit le chemin de Pang Kat.

Reka était resté à l'aérogare pour s'assurer de la bonne maintenance de l'appareil. Pengurus, ruminant de n'avoir pu retenir Peri à bord du Pesawat, prit la direction de la ville, accompagné de Xatria. Elle-même frustrée de ne pas avoir retrouvé Loan.

Errants comme deux âmes en peine, ils décidèrent de s'arrêter boire un verre dans. Le bar s'appelait « Le Coma ». Leur whisky était réputé l'arrière-ville comme étant parfumé à la rose et particulièrement fort : 60 % ! Nombreuses étaient les histoires « imbibées » à son propos. Et Xatria, comme Pengurus, avait plus que jamais besoin d'oublier. Après le premier verre d'alcool sec, Pengurus commanda un second verre pour lui et pour sa compagne d'infortune :

— Je suis gardien de la Légende de Aslinya. Le moment est venu pour moi de réunir les descendants de Lumyre, Rhêve et Antik... Mais je ne suis même pas fichu de retenir la seule que j'ai pu retrouver... Se lamentait le sage.

— Mais vous avez encore la possibilité de la rejoindre à Hutan... Moi, garde du corps personnelle de la famille royale, je ne sais même pas où se trouve la Princesse Loan... J'ai bien de la chance que la Reine ne soit pas encore rentrée... S'exprima non sans honte Xatria entre deux gorgées de whisky.

— Vous me suggérez de rejoindre Peri ? Ne pensez-vous pas qu'elle risque de se sentir traquée ? Demanda Pengurus.

— Bof... Tout dépend de ce qu'elle a trouvé en arrivant dans son village... Ça fait parfois du bien de se sentir soutenue... Un autre verre ? Proposa la femme à l'armure, désabusée.

Découragés, Pengurus et Xatria évoquaient leurs ratés et tentaient de trouver des solutions à leurs problématiques respectives. Mais le breuvage qu'ils absorbaient depuis maintenant plusieurs heures commençait à faire effet. Leurs propos pertinents se faisaient plus rares, et plus hésitants.

Les gens allaient et venaient dans le bar et bientôt, nos deux compagnons de beuverie tombaient à court d'arguments. Mais malgré son ivresse avancée, l'oreille de Xatria fut captivée par la conversation de deux hommes accompagnés d'un troisième qui n'était pas en capacité de s'exprimer :

— Sale soirée pour nous... Avait repris l'un d'entre eux. Je me la serais bien faite cette pétasse de bonne famille. Remarque, elle la ramenait moins avec un poignard dans le ventre cette traînée !

— Ouais ! poursuit le deuxième. Et puis vu la quincaillerie qu'il y avait dans sa besace, on aurait pu être tranquilles un moment niveau pognon ! Pour sûr, ça valait son pesant d'or !

L'homme se tourna vers celui dont la mâchoire était brisée :

— Quant à l'autre bonhomme qui est sorti de nulle part... Faut qu'on s'équipe en Knifgun ! Si on avait été mieux préparés, ce cinglé n'aurait pas pu nous voler notre proie. Elle nous a bien eus avec son Ilmu, mais une fois à terre, elle ne pouvait plus rien faire. Imaginez la rançon qu'on pourrait demander en échange d'une Princesse... On doit se...

La tête du parleur heurta violemment la table. Celle-ci céda sous la pression exercée par la main ferme de Xatria.

Deux des trois hommes étaient désormais dans l'incapacité de prononcer le moindre mot. Dans « Le Coma », chacun connaissait Xatria. Même les plus solides gaillards n'osaient intervenir.

Xatria, folle de rage et alcoolisée regarda le dernier membre du trio :

— Que comptiez-vous faire à la Princesse Loan ? interrogea-t-elle.

— Vous êtes... Vous... Le dernier homme, reconnaissant Xatria, était tétanisé par la peur.

— Qu'importe qui je suis, pauvre rebut ! Xatria changea son Knifgun en une lame mi-longue et dirigea son arme en direction de la gorge de son interlocuteur. Parle ! Que s'est-il passé !

— Oui, oui ! Paniqua le voleur. On était en route pour regagner Pang Kat quand nous avons vu la Princesse seule. On l'a reconnue rapidement grâce aux photos d'elle et à sa tenue distinguée. On s'est dit qu'il y avait moyen de se faire beaucoup d'argent. On s'est dit qu'on pourrait demander une rançon en échange de sa libération. Mais on ne lui aurait jamais fait du mal ! Je vous le jure !

— C'est curieux... rétorqua Xatria. À l'instant, tes potes et toi parliez de la violer ! Et vous disiez l'avoir poignardée ! Je te conseille vivement de me dire toute la vérité ! Mais peut-être que vous préféreriez un traitement de faveur par mes soins !

— NON ! NON ! Pitié ! Pleurait le malfrat. Un homme au corps brillant est sorti d'on ne sait où et nous a attaqués ! Ce n'était pas nous ! C'est lui qui a poignardé la Princesse ! Et il a disparu dans les montagnes avec son corps ! Chipan ! C'est comme ça qu'elle l'a appelé avant de s'évanouir...

— Le cuisinier embauché pour l'exposition... Il s'est présenté à nous avant de rejoindre les cuisines... Pensa Xatria à haute voix.

D'un coup de poing, elle assomma le dernier des brigands. Elle utilisa son émetteur pour appeler des gardes de confiance. Avant de quitter les lieux, elle lança à Pengurus :

« Nous savons tous les deux ce que nous devons faire. S'il vous plaît, surveillez ces malfrats en attendant mes hommes ».

Elle disparut à vive allure, rentra au château de Pang Kat et partit comme une furie en direction de Cahaya à bord de son Pesawat personnel.

Pengurus pensait aux mots prononcés par Xatria. Devait-il rejoindre Peri ? Sans doute. Pas question de perdre l'un des trois héritiers. Attendant les gardes de la Générale, Pengurus, un peu vaseux du fait des verres de whisky, eut un moment de lucidité. « Un homme au corps brillant », capable de mettre à mal trois hommes armés et visiblement expérimentés. Et s'il était l'un des descendants qu'il recherchait ?

Reprenant ses esprits, Pengurus songea à deux options :

— *Suivre Xatria et potentiellement trouver un autre héritier.*

— *Rejoindre Peri et s'assurer de sa sécurité.*

Les gardes firent irruption dans « Le Coma ». Les trois hommes furent arrêtés et menés en prison.

Pengurus, toujours tiraillé par ces possibilités, trancha. Il allait rejoindre Peri. Il prit la direction de la station de Pesawat pour rejoindre Reka. Le voyant, il l'interpella et commença à discuter à l'abri des regards :

— Reka. J'ai besoin de toi... Peux-tu m'emmener à Dongeng, près de Hutan ? J'ai l'intime conviction que nous devons la retrouver au plus vite.

— Peri ! S'exprima le pilote. C'est-à-dire que ça ne me dit rien d'aller par là-bas après l'annonce de notre Reine... Je ne voudrais pas passer pour un traître.

— J'en suis conscient. Mais je crois que tu rendrais un grand service à Pang Kat en m'y conduisant, affirma Pengurus. Réfléchis, Peri est la descendante du peuple de Rhêve. Son Ilmu est d'une puissance presque infinie. Si l'attaque de Kerajaan est aussi destructrice qu'on peut l'imaginer, nous devons la retrouver avant qu'elle ne commette l'irréparable.

— Tu penses que Peri pourrait... hésitait Reka.

— Partons ! Avec ton Pesawat, nous pourrons voyager sans être repérés. Peri nous connaît, je pense qu'elle nous fait confiance. Je veux l'aider. Et si je peux éviter un conflit inter-royaume, il n'y a pas à sourciller ! Qu'en penses-tu ? Interrogea Pengurus.

— J'ai déjà enregistré le retour de mon Pesawat à l'aérogare... précisa Reka. Ressortir sans autorisation serait suspect.

— Effectivement, acquiesça Pengurus. C'est pourquoi nous allons prétexter avoir eu des informations sur l'endroit où se trouve la Princesse Loan ! Il se pourrait que Kerajaan rentre à Pang Kat dans les prochaines minutes, il faut faire vite.

Reka songea un instant aux pour et aux contres. Il ne connaissait pas Peri depuis longtemps, mais il avait le sentiment que la jeune femme était d'une bonté rare et qu'elle était juste.

Les deux hommes retournèrent au Pesawat de Reka en racontant l'histoire inventée par Pengurus.

Tous deux assis à l'avant du véhicule furtif, ils étaient perdus dans leurs pensées propres. Ils restaient muets, prenant la mesure de l'acte qu'ils venaient de commettre.

Pengurus, gardien des légendes et de Tahu, la capitale du savoir, risquait d'être décrédibilisé. De perdre le statut qui lui permettait d'intervenir aux conseils des royaumes en tant que sage neutre. Les gouvernants cesseraient alors de permettre l'archivage de leur Histoire à Tahu et la cité perdrait de sa valeur. Sans compter que, de colère, Kerajaan pourrait décider de s'en prendre à ce berceau de l'éducation.

Reka était conscient qu'il était un pilote et un technicien d'exception. Mais s'il était considéré comme un traître en cette période troublée, la sentence ne tarderait pas à tomber : l'exécution.

Hutan, malgré une véritable purée de pois, devenait visible. La déflagration avait été si violente que même après plusieurs heures, les fumées étaient encore bien présentes.

Le Pesawat se posa devant les ruines du village de Dongeng. Les deux hommes restaient discrets, peut-être que des soldats de Pang Kat étaient toujours sur place. Se fiant aux descriptions données par Peri lorsqu'elle évoqua son passé, ils parvinrent à retrouver la maison de grand-mère Gen'.

Pengurus et Reka entrèrent dans la demeure meurtrie. Personne. Arrivés devant la cour de méditation, les deux hommes virent Peri, assise devant la tombe de celle qui l'avait élevée. Peri, alors en pleine prière, les avait remarqués. Elle termina puis se tourna lentement vers eux :

— Vous êtes venus… commença Peri.

— Oui… hésita Reka. Nous nous devions de nous assurer que tu vas bien. On s'est fait beaucoup de soucis…

— Effectivement, poursuit Pengurus. Nous devinons ce qui s'est passé ici... Nous sommes tellement désolés Peri. Mais je t'en conjure, ne mets pas ta vie en danger. Ne trahis pas le souvenir de Gen'...

— Vous n'y êtes pas, répondit Peri. Grand-mère m'a appris le respect des vies d'autrui, aussi vils soient-ils. Je ne tuerai pas Kerajaan. Mais je compte bien la confronter à ses immondices. Son statut ne la protégera pas des crimes qu'elle a commis envers Hutan, soyez-en sûrs !

Le regard de la jeune femme était impassible et ses yeux trahissaient la colère et la tristesse qu'elle ressentait. C'est non sans larmes qu'elle regarda vers le ciel :

— Elle va payer. Elle doit payer. Je ne vous demande pas de vous joindre à moi. Je vous demande de ne pas intervenir...

— Peri... Pengurus s'avança. Mon Ilmu peut te permettre d'entendre les pensées résiduelles de Gen'... De discuter une dernière fois avec son esprit.

— Pengurus... Sanglota Peri. J'ai confiance en toi et en ton Ilmu... Mais est-ce vraiment... Mais... Mais...

— Laisse-moi essayer, conclut le mage sage.

Sans attendre, il invoqua son Ilmu au-dessus de la tombe de grand-mère Gen'. Une lumière discrète se dessinait autour de la sépulture, le sol dansait lentement, le vent laissa entendre une voix apaisée. Il ne fallut pas longtemps pour que son esprit, fraîchement arraché au monde des vivants, fasse son apparition :

« Peri... Ma petite... Je regrette de n'avoir pu tenir plus longtemps pour te dire au revoir... Tu es devenue une femme intelligente, jolie et sage... J'ai été tuée récemment. Dans des circonstances si troubles que je n'ai pas eu le temps de comprendre pourquoi l'homme à l'armure s'est jeté sur moi.

N'oublie pas que ma rigueur n'entache en rien l'amour que je t'ai toujours porté. Je sais que tes choix seront justes et qu'ils feront honneur à l'éducation que je t'ai donnée. Je t'aime du plus profond de mon être et j'emporterai cet amour dans l'au-delà. Je suis fière de toi Peri ».

L'esprit, serein, commençait à disparaître sous les pleurs de Peri.

Durant un instant, aucun des spectateurs de cette scène surréaliste n'avait prononcé le moindre mot.

Peri sécha ses larmes. Persuadée qu'il fallait confronter Kerajaan, elle avait compris que les paroles de grand-mère Gen' l'invitaient à creuser davantage.

La belle jeune femme à la peau dorée prit un instant pour remercier une dernière fois Gen'. Puis elle se tourna vers Reka et Pengurus :

— Je n'ai pas changé d'avis, confia Peri. Mais je dois savoir ce qui s'est passé. Il est évident que la Reine n'a pas tué grand-mère Gen', mais elle est responsable malgré tout. C'est elle qui a mené ses troupes jusqu'à Hutan, pour des raisons irrationnelles et égoïstes. C'est impardonnable.

— Peri… dit Reka en levant la tête. Avant de partir te rejoindre, je craignais d'être taxé de traître. J'ai hésité à te rejoindre suite à la communication de la Reine Kerajaan… Après un moment si particulier, je ne peux que te dire que tu as tout mon soutien… Mon Pesawat est le tien ! Et je serai ton pilote aussi longtemps que je pourrai.

— Merci, Reka… Peri posa la main sur sa poitrine. Ton aide sera précieuse. Garde en tête que je ferai tout ce qui est en mon pouvoir pour te mettre à l'abri des remontrances de Pang Kat. Je te suggère d'ailleurs de ne rien révéler de notre partenariat.

Reka acquiesça. Tous les deux regardèrent Pengurus. C'est sans se dégonfler qu'il déclara :

« Je vous accompagne. Je sais les risques... Je sais que ma décision sera irrémédiable, mais j'ai le profond sentiment que mon choix est le bon. Il nous faut des réponses, retournons à Pang Kat, l'Ilmu de Peri combiné au mien pourrait nous conduire à de nouvelles pistes. Mais Peri, tu dois me promettre de ne pas commettre de folies ».

Peri resta muette... Elle eut un dernier regard pour Dongeng avant que le trio ne prenne place dans le Pesawat.

S'éloignant du royaume de Hutan, Peri ferma les yeux. Sa détermination était sans faille.

Le Pesawat de Reka voguait à vive allure quand soudain, l'engin perdit en puissance. Une épaisse fumée s'échappait du vaisseau. L'appareil se rapprochait dangereusement du sol :

— La réserve d'Ilmu n'alimente plus notre moteur ! cria Reka. Je ne sais pas ce qui se passe, mais on va s'écraser !

— Au-dessus de cette forêt ! S'inquiéta Pengurus. Mais tu ne pourras jamais poser le Pesawat dans ces conditions !

— Ouvre la porte et préparez-vous à sauter ! Reprit Peri avec énergie.

— Sauter ! De si haut ? protesta Reka.

— Ne discute pas ! ordonna Peri. Je sais ce que je fais !

La porte du Pesawat s'ouvrit. Peri fut la première à sauter, suivie pas Pengurus, confiant.

Alors que les deux mages entamèrent leur chute vertigineuse, Reka, paralysé par la peur du vide, ne put faire de même.

« REKA !! »

Peri hurla en regardant le Pesawat perdre davantage d'altitude. N'oubliant pas Pengurus, elle créa une bulle d'air autour d'eux pour ralentir considérablement leur vitesse. La bulle semblait défier la gravité et flottait de façon un peu hasardeuse.

C'est le regard plein de tristesse que Peri et Pengurus virent l'appareil s'écraser dans un brouhaha phénoménal.

La bulle touchant le sol délicatement grâce à l'Ilmu de Peri, cette dernière se tourna vers Pengurus :

« *Nous devons aller le chercher ! C'est un homme plein de ressources, je suis sûre que...* »

Le regard de Pengurus était fixe et inquiet. Peri ne mit pas longtemps à comprendre que quelque chose n'allait pas. Rejoignant le sage discrètement, ce dernier lui fit signe de ne prononcer aucun mot. Ils restèrent cachés derrière la végétation.

Sous leurs yeux, troublés par les épais buissons, avançait une créature bien curieuse et cauchemardesque ; elle ressemblait à un arbre doté de ce qui semblait être des jambes, des bras et une tête. Ses yeux étaient creux, il avait tout d'un pantin qui errait sans but, à tel point qu'il n'avait même pas remarqué la présence de la jeune artiste et de son compagnon d'infortune.

Il avançait lentement, comme appelé par un faible signal. Il fallut du temps pour que Pengurus et Peri puissent enfin parler entre eux :

— C'était quoi ce truc ! commença Peri.

— Je peux me tromper, répondit Pengurus. Mais je crois que c'était un Makhluk... Un soldat créé par Dewa voilà bien des siècles... Je ne peux y croire moi-même... Alors nous y sommes... Il a vraisemblablement recouvré une partie de ses pouvoirs... Cela signifie qu'un des totems a été placé sur l'autel de sa résurrection... C'est une catastrophe...

— Pas de panique, il suffit d'aller reprendre mon totem si j'ai bien compris, rétorqua Peri. Je sais exactement ce que c'est. Il s'agit d'un bracelet en pierre de lave que j'avais accroché au mur de ma chambre... Ça n'a l'air de rien et je m'étais dit que de le suspendre parmi plusieurs objets inutiles était une bonne idée, mais... Grand-mère Gen' m'avait expliqué son utilité...

— C'est plus complexe que ça Peri, regretta Pengurus. Le Sanctuaire Perdu dans lequel Dewa attend est difficile à localiser... Les peuples auteurs du sort l'ont isolé sur une île qui plane au-dessus d'Aslinya de façon aléatoire. On raconte aussi qu'il voyage à une altitude inatteignable, même en Pesawat... Moi-même, je ne peux la localiser...

— Ah... Peri baissa les yeux. Mais si ces gens ont pu y parvenir, tu devrais pouvoir en faire autant non ?

— J'ai bien des pouvoirs, sourit Pengurus. Mais malheureusement, je ne peux identifier les sources d'Ilmu. Seuls les utilisateurs de l'Ilmu des ondes en sont capables... Encore qu'ils doivent être en mesure de ressentir les ondes les plus faibles. Car oui, s'il est impossible d'éliminer complètement les ondes émises par des objets envoûtés, un sort tel que celui de tes ancêtres les a réduites au maximum... Et seuls des mages télépathes d'un niveau proche de la perfection pourraient les percevoir...

— Et ? Déclara Peri. Où sont envoyés ces mages ! À Tahu ! Et qui d'autre que toi pourrait avoir les ressources et les informations pour les identifier !

— Mais tu... Balbutia Pengurus. Oui ! Mon esprit était tellement accaparé par ce que nous venons de voir que... Mais oui !

— Nous devons secourir Reka, si c'est encore possible…
s'inquiétait Peri. Puis tu devras te rendre à Tahu.

— Je suis le gardien de la Légende d'Aslinya, constata
Pengurus. Mon Ilmu est axé sur le savoir et ça fait deux fois en
moins de 24 heures qu'on me donne les clés pour mener à bien
ma mission…

— Les livres sont des trésors mais on ne trouve pas tout
dedans ! Plaisanta Peri. Dans les faits, nous devrions suivre ce
truc… Ce Makhluk pour savoir où il va. Mais je veux rendre
justice à grand-mère Gen'… Tu dois découvrir qui est
responsable de tout ce qui nous tombe dessus… Mais le plus
urgent à cet instant, c'est de secourir notre camarade… Nous
devons retrouver Reka !

VII
« Nous aurons bientôt les trois totems... »

Les heures avaient passé, Kerajaan rejoignait enfin Pang Kat. À peine descendue de son Pesawat, elle demanda un compte-rendu de la situation concernant sa fille :

— Capitaine, a-t-on retrouvé Loan ?

— Depuis l'exploration des montagnes, la Générale Xatria est pour le moment introuvable. Après le retour du Pesawat, elle est partie en direction de la ville. Pengurus et votre pilote, Reka, sont repartis avec le Pesawat. Ils disent avoir une nouvelle piste.

— Sans Xatria ! Votre rapport m'étonne capitaine... Ils auraient dû décoller tous ensemble... ponctua Kerajaan.

— Une rumeur prétend que la Générale Mulia était au « Coma »... dit l'homme en s'inclinant. Peut-être n'était-elle pas en état de les suivre. Majesté, où sont ces deux personnes qui ont embarqué avec vous lors de votre contre-attaque ?

— Deviendriez-vous indiscret capitaine ! s'énerva la Reine.

Poursuivant sa route vers ses appartements, Kerajaan laissait d'innombrables questions envahir son esprit. Attendant d'avoir gagné sa chambre, elle décida de contacter Milicia par le biais du lien télépathique constant que cette dernière avait créé :

— Milicia ? Avez-vous pu faire le nécessaire ?

— Majesté, le totem du Rhêve est en place ! Les créations de Dewa devraient reprendre vie sous peu... Je sens son pouvoir d'ici ! s'extasia la jeune femme.

— Parfait... reprit la souveraine. D'où vous êtes, pouvez-vous prendre le contrôle de ces Makhluks, comme nous l'avions planifié !

— Tout à fait ! L'esprit de Dewa est si faible à cet instant que je peux agir sans mal... se félicita Milicia. Je vais les envoyer à Cahaya, j'y ai détecté un autre totem !

— Et qu'en est-il du dernier totem ! demanda Kerajaan. Vous vous êtes fait rouler par cet homme si particulier...

— Oui... hésita Milicia... Nous pensions qu'il nous avait remis son totem mais pour une raison qui m'échappe, il s'avère que la dent de requin qu'il nous a remis n'émet plus aucune onde... Le Sanctuaire Perdu l'a rejetée immédiatement... J'ajoute que le totem en question semble en mouvement perpétuel, ce qui rend sa localisation très compliquée...

— Je me moque de vos excuses Milicia ! cria Kerajaan. Lorsque nous avons orchestré l'attentat à mon encontre, vous m'avez certifié que l'homme chargé de mon agression avait cédé à vos conditions ! Vos estimations approximatives ont retardé nos plans... De plus, ma fille est toujours introuvable. Vous comprendrez aisément ma colère et mon inquiétude...

Achevant la communication, Milicia se tourna vers son acolyte en armure :

« *Elle commence à me les briser sévère celle-là... Nous aurons bientôt les trois totems en notre possession... En attendant, son armée et son argent sont une aide précieuse, ne l'oublions pas. Il est temps de lancer l'offensive des Makhluks* ».

L'endroit dans lequel se trouvait « l'équipe de secours » était hors du commun. Bien sûr, il y avait la prison de Dewa : une statue à l'effigie du créateur sous laquelle trois socles avaient été créés pour les trois totems. Un immense lac faisait face à l'autel entouré de magnifiques montagnes et d'une végétation luxuriante. L'eau qui s'écoulait tout autour de l'île flottante formait une brume épaisse autour du Sanctuaire. Ainsi, il passait inaperçu au milieu des nuages qui voguaient au-dessus de Aslinya.

De par son isolement et la difficulté à localiser le lieu, l'île flottante sur laquelle se trouvait le Sanctuaire Perdu abritait de nombreuses espèces animales et végétales, inconnues ou supposément disparues depuis bien longtemps. Mais pas seulement...

Loin du Sanctuaire Perdu, le Pesawat de Teman se rapprochait de Cahaya à vive allure. Les paysages maintes fois admirés par Chipan arboraient subitement des couleurs inédites. Le ciel semblait jaunâtre, comme chargé de sable. Teman, inquiet mais lucide, s'adressa à son ami de toujours :

— La météo a changé soudainement, c'est étrange... Je n'arrive pas à y croire, la légende d'Aslinya serait vraie et mon meilleur ami est le descendant des Lumyre...

— Je suis dans le même état que toi... soupira Chipan. Je ne réalise pas ce qui m'arrive, mais je sens que je dois jouer mon rôle... Je ne connaissais rien de mon passé... Et voilà qu'on me sert mon histoire sur un plateau... C'est complètement fou, non ?

— C'est vrai... acquiesça Teman. Tu m'as toujours dit que tu n'avais aucun souvenir de ton enfance... Quand on s'est rencontrés, il y a cinq ans, je m'étais posé bien des questions à ton sujet ! Ne le prends pas mal, mais j'ai pensé que tu étais un barjot ! Tu étais seul dans cette vieille ferme à l'abandon... Tu avais l'air d'un pantin sans âme et sans but dont la seule préoccupation était son petit champ !

— Je ne le prends pas mal Teman, reprit Chipan. J'étais franchement paumé après tout ! Je n'ai pas de souvenirs antérieurs à cette ferme... Heureusement que tu t'es arrêté pour demander ton chemin... Qui aurait pu penser que l'homme perdu que j'étais deviendrait l'un des cuisiniers les plus en vogue du royaume ! Je ne crois pas t'avoir déjà remercié pour ce que tu as fait pour moi... Mon ami... Merci... Nous nous apprêtons à vivre une aventure dangereuse... Dont l'issue est plus qu'incertaine... Et tu es toujours là... T'as le goût du danger mec !

Après un sourire empli d'inquiétudes de la part de Teman, c'est le silence qui fut maître durant la fin du trajet.

Cahaya était désormais visible depuis le Pesawat. Mais une fumée noire et dense émanant du village mit les deux hommes en alerte. Teman arrêta le vaisseau derrière les quelques reliefs qui dessinaient le lit de la rivière.

Discrètement et lentement, Chipan et Teman s'approchaient. Le lieu qu'ils avaient toujours connu était le théâtre d'une destruction acharnée. Les créatures de Dewa, que les deux hommes ne connaissaient pas, semblaient agir frénétiquement et sans distinction. Leurs poings comme leur sombre Ilmu touchaient les habitations, la végétation, les hommes, les femmes, les enfants, les animaux...

Devant ce véritable carnage et la détresse de tous ses êtres que Chipan et Teman côtoyaient depuis maintenant des années, les deux amis décidèrent d'agir :

— Teman ! lança Chipan. Je vais attirer l'attention de ces trois monstres ! Toi, rassemble le plus de monde possible et mène-les dans les montagnes.

— Tu es sûr de pouvoir t'en tirer seul ! La puissance de ces choses semble incroyable, constata Teman devant cet élan de destruction.

— Ça ira... Faut que ça aille ! Sourit Chipan avant d'ajouter une requête. Si jamais, pour une raison ou une autre, je ne suis pas en mesure de quitter Cahaya, prends mon vieux cuiseur à riz, et sauve-toi le plus vite possible à Gadis Cantik.

Aussitôt, Chipan bondit de sa cachette et fit face aux Makhluks :

« Je ne sais pas ce que vous êtes ! Et ça me passe au-dessus ! Ce qui est sûr, c'est que je vais vous coller une correction que vous n'êtes pas prêts d'oublier ! »

Les trois créatures se tournèrent vers Chipan mais ne répondirent pas aux provocations du jeune homme. Soudain, ils foncèrent sur lui.

Chipan se mit en garde. Il tentait de retrouver cette rage qui lui permettait d'utiliser son Ilmu. Il pensa à toutes ces vies prises inutilement, à la nécessité de sauver ceux qui avaient survécu. Il sentit son Ilmu parcourir son corps, il comprenait de mieux en mieux ce phénomène qui se produisait au plus profond de lui lorsqu'il devait utiliser son pouvoir.

Les Makhluks, dont la charge visait toujours l'héritier des Lumyre, semblaient perdre de la vitesse.

Non.

C'est Chipan qui, à son tour, courait vers ses ennemis. Sa vélocité dépassait en un temps record celle du plus rapide des Pesawat. Les trois monstres étaient comme frappés simultanément tant sa vitesse était impressionnante. Et elle continuait de croître !

Mais les Makhluks, bien que sensibles aux enchaînements de Chipan, encaissaient les coups sans grande difficulté. Chipan interrompu sa course :

« Il va falloir que je trouve un autre moyen pour les mettre K.O. Réfléchissons... Comment puis-je encore tirer profit de cet incroyable pouvoir ? »

De son côté, Teman menait à bien l'évacuation des survivants. Il aidait les blessés et les personnes diminuées. Bientôt, ce qu'il restait du village Cahaya fut vidé de toute vie. Teman était désormais loin de son ami. Déterminé à mener à bien la fuite des habitants, l'homme aux cheveux rasés pensa à la demande de Chipan. Ne devrait-il pas rejoindre son acolyte avant d'aller chercher la relique dans la cuisine ?

Chipan se contenta un moment d'esquiver les attaques des Makhluks, le temps de trouver comment les terrasser. Il eut finalement une idée ! Il frappa l'air de toute sa force et de toute sa vitesse. Une puissante onde de choc se produit et fit voler en éclat le bras de l'une des créatures. Une énergie affolante se dégageait de son corps brûlant et luminescent. Chipan décida de la concentrer dans ses mains et de la lancer sur le Makhluk blessé. Son initiative eut pour effet de pulvériser son adversaire.

Très satisfait de son exploit mais exténué par la quantité d'Ilmu utilisé et par le manque d'expérience, Chipan posa un genou à terre, ne quittant pas des yeux ses deux ennemis restants. Ces derniers ne semblaient guère affectés par la disparition de leur compère. D'ailleurs, à quoi pensaient-ils ? Pensaient-ils, tout simplement ?

À bout de force, Chipan imaginait le sort funeste qui l'attendait. Est-ce douloureux de mourir ? Vont-ils se montrer sadiques ou seront-ils expéditifs ?

Les Makhluks emmagasinèrent de l'Ilmu pour porter le coup de grâce. Chipan ferma les yeux, résigné.

Tsing

Schlak

Bang Bang

Chipan ouvrit les yeux. Les Makhluks, après être restés brièvement immobiles, s'effondrèrent sur le sol. À la fois surpris et soulagé, il vit une femme qui se tenait derrière les êtres sans vie qu'elle venait de neutraliser.

Des cheveux lisses aux pointes remarquablement bouclées, un visage à faire taire un enfant en plein caprice, cette beauté froide vêtue d'une armure souple tenait à la main un Knifgun. Elle avait tout l'air d'une combattante chevronnée, et pour cause, Chipan reconnut la Générale Xatria Mulia :

— On se connaît tous les deux, commença Chipan avec un ton un peu hébété. Je ne sais pas ce que tu viens faire ici mais merci beaucoup ! Sans toi, j'étais parti pour prendre une raclée monumentale ! plaisanta le jeune homme épuisé.

— SILENCE ! ordonna Xatria. Je ne suis pas venue pour te sauver, que les choses soient bien claires. Mais si tu avais été tué, mes chances de retrouver la Princesse Loan vivante auraient été drastiquement diminuées. Alors maintenant, vil déchet, et au nom de la Reine Kerajaan, je te somme de me dire ce que tu as fait de sa fille ! Où est-elle ? Est-elle sauve ?

— Au nom de Kerajaan, tu dis… Je suis désolé, mais je ne lui livrerai pas Loan, affirma Chipan en se relevant péniblement.

— Tu n'as pas tellement le choix vois-tu, poursuivit la Générale. Je ne reculerai devant rien pour la retrouver. Comme tu as pu le constater, je suis sans pitié et je n'ai pas peur de me salir les mains s'il s'agit de mener à bien ma mission.

— Ouais ouais… soupira le cuisinier ironiquement. Mais moi, j'ai fait une promesse, alors ta mission, je m'en balance !

Excédée, Xatria lança un énorme coup de pied dans le ventre de Chipan, qui fut propulsé contre les ruines d'une maison, à plusieurs mètres de sa position initiale. Il toussa violemment, tout en essayant de se remettre sur ses jambes :

« Ah ouais ! Tu ne rigoles pas toi ! »

Xatria prévint sa cible qu'elle ne répéterait pas indéfiniment sa question. Elle frappait sans retenue. Des gifles humiliantes, des coups de poing violents, les écrasements répétés du corps de son captif sous le fracas de ses talons… La combattante invaincue ne faisait preuve d'aucun ménagement à l'égard de Chipan.

Le corps meurtri et tuméfié du jeune homme ne lui permit bientôt plus la moindre esquive.

À nouveau, tout semblait perdu pour le chef de cuisine.

Riposter ? Dans son état ? Et face à une adversaire aussi redoutable que la Générale Mulia. Certainement pas.

Fuir ? Mais comment ? Impossible de tromper la vigilance de cette femme si déterminée. Et encore une fois, dans son état…

Devant le mutisme persistant de son interlocuteur, l'agressivité de Xatria flirtait de plus en plus avec les limites de la cruauté :

— Je déteste avoir recours à ce genre de méthodes… déclarat-elle froidement. Mais s'il faut en passer par là pour ramener la Princesse Loan à sa mère, tu ne me laisses pas le choix ! Je vais te reposer la question. Chaque fois que tu refuseras d'y répondre, je te priverai d'un membre.

— Tu n'as rien compris, répliqua Chipan. La sécurité de Loan, c'est ce qu'on veut tous les deux. Si je dois donner ma vie pour faire barrage, alors ça me va. J'accepte.

— Pardon ! s'étonna Xatria. Sa sécurité ? La Princesse est en sécurité à Pang Kat, entre les murs du château, sous ma vigilance. Et toi, tu la lui as volée pour ensuite lui faire vivre mille tourments !

— T'es vraiment à côté de la plaque ! s'énerva le cuisinier. Tu devrais penser à te débarrasser de tes œillères ! T'as déjà pris le temps de lui poser des questions ! De savoir ce qu'elle pense de ce qui se passe à Pang Kat, sous ta surveillance ?

— FERME-LA ! cria la Générale. On m'a tout raconté ! Je sais que tu l'as poignardée avant de t'enfuir avec son corps !

— Quoi ! s'estomaqua Chipan. Mais non ! Ce n'est pas du tout ce qui s'est passé ! On était dans…

— TA GUEULE ! interrompit la militaire. C'en est assez, je vais mettre fin à ton existence minable dès à présent ! Je retrouverai la Princesse par mes propres moyens !

Xatria changea son Knifgun en un long sabre affûté. Solennelle et respectant son code d'honneur, elle susurra quelques mots miséricordieux et se mit en position pour l'exécution de celui qu'elle méprisait tant.

Chipan ne put s'empêcher de penser à cette succession d'évènements. Être sauvé par celle qui deviendrait son bourreau. Ses songes furent vite interrompus par un drôle de sifflement dont le bruit était chaque seconde plus audible. À tel point que Xatria se détourna un instant de sa besogne.

BAAAAAAAAAAM !

Quelque chose de lourd percuta violemment le sol, soulevant un énorme nuage de poussière. Les deux adversaires constatèrent alors péniblement la présence d'un Pesawat au-dessus de leurs têtes.

Rassemblant ses dernières forces, Chipan en profita pour s'éclipser à vive allure. Gravement blessé par la Générale Mulia, il ne put faire que quelques centaines de mètres avant s'étendre à nouveau sur le sol.

Xatria, toujours en proie à son insatiable colère, tentait de déterminer ce qui avait entravé la mise à mort qu'elle s'apprêtait à conclure. L'écran de fumée se dissipant peu à peu, elle distingua une imposante silhouette masculine. Était-ce un complice de son condamné ? Ne voulant pas perdre davantage de temps, la Générale mit en garde son hôte indésirable :

« Qui que tu sois, je te suggère de repartir d'où tu viens. Immédiatement ! Sinon, tu subiras le même sort que celui que je réserve à ce misérable ! »

Elle constata alors que sa victime n'était plus allongée par terre, à quelques mètres d'elle. Mais elle ne put se mettre à sa poursuite… Alors que la visibilité gagnait en qualité, elle vit que le Pesawat avait atterri à proximité. Mais ce constat n'était pas la raison de sa déconcertante stupéfaction.

Cet homme, Xatria le connaissait d'une autre vie. Troublée par l'apparition de cet ami qu'elle pensait mort et, oubliant provisoirement sa quête initiale du fait du choc qu'elle vivait en cet instant, la militaire s'approcha pour s'assurer de ce qu'elle voyait. Car oui, ce n'est pas à son visage que la guerrière avait reconnu ce nouvel arrivant sur ce qui restait de Cahaya, mais à son arme si personnelle et particulière.

Hésitante, Xatria prononça ce nom qu'elle ne ressassait plus que dans sa tête depuis des années :

« Beruang ? Je ne rêve pas, c'est toi ! »

Interlude – Xatria Mulia

Ces souvenirs ne perduraient que dans les tréfonds de son subconscient. Quand on la questionnait sur son passé, Xatria esquivait sans s'étaler. Et comme vous vous en doutez, peu étaient ceux qui osaient réitérer ou insister. Mais il y eut des occasions durant lesquels elle fut contrainte de répondre.

Chaque fois et sans que personne ne puisse le percevoir, Xatria se sentait comme déshabillée, à nue. À quoi bon ressasser ce passé douloureux puisqu'il y avait bien longtemps qu'elle était parvenue à y faire face ?

Elle se revoyait, petite fille qui ne connut jamais son père qui eut l'extrême délicatesse de disparaître de la vie de sa mère lorsque celle-ci lui apprit qu'elle était enceinte. Elle se souvenait de ce taudis, situé dans les quartiers pauvres et mal fréquentés du Pang Kat de l'époque, qu'elle appelait simplement « maison ». Sa maman, rongée par le chagrin, rendit son dernier souffle après une énième overdose que ce qu'elle appelait « la paix de maman ». Elle se souvenait de l'odeur du cadavre de la pauvre femme après quelques jours passés derrière les cartons qui séparaient la pièce de vie de la chambre parentale.

Âgée d'à peine quatre ans, Xatria ne comprenait pas. Elle s'appliquait pourtant à faire la toilette de sa maman tous les jours. Sans faute. Malgré ses efforts, l'odeur devenait de plus en plus forte. Tellement qu'un jour, des gens sont venus et l'ont emmenée loin de la petite fille dont personne ne s'était soucié.

Livrée à elle-même, la petite Xatria vivait de petits larcins. Mais dans la rue, les yeux sont partout et la gamine devait veiller à ne pas être repérée.

Un jour pourtant, un homme l'aborda :

— Bonjour jolie demoiselle, je m'appelle Rosky. Voilà plusieurs jours que je te vois errer de place en place... Manges-tu à ta faim ?

— Je... timide, hésitante et n'ayant pas l'habitude de converser avec ses semblables, Xatria peinait à trouver ses mots. Oui... Non... Je mange ce que je trouve, Monsieur Rosky.

— Voilà une bien triste nouvelle chère petite, rétorqua l'homme avec distinction. Tu sais, je pense qu'aucun enfant ne devrait manquer de quoique ce soit.

Devant les yeux défaits de Xatria, Rosky reprit :

— Si tu es toute seule, je veux bien t'emmener. Là où je vis, je loge beaucoup d'orphelins comme toi. En se serrant tous les coudes, nous parvenons à vivre comme il faut, tous ensemble.

— Et vous... Vous seriez d'accord pour m'accueillir, demanda la gamine dont l'espoir devenait palpable.

— Bien sûr ! En revanche, prévint Rosky, chacun doit participer au bien-être de tous, c'est bien compris ?

Ravie de cette proposition inattendue, Xatria suivit Rosky jusqu'à son immense demeure. Avant d'atteindre leur destination, Rosky proposa à la jeune porteuse de guenilles de visiter quelques boutiques afin de la rendre plus présentable.

Xatria se sentait comme une Cendrillon dont Rosky était la bonne fée. Après avoir choisi quatre petites robes, quelques accessoires et trois paires de chaussures, ils reprirent le chemin de cette maison qu'elle voulait tant découvrir.

Avant l'ouverture de cette porte, presque plus grande que le lieu qu'elle habitait avec sa mère, Xatria songea aux chaussures neuves. Porter des chaussures que personne n'avait jamais portées ? Provenant d'une boutique, et non du tri des ordures des familles aisées ? Des robes plutôt que des tabliers crasseux et puants ?

En entrant, le long couloir habillé de longs tapis de velours vert émeraude, de lustres étincelants et de boiseries d'époque lui donna l'impression de pénétrer dans un château. À l'issue de celui-ci, Rosky et son hôte entrèrent dans un somptueux salon. Un large bureau derrière lequel une porte menait à une salle de réception et aux cuisines s'imposait sur la droite alors que sur la gauche, un bel escalier en colimaçon menait à l'étage.

Rosky fit visiter sa propriété à Xatria, émerveillée par tout ce luxe. L'homme aisé lui montra sa jolie chambre puis la présenta à quelques enfants déjà installés dans les lieux. Leur accueil fut chaleureux, bienveillant. Mais Xatria remarqua la distance de l'un des garçons.

Plus tard, après un repas d'excellence, Xatria regagna sa chambre. Elle plia ses nouveaux habits avec le plus grand soin. Elle n'avait pas osé se mélanger aux autres filles et avait préféré attendre pour rejoindre la salle de bain. Elle était si maigre comparé aux autres.

Attendre longtemps car après les filles, c'était les petits garçons qui l'utilisaient.

N'entendant plus de bruit, elle se décida à y aller. Là encore, elle eut l'impression de vivre un rêve, les douches étaient propres, il y avait même de l'eau chaude. Mais alors qu'elle s'était parée de sa chemise de nuit, Xatria sentit une présence. Elle observait attentivement son environnement lorsqu'une silhouette se distingua dans la pénombre.

C'était le petit garçon resté en retrait lors de sa rencontre avec les pensionnaires de la maison. Lui faisant signe de rester discrète, il s'approcha et commença à chuchoter :

— Je ne peux rester bien longtemps ici la nouvelle, mais tu dois partir. Vite.

— Pourquoi ? s'interrogea Xatria. Jamais je n'ai été aussi bien traitée.

— Saisis cette occasion, il ne t'a pas encore pucée, reprit le garçon. Et après ça, il sera trop tard. Je dois partir, je t'en prie, je ne veux pas que ça t'arrive à toi aussi.

Le garçon disparut avant qu'elle ne puisse l'interroger davantage.

Jouissant du confort d'un vrai lit, Xatria ne dormit que très peu, tiraillée par maintes questions.

Le lendemain matin, Rosky vint réveiller Xatria avec un délicieux petit déjeuner. Alors que la petite fille commençait à manger, appréciant chaque bouchée, Rosky prit la parole :

— Régale-toi, mon enfant. Dans quelques minutes, nous irons aux cuisines. C'est le grand jour pour toi, tu vas enfin passer ton baptême d'intégration.

— Un baptême, s'étonna Xatria. Que voulez-vous dire ?

— Je vais t'offrir ta puce, répondit Rosky. Ainsi, je saurai toujours où tu es. Comme je te disais hier, tu devras faire ta part du travail ici, être gentille avec les grands qui visiteront ta chambre. Et si tu refuses, cette puce me permettra de t'envoyer une décharge d'Ilmu. Est-ce bien clair ?

— Je refuse, s'indigna la jeune fille. Je quitte cette maison sur le champ !

Tombant sur le sol avec fracas alors qu'elle tentait de se lever de son lit, Xatria comprit que ses jambes ne lui obéissaient plus. Se sentant partir progressivement, elle luttait contre la drogue qu'elle venait vraisemblablement d'ingérer. Rosky, entre deux rires, s'approcha de son oreille :

« *Allons, allons ! Tu as bien mangé, tu disposes d'une chambre confortable, le tribut à payer n'est pas si terrible. Je viens de te sauver de la rue, de t'offrir une vie digne, alors soit reconnaissante ! Dans le cas contraire, tu comprendras vite qu'il est bien plus agréable d'écouter ce que je dis que de chercher à lutter. Après ton baptême, tu rencontreras l'un de mes amis, il aime les nouveautés ! Et bien entendu, je me dois de vérifier la qualité de la marchandise avant toute consommation !* »

Rosky prit Xatria par le pied et la traîna vers les cuisines en riant. Il l'installa sur la table et se munit d'un petit scalpel ainsi que d'une petite trousse dans laquelle se trouvait tout le nécessaire pour procéder à ce qu'il nommait « le baptême d'intégration ». Consciente mais impuissante, les larmes de Xatria coulaient abondement. Le regard pétrifié et vaseux, elle distinguait la lame s'approcher de son cou. Ne pouvant plus lutter, elle succomba au sommeil.

Après de longues minutes, Xatria revint à elle péniblement. Elle n'était plus dans les cuisines. Elle ne reconnaissait pas non plus les autres pièces de l'immense demeure de Rosky. Au fur et à mesure de son réveil, Xatria entendit une voix :

« *Réveille-toi, dépêche-toi ! Le temps passe et je ne veux pas le perdre.* »

Était-elle pucée ? Avait-elle déjà été l'objet de la perversité de l'ami de Rosky ? De Rosky lui-même ?

Xatria sentit un linge humide parcourir son visage. Reprenant conscience, elle plissa les yeux et demanda :

— Tu m'as sauvée d'un destin des plus sordides… Jamais je ne pourrai assez te remercier, déclara Xatria avec émotion. Quel est ton nom ?

— Moi ? sourit fièrement le garçon. Je m'appelle Beruang !

— Tu es le garçon qui m'avait mise en garde hier soir, c'est bien ça ?

— Oui, c'est moi, nous devons partir, très vite. Les rendez-vous pris par Rosky arrivent dès la fin de l'heure du repas du midi. Quand ils se rendront compte que… Le garçon se tut.

— Que s'est-il passé ! Dis-moi ! demanda Xatria encore groggy.

— Je ne pouvais plus supporter tout ça, expliqua le garçon. Et penser qu'une autre enfant allait mener notre vie… Alors je… Je… Je l'ai tué… J'ai pris un couteau à l'entrée de la cuisine et je me suis approché de Rosky discrètement. Les autres enfants se sont enfuis dès qu'ils ont su. Nous devons tous nous retrouver au point de rassemblement qu'on a établi. Je me suis porté volontaire pour attendre ton réveil… Veux-tu venir avec nous ?

— Bien sûr que je vous suis !

VIII
« Je suis le prince de ce Domaine Isolé »

Avançant vers l'épave du Pesawat de Reka, Peri ressentit le besoin de faire le point avec Pengurus :

— Bien qu'on soit loin de Dongeng, je pense que nous sommes toujours sur les terres de Hutan... En revanche, j'avoue ne jamais m'être aventurée aussi loin !

— Effectivement, valida le sage. Cette végétation est la signature de cette incroyable région d'Aslinya. Et comme tu le sous-entends si justement, peu de gens ont eu le privilège de fouler ce vaste domaine. Nous nous trouvons sur ce qu'on peut considérer comme une réserve. Jamais il n'y eut d'accords officiels entre eux, mais jadis, les peuples d'Aslinya se mirent d'accord pour laisser certains sites vierges de toute civilisation. Les êtres qui habitent celui-ci ont sans doute été grandement surpris et effrayés par l'apparition brutale de notre Pesawat... Peri, que donne ta connexion avec la Nature ? Continue-t-elle de te guider vers notre ami ?

— Oui, toujours. Nous ne sommes plus très loin du lieu du crash.

À mesure que nos deux compagnons s'enfonçaient dans le cœur du domaine, la nature de la végétation changeait sensiblement. Les arbres n'étaient plus ceux qu'on peut apercevoir dans les jungles luxuriantes, néanmoins, la lumière passait péniblement à travers leur feuillage. Les milliers de lucioles qui erraient paisiblement au rythme du vent permettaient tout de même une visibilité acceptable. Le sol devenait plus meuble, bientôt, Pengurus et Peri optèrent pour un pas souple et rapide pour éviter que leurs pieds ne s'enlisent. Leur vigilance était parfois mise à rude épreuve du fait de leur émerveillement face aux nombreuses espèces animales endémiques de cet environnement qui s'apparentait de plus en plus à un marécage brumeux.

Leur progression devenait pénible et lente. Soucieux de ne pas bouleverser l'équilibre de cet écosystème méconnu et délicat, l'artiste et le sage tentaient de ne rien toucher, de ne rien déplacer. Mais ils étaient parfois contraints de saisir des branchages pour extirper leurs pieds de ce sol qui avait l'air de vouloir les engloutir.

L'épave du Pesawat était enfin en vue, gisant dans une vaste étendue d'eau stagnante, elle-même recouverte d'une mousse verte donnant l'illusion d'une prairie ondulante. Voyant l'appareil au nez immobile et immergé, le visage de Peri sembla s'illuminer. Ravie de toucher enfin au but, elle s'élança avec énergie vers le véhicule, pressée de retrouver Reka.

Dans son épopée engluée et laborieuse, Peri fut stoppée nette, heurtée violemment par une créature aux dimensions surprenantes. Sonnée par la force de l'impact, Peri demeura au sol, coulant lentement du fait de la mouvance de celui-ci.

La bestiole ressemblait beaucoup aux serpents constrictors que nous connaissons, mais elle était munie de deux cornes brunes habillant ses larges tempes. Sa peau écailleuse lui offrait un camouflage des plus efficaces et sa taille devait avoisiner les quinze mètres.

Pengurus devait faire vite. La mousse ne permettant pas de percevoir les profonds puits desquels l'énorme serpent pouvait surgir, il ne pouvait compter que sur ses réflexes et l'acuité de ses sens.

Imprévisibles et surprenantes, les attaques de l'ennemi s'enchaînaient sans obéir à un quelconque schéma. En proie à une fatigue grandissante, et craignant de subir le même sort que Peri, Pengurus tentait de trouver le moyen de neutraliser l'animal et de secourir sa camarade. Mais son Ilmu, bien que puissant, n'était pas offensif. Tournant frénétiquement la tête de droite à gauche, cherchant à anticiper la prochaine attaque du reptile, le gardien des légendes se laissa tout de même surprendre par la vivacité du monstre.

Gueule ouverte et tous crocs dehors, le serpent se jeta sur l'érudit. N'ayant plus le loisir de réfléchir, Pengurus fit un choix des plus surprenants. Il lança un sort d'interrogation !

Perturbé par cette soudaine prise de conscience, le serpent se demanda s'il en était réellement un ! Perdu, il observait son corps longiligne couvert d'écaille. Avait-il déjà eu des pattes ? Beaucoup d'animaux en sont pourvus après tout. Pourquoi pas lui ? D'ailleurs, ces autres créatures dont il se nourrit s'alimentaient d'herbes, de pousses, d'autres végétaux et fruits… Pourquoi ne pas décider de faire de même ? Pourquoi n'y avait-il jamais songé ? Et puis d'ailleurs, ça a quel goût un fruit ? Ce serait bien plus facile à manger en plus parce que ça ne se défend pas ! Pourquoi ça ne se défend pas ? Parce que ça reste vivant après tout ! Et puis cette manie irréfléchie de gober plutôt que de mâcher… Va falloir changer ça ! Et puis il commençait à se donner faim avec toutes ces idées... Percevant pour la première fois son reflet dans l'eau, le reptile admirait la brillance de sa peau colorée. Il était bien beau ! Comment pouvait-il inspirer tant de crainte ? Les gens, les autres en général étaient quand même sévères et injustes ! Ont-ils la moindre idée de ce que c'est d'être l'une de ses créatures dépendant de la chaleur du soleil pour ne pas avoir à se traîner péniblement ? Le savaient-ils ? S'étaient-ils au moins posé la question ! Sûrement pas ! Quels imbéciles heureux !

Profitant de la confusion de son opposant, Pengurus vint à la rescousse de Peri :

« Peri ! M'entends-tu ! Je t'en prie, lève-toi ! »

Encore vaseuse du fait de l'attaque qu'elle avait encaissée, Peri s'évertuait à retrouver ses esprits :

— Ouah... Je ne l'ai pas vue venir celle-là ! Mais... Tu lui as fait quoi à cette pauvre bête ! demanda Peri en observant le serpent géant dubitativement. Il a l'air complètement à l'ouest !

— Tu te souviens de toutes ces questions que tu pouvais te poser alors que la puberté se jouait de tes hormones ! Disons que pour lui, c'est pareil ! répondit Pengurus embarrassé.

— Je vais essayer de communiquer avec lui, poursuivit Peri. Je peux peut-être le convaincre de nous laisser tranquilles.

— Oui, ça m'ennuie d'avoir à le blesser, dit Pengurus en acquiesçant. Et mon sort devrait s'estomper rapidement à présent.

S'approchant de la créature, Peri tenta d'établir un lien. Mais le reptile, revenant ses instincts de prédateur, ne la considérait guère davantage qu'un vulgaire repas :

— Pengurus ? interrogea Peri résignée.

— Oui... Peri, hésita le sage.

— Il va falloir l'assommer, j'en ai peur ! conclut la jeune femme.

— J'en ai peur… déplora Pengurus.

Sans tarder, Peri concentra son Ilmu pour faire appel à l'eau. Celle-ci se mit à danser autour d'elle pour finalement se rassembler en une énorme bulle tournoyant à vive allure.

Ne se laissant pas décontenancer, l'immense serpent se dressa tel un cobra avant une attaque foudroyante. Menaçant, il fixait l'invocatrice de ses sclérotiques jaunâtres.

Alors que Peri s'apprêtait à lancer son puissant sort, elle s'interrompit brusquement devant la créature dont les yeux se révulsaient. Elle paraissait s'endormir doucement. Elle entendit une voix qu'elle ne connaissait pas :

« Il a mauvais caractère et ne considère rien ni personne. Mais inutile de lui ôter la vie pour autant… »

Dirigeant leurs regards vers le jeune homme qui s'adressait à eux, Pengurus demanda :

— Qui êtes-vous ? Que lui avez-vous fait ? Et comment ?

— Ne vous inquiétez pas, rassura l'inconnu. Charles fait juste un petit somme désormais ! Il se réveillera d'ici quelques minutes.

— Et donc ? insista Peri. Qui es-tu ?

— Qu'il est agaçant de toujours devoir se présenter ! Nous avons tendance à nous résumer à notre nom ou à notre activité professionnelle, c'est d'un ennui, s'offusqua le drôle de personnage.

— Dis, glissa Peri discrètement à Pengurus. Celui-là aussi, il va falloir l'assommer !

— Étranger ! interpella Pengurus sans répondre à la question ironique de son acolyte. Je vous prie de vous conformer aux usages. Nous ne cherchons pas à vous réduire à quoique ce soit.

— Soit ! Je m'appelle Hans ! confirma l'énigmatique. Je suis le prince de ce Domaine Isolé. Et ce serpent géant que j'ai appelé « Charles » m'aide à éloigner les visiteurs indésirables. D'ailleurs, j'espère que vous n'êtes pas ici pour piller ce domaine ! Si tel est le cas, vous pouvez considérer que ces précieux instants sont les derniers que vous serez en capacité d'apprécier !

— Sois tranquille, reprit Peri. Notre présence en ce domaine est due au fait que notre Pesawat s'est écrasé. Nous cherchons notre camarade.

— Je vois de qui vous parlez, affirma Hans. Je l'ai sorti de l'épave et l'ai soigné comme j'ai pu. Vos engins sont solides ! Et visiblement étudiés pour protéger leurs occupants. Le bougre n'avait pas de blessures graves à déplorer… Alors qu'une telle chute aurait dû le tuer sur le coup !

— Voilà une nouvelle qui réchauffe le cœur ! dit Pengurus soulagé. Où se trouve-t-il s'il vous plaît ?

— Je l'ai emmené dans ma maison pour qu'il se repose, déclara le local. Je vais vous conduire à lui. D'ailleurs, autant vous le dire de suite. Une fois qu'il sera réveillé, vous devrez reprendre votre véhicule et quitter cet endroit. Votre présence n'a que trop dérangé les créatures qui peuplent ces lieux.

Hans fit signe à ses deux hôtes de le suivre.

Ce curieux personnage, alors qu'il vivait dans un marais, portait un costume rétro, vert cuprique et incomplet, sans aucune tâche ! Ses accessoires venus d'un autre temps brillaient et contrastaient avec ses cheveux et ses yeux sombres.

Après quelques minutes, les contours de l'habitation de l'homme du marais se distinguaient des autres formes en dépit du léger brouillard. Des passerelles de bois étaient disposées tout autour de la petite habitation, bâtie sur les branches d'un arbre imposant et robuste. En hauteur, elle surplombait deux dépendances qui semblaient faire office d'entrepôts.

Une fois à l'intérieur, les convives de celui qui avait tout l'air d'un ermite furent joyeusement accueillis par la chienne de ce dernier. Des petits bonds, des léchouilles, la queue frétillante, le bel animal légèrement trapu, couleur fauve au masque noir mit un certain temps avant d'apaiser son excitation. Peri et Pengurus, avançant vers la pièce au fond de la demeure, constatèrent que Reka était bel et bien sorti d'affaire. Après avoir laissé à Peri le temps d'examiner le pilote, Hans fut interpellé par l'Ilmu que la jeune femme était en train d'utiliser :

— Ça alors ! Un sort de soins ! Peu d'utilisateurs de l'Ilmu sont capables d'utiliser de pareils sorts !

— Oui… confirma Peri sans se déconcentrer. Je t'épargne les détails, mais mon Ilmu est unique en son genre, c'est un véritable don. Je crois que votre chienne a faim !

— Isyss ? s'amusa Hans. Elle a toujours faim ! Ce petit bulldozer est un véritable estomac sur pattes ! À tel point, qu'elle peut régurgiter et venir réclamer de nouv… Un instant ! Tu peux parler aux animaux ?

— C'est presque ça, oscilla la belle artiste. Je communique avec la Nature, nous partageons nos émotions. Au fait, elle sait que tu plaisantes, mais elle n'aime pas être assimilée à une machine de chantier, elle se sent un peu comme l'héritière d'une civilisation antique ! D'ailleurs…

Coupant court au compte-rendu de Peri, Isyss aboya et trottina autour de la couche sur laquelle Reka ouvrit enfin les yeux.

Hans lui expliqua ce qu'il avait fait pour lui et sa rencontre avec ses équipiers. Reka, reconnaissant, s'adressa à Hans :

— Merci pour tout ce que vous avez fait pour moi. Sans vous, je me serais certainement noyé dans le marais, admit le pilote.

— Oui oui oui oui… Cela aurait été bien regrettable, j'en conviens, abrégea le prince autoproclamé. À présent que tu es réveillé, je vous somme de quitter ces lieux avec votre Pesawat !

— Je dois d'abord voir si l'appareil peut redémarrer, souligna Reka. Je me souviens d'une perte soudaine d'énergie dans la réserve d'Ilmu du Pesawat. Si le contenant ne permet plus de stocker l'énergie, j'ai bien peur qu'on ne puisse repartir avec que je n'ai fini de le remettre en état…

— Ah… grimaça le solitaire. Et ça va prendre longtemps ?

— Je dois d'abord voir l'ampleur des dégâts ! Pour ça, va falloir lui sortir le nez de son entrave, conclut le technicien.

Approchant tous du vaisseau, Peri mit ses dons à profit. Invoquant l'eau et la terre, les deux éléments, lentement, redressèrent le vaisseau et le firent délicatement coulisser vers un sol plus stable. Hans observait attentivement ses surprenantes aptitudes.

Reka commença à examiner son bijou de technologie. Il ne lui fallut que peu de temps pour confirmer le diagnostic établi à bord, alors que le Pesawat devenait incontrôlable :

— C'est ce que je craignais…

— Qu'y a-t-il ? Nous avons été victimes d'une panne ? interrogea Pengurus qui, sans attendre un retour, posa sa main sur le vaisseau avant de prendre un air plus grave. Non… Quelqu'un a voulu nous empêcher de rejoindre Pang Kat. Je le sens.

— Notre Pesawat a bel et bien été trafiqué ! confirma Reka. Ces petites entailles indiquent que quelque chose a été fixé à l'intérieur du réservoir…

— Tu veux dire que notre Pesawat était piégé depuis le début ! s'indigna Peri.

— Et pas n'importe comment, déplora Reka. Une méthode, expérimentale et non commercialisée à ce jour, permet de faire subir ce genre de dégâts à un appareil aussi sécurisé que le nôtre… Celle de Labah, élaborée par le Docteur Sarjana… Ça ressemble à un petit insecte mécanique. Ses pattes sont faites d'un verre très raffiné avec des pointes en diamant. La petitesse de son système d'autodestruction télécommandé le rend indétectable aux scanners. Il libère un acide très corrosif qui endommage tous les éléments à proximité…

— Je comprends, acquiesça Pengurus. De l'extérieur, le blindage du vaisseau rend tout sabotage impossible. Mais y introduire un Labah permet de se diriger tranquillement vers les pièces maîtresses de l'engin et de le neutraliser à l'instant désiré.

Sans tenir compte de l'échange entre les deux hommes, Hans s'approcha de l'endroit examiné par le technicien et tendit sa main sur la partie rongée par l'acide. Reka, surpris par la démarche de son excentrique sauveur, cria :

« N'y touchez pas ! Même si la dissolution est terminée, cet acide reste très corrosif ! »

Défiant joyeusement le pilote, Hans empoigna le réservoir. Le prince hurla, retirant aussi vite que possible sa main de celui-ci. Progressant jusqu'à son avant-bras, le dangereux produit chimique sembla poursuivre sa course sur l'ensemble du corps de l'imprudent.

Face à ce spectacle effroyable et traumatisant, Peri, Pengurus et Reka s'affolaient pour trouver le moyen de sauver leur bienfaiteur. Que pouvaient-ils faire ? Entrer en contact avec le malheureux signifiait subir le même destin funeste.

Les hurlements cessèrent. Le corps de Hans paraissait ne plus endurer les propriétés corrosives de l'acide. Soudainement, le corps de Hans recouvra la forme qu'il avait avant de commettre sa folie.

Ébahis devant cette issue des plus inattendues, il fallut quelques instants à l'assemblée pour essayer d'assimiler ce qui s'était produit. Ré-affichant son sourire provocant :

« Allons... Je vis seul dans ce marais depuis fort longtemps, je vous le concède. Mais je ne suis primitif pour autant. Cet acide est effectivement une arme redoutable. Mais ses propriétés seront désormais sans effet sur moi ! »

Fixé avec insistance du regard par ses compagnons, Pengurus fut désigné pour quérir des explications :

— Pouvez-vous m'expliquer ce qui vient de se produire !

— Certainement, s'amusa Hans. C'est mon Ilmu ! Il me permet de déployer un bouclier à l'intérieur duquel je peux m'immuniser des effets produits par ce que je touche, voire, les utiliser contre un éventuel adversaire. Cette sphère d'Ilmu me permet aussi d'altérer les propriétés de mon corps.

— C'est incroyable, susurra Pengurus en tremblant de tout son être. Vous... Tu es le descendant d'Anthik, spécialisé dans l'Ilmu défensif.

— Absolument... confirma le « prince ». J'ai eu tout le loisir de constater que votre copine est elle aussi une héritière de l'un des trois peuples. J'ai donc eu envie de vous révéler qui je suis...

— C'est incroyable... répéta Peri. Je te rencontre enfin. Toi, dont le destin est scellé au mien depuis ce jour où nous avons repris la responsabilité qui pèse sur nos peuples respectifs.

Ne sachant pas comment réagir, Peri avança vers Hans d'un pas fébrile. Devant les regards bienveillants de ses équipiers, elle lui conta tous les évènements qui l'avaient conduite jusqu'ici.

Elle évoqua évidemment le sort funeste de sa grand-mère Gen' et le vol de son totem. Écoutant attentivement le récit de Peri, Hans se laissa aller à de surprenantes révélations :

« *Je comprends maintenant pourquoi ces gens m'ont fait cet odieux chantage... Une femme brune et son associé en armure sont venus au Domaine Isolé il y a quelques jours... Alors que j'étais sorti faire ma ronde, ils ont enlevé Isyss. Le seul moyen pour moi de la revoir en vie était de participer à leurs desseins. Je devais attaquer la Reine Kerajaan en arborant les couleurs de Hutan... Mais ils ne se sont pas arrêtés là ! Je me suis présenté devant eux après l'accomplissement de la mission, l'homme à l'armure tenait Isyss par le crâne. Ils ont prétendu avoir respecté notre accord, puisque j'avais pu la revoir vivante ! Pour repartir avec elle, ils ont exigé que je leur remette mon totem... C'était une magnifique dent de requin !* »

Peri comprit alors que la Reine Kerajaan avait été la malheureuse victime d'un complot. Sans savoir que cette dernière l'avait elle-même orchestré.

D'un signe de la main et s'approchant des deux héritiers, Reka se permit d'intervenir :

— Retrouver un matériau capable de compenser l'endommagement du réservoir d'Ilmu étant fortement compromise, je crains qu'il soit inenvisageable de quitter le Domaine Isolé avant un moment... Mais maintenant qu'on en sait un peu plus sur les uns et les autres, peut-être pourrons-nous rester un peu ici ?

— NON ! s'exclama Hans.

IX
« Pourquoi m'avoir sauvé ? »

À Gadis Cantik, Vénus avait écouté et décortiqué tout ce que Loan lui avait rapporté. Installée dans un salon à l'abri des regards et des oreilles tendues, elle profita de cette intimité pour poser ses questions sans détour :

— Dis-moi Loan, le mouchard que tu évoquais tout à l'heure t'a-t-il permis de connaître l'identité de ces personnes que ta mère reçoit ?

— La salle du conseil est équipée de brouilleurs qui rendent les écoutes très difficiles, regretta la jeune Princesse. Y compris lorsque le dispositif d'écoute est placé dans la salle. Je n'ai malheureusement pas pu relever beaucoup d'informations.

— Concrètement, tout ce que nous savons aujourd'hui, c'est que Kerajaan est en quête des totems… Nous ne connaissons, ni son but ni l'avancée de son entreprise… soupira Vénus.

— Je suis profondément désolée marraine, sanglota Loan. Je fuis le royaume de Pang Kat, je sollicite votre aide, mais je n'ai que peu d'éléments venant étayer mes doutes.

— Ne t'excuse pas mon enfant, rassura la magnifique femme. L'attaque sur Hutan atteste amplement du bien-fondé de tes tourments. Il nous faut découvrir les motivations de la Reine.

L'air grave, le visage empreint de désespoir, Vénus fit part de son inquiétude à sa filleule :

— Comme tu t'en doutes, Dewa est un être extrêmement puissant... Son retour ne peut signifier que la fin de notre liberté... Nous serions tous en sursis, tous. Sans exception aucune, conclut amèrement la dirigeante.

— Marraine, demanda poliment Loan. Comment pouvez-vous être si catégorique ? Vos paroles transpirent l'authenticité, la douleur d'une expérience personnelle et vécue...

— Ton Ilmu te rend perspicace et imperméable à la dissimulation ma chère, constata la prêtresse. Cependant, tu ne devrais pas systématiquement avoir recours à ton don pour violer les secrets gardés au fond du cœur de tes interlocuteurs. Il s'agit de respecter l'intimité des gens, mais aussi de te préserver de la noirceur qu'ils peuvent renfermer, conseilla Vénus.

— Je suis navrée, se lamenta Loan. La peur d'être abusée est grande en ces temps incertains. J'éprouve aussi des difficultés à contrôler ce pouvoir...

— Justement, ponctua Vénus. Je dois te présenter une personne qui aimerait étudier ton don hors du commun. Tu connais certainement son nom, il est célèbre pour son génie sans limites.

— Vous voulez dire... comprit Loan, le visage plein de candeur. Mais c'est un homme !

— Oui ! confirma joyeusement la marraine. Le Docteur Sarjana est un ami de longue date, un homme de confiance. Je lui dois beaucoup... Quand j'ai appris ta venue à Gadis Cantik, je l'ai contacté. Il est très occupé bien sûr, mais il a tout de suite accepté de faire un détour par le palais avant de repartir à Tahu.

Impatiente de rencontrer l'éminent scientifique, la Princesse semblait ne plus pouvoir tenir en place. L'érudit fit son entrée dans le salon privé. Sa blouse blanche caractéristique des savants et ses grosses lunettes posées sur son crâne chauve lui donnaient un style très caricatural. Avançant dans ses chaussures brillantes, il salua dignement la maîtresse des lieux et sa remarquable invitée. Attrapant sa moustache entre son pouce, son index et son majeur, il prit la parole de sa voix pincée et rauque :

— Princesse Loan, c'est un véritable honneur que de vous rencontrer enfin. Votre délicieuse marraine m'a expliqué la gestion difficile de votre pouvoir et les répercussions dramatiques qu'il a sur votre santé.

— Oui, répondit timidement la Princesse de Pang Kat. Je possède un don incroyable, malheureusement et comme vous l'avez compris, le tribut à payer est lourd. Vous qui êtes si savant, avez-vous déjà songé au moyen d'apprivoiser mon Ilmu ?

— Eh bien, sourit le scientifique, il me semble que la méconnaissance et la crainte d'utiliser votre Ilmu sont la clé de ses retombées néfastes. Peut-être devriez-vous songer à vous entraîner, à comprendre l'essence de vos incroyables capacités.

— Vous pensez réellement que travailler mon pouvoir me permettra de résister à ses terribles effets secondaires ! demanda Loan, confiante.

— Vous devriez venir à Tahu, proposa le Docteur Sarjana. Notre bibliothèque centrale est un véritable puits de savoir. Nous pourrons alors chercher ensemble le traitement qui vous conviendra.

— Les circonstances ne sont pas propices à cela Docteur, intervint Vénus.

— Allons ma chère, corrigea malicieusement Sarjana. Je sais l'attachement que vous avez pour cette petite. Mais l'heure n'est plus à la satisfaction de vos caprices !

— Vous outrepassez vos privilèges Docteur… s'impatienta la prêtresse.

— Je ne peux retarder davantage mon départ, hélas, se ravisa le scientifique. L'invitation est définitive, venez quand vous voudrez Princesse. En attendant, mettez tout en œuvre pour dompter votre Ilmu.

N'osant intervenir, Loan se contenta d'accepter l'offre généreuse qu'elle venait d'entendre. Le Docteur Sarjana quitta le salon couleur saumon et prit la direction de son Pesawat. La jeune femme fut flattée de l'attention que le plus célèbre et le plus respecté des érudits lui portait. Mais elle ne pouvait s'empêcher de se demander ce qui lui valait toute cette fascination autour de sa personne.

Sa première réaction fut de se tourner vers sa marraine. Cette dernière lui expliqua que l'idée qu'elle rejoigne Tahu lui permettrait d'échapper à Kerajaan pour un temps. Malheureusement, le travail de son don aurait vite trouvé oreille attentive. Et si la cité du savoir regorge de fins stratèges, elle n'est pas pourvue de soldats aguerris, en capacité de la protéger.

Les heures passaient et la Reine de Pang Kat ne s'était toujours pas manifestée. Toujours sur le qui-vive, Vénus sentait son anxiété grandir.

À des lieux de Gadis Cantik, un jeune homme s'éveillait progressivement.

Un vent doux et constant caressait son visage. Il avait pourtant du mal à respirer cet air, si pauvre en oxygène.

De la pierre, du bois… La bâtisse dans laquelle il se trouvait incarnait l'humilité. Opposées au mur sur sa droite, les deux fenêtres, ouvertes, donnaient sur un ciel pur, dont les nuages, semblables à du coton, lui prêtaient le sentiment de flotter.

Était-il mort ?

Non.

Les défunts ne portent pas de bandages ! Il s'aperçut rapidement que ses profondes blessures avaient été soignées.

Chipan, perdu dans ses réflexions approximatives, évaluait péniblement son environnement. Ses vêtements avaient été lavés et soigneusement pliés sur une chaise à côté du lit dans lequel il avait dormi. Sur la table de chevet, quelques flacons, contenant selon toute vraisemblance des remèdes, avaient été disposés. Pas de cadres aux murs, pas d'ornements, il n'y avait aucune décoration en dehors d'un pot de fleurs joliment garni.

Où était-il ? Le jeune homme se souvenait de la raclée monumentale qu'il avait prise face à Xatria. Soulevant doucement les draps immaculés de sa couche, Chipan entreprit de se diriger vers les fenêtres.

C'était irréel, l'héritier des Lumyre était subjugué par ce qu'il voyait. Depuis sa chambre, il avait l'impression d'être sur un plateau presque circulaire, dont les bords n'étaient reliés à rien.

« Tu es réveillé ? »

Chipan se tourna brusquement en entendant une voix derrière lui :

« Qui êtes… Mais ! »

Stupéfait devant cet être si singulier qui avait interrompu son questionnement intérieur, Chipan ne put s'empêcher de dévisager son interlocutrice.

Son visage était semblable à celui d'un humain, mais sa tête était ornée de plumes plutôt que de cheveux. Ses bras étaient couverts de plumes épaisses et brunes alors que ses auriculaires étaient d'une longueur invraisemblable. Ses jambes écailleuses et gracieuses étaient semblables à celles des oiseaux de proie. Ses rétines pleines assombrissaient encore davantage son regard noir et brillant.

Concrètement, la créature s'apparentait à un croisement entre une femme et un faucon. Elle reprit :

— Je comprends votre surprise, humain. Voilà bien des lunes que les peuples d'Aslinya pensent notre civilisation éteinte. Ils ont en partie raison d'ailleurs... Vous vous trouvez sur la dernière cité flottante de ce monde... Et je suis l'une des sept dernières représentantes des Elangs. Je m'appelle Mang, et je veille sur ce vestige que nous avons baptisé Indah.

— Je ne sais pas quoi te dire, hésita Chipan, toujours groggy par son combat et par ce dialogue d'un autre temps qui s'instaurait. Comment est-ce arrivé ?

— Je suis heureuse que vous me posiez cette question, sourit Mang. Il y a maintenant des siècles, les trois peuples qui mirent au point le sort d'emprisonnement de Dewa ont rompu les chaînes d'Ilmu permettant à nos îles de flotter sans dériver. Ils craignaient que nos cités permettent de localiser le Sanctuaire Perdu. Nous avions proposé de devenir les gardiennes du lieu, mais cette requête fut rejetée. Nos royaumes se sont donc écrasés les uns après les autres sur Aslinya... Indah est la seule cité à avoir échappé à cette tragédie...

Accompagné par Mang, Chipan découvrit la chaîne aux maillons de la taille d'un homme, décrite par l'Elang plus tôt. Elle reliait Indah à une petite île d'Aslinya.

Devait-il faire la lumière sur son identité ? Lui, fils des Lumyre, l'un des trois peuples qui avaient condamné la civilisation de celle qui l'avait sauvé. Son regard triste et honteux trahissait ses pensées.

Mang l'avait remarqué, mais elle continuait malgré tout de compter son histoire. La symbiose qui liait les îles flottantes à ses habitantes. Car oui, rompre le lien d'Ilmu dépossédait l'île de tout pouvoir. Elle puisait alors le pouvoir de ses habitants, trop faibles pour fuir lorsqu'elle fracassait la terre ferme, à toute vitesse.

Chipan fut pantois d'apprendre que les Elangs n'étaient composées que de femmes, qui avait recours à la parthénogenèse pour assurer la survie de leur peuple. Mais trop soucieuses de protéger Indah et dotées d'une jeunesse éternelle, aucune des sept Elangs encore vivantes n'avait osé prendre le risque de laisser ses congénères seules pour la défense de leur modeste cité. Elles restaient toujours au moins à trois sur l'île pendant que deux d'entre elles surveillaient l'ancrage de la chaîne sur Aslinya. Fort heureusement, celui-ci se trouvait sur un tout petit îlot terrestre, isolé des continents. Les dernières se chargeaient de ravitailler Indah en provisions de toute sorte.

L'île était juste assez grande pour abriter les sept maisons des Elangs ainsi que quelques lieux de stockage. Bien qu'il y ait de l'herbe sur l'ensemble du domaine, la végétation était rare et l'environnement n'était visiblement pas propice aux champs et aux cultures. Chipan remarqua également l'absence de source d'eau.

De retour dans la maison de Mang, le Lumyre, tiraillé par les agissements indignes de ses ancêtres, la culpabilité d'avoir été secouru et la reconnaissance qu'il ressentait envers sa bienfaitrice, entreprit de lui poser une question :

— Pourquoi m'avoir sauvé ? Tu as suffisamment de préoccupations ici, à Indah... Tu n'avais pas besoin d'un boulet supplémentaire ! Surtout que...

— Votre question est bien étrange ! gronda amicalement Mang. A-t-on besoin d'une raison pour secourir une personne ? Je crois savoir que vous-même n'avez pas hésité à prendre tous les risques pour protéger cette jeune femme qui fuyait Pang Kat.

— Comment ! percuta Chipan, décontenancé. Comment sais-tu ça ?

— Nous avons vu les éclairs. Nous avons ressenti le bouleversement du vent lors de la réunion des Élus, expliqua l'Elang. Nous avons alors su que quelqu'un avait réussi à localiser et à rassembler les héritiers en un même lieu. Je suis restée cachée, discrète, mais j'ai suivi attentivement ton parcours, Chipan.

— Alors, depuis le début, tu sais qui je suis, regretta Chipan. Et tu m'as quand même sauvé. Mes ancêtres ont pulvérisé les tiens, anéanti ton royaume...

— C'est vrai, déplora Mang. Mais tu n'es pas responsable de ce que tes semblables ont pu faire. Et le retour de Dewa doit rester notre préoccupation principale. Indah est le seul endroit depuis lequel il est possible d'atteindre le Sanctuaire Perdu. Et nous sommes les seules créatures à pouvoir voler à pareille altitude.

— C'est vrai qu'aucun Pesawat ne peut être piloté à cette hauteur... constata Chipan. Si je comprends bien, tu veux m'aider à empêcher le réveil de Dewa ?

— Tout à fait, confirma l'Elang. Toutefois, quand tout cela sera terminé, j'espère que nous pourrons à nouveau prospérer sans craindre d'être annihilées.

— Je te le promets Mang, assura le jeune homme. Je plaiderai votre cause auprès de tous, et je vous protégerai de toutes éventuelles représailles. Je réparerai l'injustice que vous avez vécue, tu as ma parole !

— Merci, Chipan, valida Mang. À présent, dites-moi ce que nous devons faire. Nous attendrons que vous soyez remis, puis nous nous attellerons à la lourde tâche de préserver Aslinya !

— Pour commencer, affirma Chipan, il va falloir retrouver Teman, mon ami. S'il a bien suivi notre plan, il doit avoir récupéré mon cuiseur à riz.

X
« J'ai cru qu'ils ne partiraient jamais ! »

Tributaire des capacités de Reka à pouvoir réparer leur Pesawat, l'équipage faisait face à une impasse. Selon Hans, il était hors de question pour ces étrangers de rester dans le Domaine Isolé plus longtemps. Malgré leurs tentatives, aucun d'eux ne put persuader l'ermite de changer d'avis ou de leur accorder du temps. Hans, dépité, regarda ses hôtes avec ce qu'il faut de correction et de mépris pour laisser le doute planer quant à ses intentions :

« Vous n'écoutez donc rien ! Mon Ilmu me permet de m'approprier certaines des caractéristiques de ce que je touche ! Mon Ilmu a ses limites, mais je suis sûr qu'avec l'aide de la nana de Rhêve, je peux restaurer votre réservoir ! »

S'isolant dans une sphère avec Peri, Hans toucha le réservoir de sa main gauche. Une partie de celui-ci fut comme aspirée par l'héritier d'Anthik. Il lâcha la main de Peri, alors occupée à concentrer les forces élémentaires, puis leva son bras droit à hauteur de sa tête. De son index et de son majeur sortit une étrange matière qui prit la couleur du réservoir. Un étrange rayon d'Ilmu frappa l'objet. Ni une, ni deux, le contenant d'Ilmu reprit sa forme originelle et ses propriétés. Impressionnés, Reka et Pengurus félicitèrent Hans et Peri.

Feignant de ne pas être sensible aux flatteries, Hans se tourna vers eux :

— Plus rien ne vous retient maintenant. Ce fut un plaisir ! À jamais !

— Attends, interpella Peri. Il est évident que, ce soir-là, quelqu'un nous a utilisés pour réveiller les totems. Je ne comprends pas tout ce qui se trame, mais visiblement, plusieurs personnes cherchent à libérer Dewa de sa prison.

— Et il se proclamera souverain d'Aslinya ou de je ne sais quoi... termina le jeune brun. Et je m'en fous ! Sommes-nous vraiment libres aujourd'hui ? Est-ce vraiment ce que nos ancêtres voulaient pour nous ? Qu'il y ait un mégalomane pour diriger les dirigeants que nous avons soi-disant choisis... Peut-être qu'ainsi, ils comprendront qu'ils ne sont pas tout puissants ! Au fait, ne vous ai-je pas demandé de partir rapidement ? reprit Hans en s'éloignant.

Peri ne pouvait croire ce qu'elle venait d'entendre. Cet isolé avait-il entendu la même histoire que celle que grand-mère Gen' lui avait conté ? L'asservissement. L'esclavage. La cruauté. Le mépris. Le sadisme... Tant de raisons de lutter contre le retour de ce créateur dépourvu de toute compassion.

Constatant la désolation de Peri, Pengurus entreprit de relayer son amie face au prince du Domaine Isolé :

« Il va nous falloir du temps pour que notre Pesawat soit à nouveau opérationnel, que tu le veuilles ou non. Nous ferons au plus vite bien sûr. Néanmoins, et pour éviter tout nouveau trouble au sein de ton marais, tu devrais nous offrir ton hospitalité. »

Notant que son interlocuteur prêtait l'oreille, Pengurus poursuivit :

« *Accepte... Dans le cas contraire, tu passerais certainement ton temps à nous épier pour t'assurer que tout va bien !* »

Réceptif aux quelques mots prononcés par le sage de Tahu, Hans sourit discrètement et fit un léger signe de la tête.

Le temps passait tranquillement. Chacun profitait de cette accalmie pour en apprendre davantage sur les autres.

Reka travaillait vivement à la remise en état du Pesawat. Il disposait bien de tout ce dont il avait besoin pour y parvenir, mais la restauration de ce bijou de technologie nécessitait une précision extrême et un savoir-faire hors norme.

Pengurus, lui, méditait sur tous les éléments dont il disposait. Comment le Sanctuaire Perdu avait-il pu être visité ? Pourquoi les pouvoirs de Dewa ne s'étaient-ils pas amplifiés si deux des totems trônaient sur leurs socles ? Quel inconscient préférerait le réveil de Dewa à sa liberté ? Quel désir pourrait valoir un tel sacrifice ?

Peri, elle travaillait ses dons selon les méthodes de feu grand-mère Gen', remarquant sans peine l'intérêt grandissant de Hans pour son Ilmu. Oui, il était sensible aux efforts que l'artiste faisait pour rassurer et apaiser les habitants du marais, aussi bien les animaux que les végétaux. Même Charles tolérait la belle artiste.

De son côté, Peri avait observé le puissant lien entre Hans et Isyss. La jolie chienne le suivait partout, se couchait toujours à proximité, le suivait du regard quand il s'affairait à droite à gauche. Quant à l'ermite, il ne pouvait passer près d'elle sans lui faire une caresse. Il s'allongeait sur le sol quelques instants pour pouvoir se blottir contre elle et lui susurrer à quel point Isyss était importante pour lui. Elle posait alors sa tête sur son épaule comme pour dire « je sais ».

« *Ça y est ! J'ai fini ! Restent les vérifications d'usage à effectuer, mais je pense que notre Pesawat est de nouveau opérationnel !* »

Ayant compris que le caractère d'urgence n'était plus à l'ordre du jour, Reka prit le temps d'apprécier le tableau qui se dressait devant lui ; la complicité grandissante entre Peri et Hans, la sérénité qu'on devinait chez Pengurus, la joie suscitée par ses interactions avec ces nouveaux visages chez Isyss…

Après tant d'expériences douloureuses, chacun appréciait ces bonheurs simples, mais primordiaux. Après tout, pourquoi se battre s'il n'y a plus rien à sauver ?

Mais ces instants de répit étaient autant de longueurs que l'ennemi prenait d'avance. Lucides face à cette triste réalité, tous se réunirent autour du Pesawat flambant neuf.

Après s'être échangé quelques politesses ponctuées de sourires sincères, Pengurus, Peri et Reka entreprirent de monter dans le véhicule. Se retournant une dernière fois vers Hans, Peri demanda :

— Pourquoi ne viendrais-tu pas avec nous à Tahu ? Tes ennemis sont les nôtres. Et ensemble, nous pourrions certainement les mettre hors d'état de nuire.

— Et quitter le Domaine Isolé ? Laissant ses créatures à leur triste sort ? À la merci des braconniers et autres opportunistes ? interrogea Hans. Non. Ma place est ici, je place mes espoirs en vous. Je suis sûr que vous parviendrez à annihiler la menace qui se profile.

— S'ils t'ont trouvé une fois, ils pourront revenir… s'inquiéta Pengurus. Tu n'es pas en sécurité ici, mon ami. Isyss non plus…

— Je ne la laisserai plus seule pendant mes rondes, rassura le prince. Je connais cet endroit comme ma poche, et la mésaventure que nous avons vécue m'a servi de leçon.

— Tu ne changeras pas d'avis, se résigna Peri. Prends bien soin de toi et de ta belle Isyss. Reka ? Peux-tu donner un traceur à Hans ? On gardera le nôtre en permanence. Ainsi, au moindre problème, tu sauras où nous trouver. Tu embrasseras Charles pour nous !

Reka donna le traceur à Hans. Après un dernier « au revoir », le vaisseau prit de l'altitude. Le gardien du domaine dut retenir Isyss, qui semblait vouloir monter dans le Pesawat.

Petit point sur l'horizon, cette équipe si particulière était déjà loin.

Hans se tourna vers son marais. Marchant en songeant à ces moments agréables et à l'équipage qui était parvenu à l'apprivoiser, il fut surpris par cette voix qu'il avait déjà entendue voilà quelques jours :

« J'ai cru qu'ils ne partiraient jamais ! Ravie de te revoir, mon cher terroriste de Hutan ! »

Tétanisé, Hans reconnut sans peine la femme que l'importante végétation ne dissimulait plus. Une main sur sa hanche, tout sourire, Milicia avançait assurément vers lui. Derrière elle, Beruang, l'homme à l'armure, fit son apparition, enlaçant de son bras gauche un vieux cuiseur à riz.

Sur la défensive, et redoutant les motivations des deux malvenus, Hans leur demanda de justifier leur retour au Domaine Isolé :

— Que faites-vous ici ! J'ai fait tout ce que vous vouliez ! Vous m'aviez certifié de nous laisser tranquilles, Isyss et moi !

— Nous avions effectivement consenti à ne plus mettre les pieds dans ce marais boueux ! confirma Milicia. Toutefois, tu t'es moqué de nous ! Aussi, je considère que notre arrangement est caduc !

— De quoi parlez-vous, espèce de fanatiques ! cria Hans en tentant de dissimuler Isyss. J'ai attaqué Kerajaan avec l'uniforme de Hutan, je vous ai remis mon totem...

— Non ! coupa Milicia. Tu nous as donné un leurre que la prison de Dewa a immédiatement rejeté ! Puisque tu n'as pas été fichu de comprendre qu'il ne fallait pas rigoler avec moi, je vais changer de méthode !

Beruang déposa l'appareil de cuisine et fondit sur l'ermite. Hans comprit.

Milicia n'était pas qu'une télépathe de talent, elle avait atteint un tout autre niveau. Elle pouvait prendre le contrôle du corps de ceux avec qui elle avait établi un lien.

Créant rapidement une sphère, le corps de Hans prit les propriétés de l'eau. Beruang le traversa sans le toucher et alla percuter un vieil arbre. Profitant du temps nécessaire à cet homme si puissant pour se dégager, Hans attrapa Isyss sous un bras et se propulsa en allégeant son corps, désormais semblable à du coton.

Bien que ralenti par le poids inchangé de son amie à quatre pattes, il parcourut ainsi une distance incroyable en peu de temps. Sa course fut cependant stoppée nette lorsqu'il heurta un tronc mort qu'il n'avait pas anticipé.

Désorienté par le choc, amoindri grâce à sa masse réduite, Hans était à nouveau contraint de faire face à ses adversaires. Les soldats de Pang Kat sous les ordres de Milicia surgissaient de toute part, encerclant le mage et sa petite Isyss.

Hans se souvint de la mise en garde de Reka. Il prit la décision d'invoquer le pouvoir de cet acide qu'il avait absorbé en touchant le réservoir détruit par le Labah. Il projeta plusieurs petites sphères d'Ilmu, frappant ainsi plusieurs de ses opposants.

Sévèrement brûlés au contact du composé chimique, nombre d'entre eux se tordaient de douleur alors que les autres redoutaient de devoir approcher l'héritier du Rhêve.

Devant cette appréhension, Beruang prit les choses en main. Devant ce vif nouvel assaut, Hans n'eut d'autre choix que de répéter l'opération.

L'homme en armure, sans freiner sa course, jeta une branche devant lui juste avant que l'acide ne l'atteigne. Il frappa lourdement l'abdomen de Hans, trop surpris par la manœuvre de son assaillant pour exécuter une nouvelle sphère.

C'est le souffle coupé et avec la sensation d'écrasement de ses organes que Hans s'effondra sur le sol, au milieu des racines :

« *Isyss...* »

C'est très agacée par le manque de coopération du prince du Domaine Isolé que Milicia finit par arriver à l'endroit où le fugueur gisait.

Isyss, menaçante, tenait position devant le corps inanimé de Hans. Elle aboyait, grognait, chargeait les opportuns qui manœuvraient pour approcher son père de cœur. Mais l'animal trapu parut soudainement somnolent, elle se coucha doucement contre ce mage qu'elle aimait tant. Fixant mystérieusement la bête, Milicia n'était clairement pas étrangère à cette surprenante fatigue.

Alors que la jeune femme commençait à illustrer verbalement son énervement d'avoir dû courir sur un sol vaseux et instable avec ses talons, elle fut interrompue par le signal émis par son émetteur portatif.

Écoutant attentivement l'information communiquée par l'un de ses subordonnés, Milicia se crispa encore davantage. Sans qu'elle s'en aperçoive, ses points tremblants se refermèrent et ses dents grincèrent.

Excédée par ce qu'elle venait d'apprendre, la beauté brune ne put contenir ses émotions et s'adressa à Beruang et aux autres membres de son équipe :

— Cette imbécile va tout foutre en l'air ! Beruang, peux-tu emmener notre jeune ami à bord de notre Pesawat ? Vous autres, occupez-vous de sa copine à quatre pattes !

— Au pire, on n'a qu'à lui éclater le crâne à cette bestiole hargneuse, ricana l'un des soldats.

Il se saisit de sa dague tout en se tournant vers Isyss. Il planta brusquement son arme dans sa propre gorge, sous les yeux effarés de ses camarades. Tous dubitatifs devant l'acte du malheureux, Milicia prévint :

« Que les choses soient claires, nous ne ferons aucun mal à cette créature. Nous menacerons de le faire pour que Hans parle au sujet de son totem, mais le premier qui s'aventurera à passer à l'acte le paiera de sa vie ! Suis-je suffisamment explicite ! »

À Gadis Cantik, Loan fixait les jardins depuis sa fenêtre. Tenant contre elle un verre d'eau, elle se demandait si Chipan avait pu retrouver son totem. Pourquoi n'était-il toujours pas rentré de son périple ?

La Princesse avait donné l'alerte, mais pouvait-elle faire davantage pour sauver sa mère, la Reine Kerajaan, de l'influence qu'elle semblait subir ?

Devait-elle se rendre à Tahu et retrouver le Docteur Sarjana afin d'apprendre à maîtriser son don d'empathie pour lui venir en aide ?

Après quelques gorgées, Loan rejoignit son lit dans l'espoir de trouver le sommeil, enfin. En vain.

Contemplant son grand verre presque vide, la Princesse de Pang Kat fut interpellée par les vibrations de son contenu. Prêtant l'oreille, elle crut distinguer des bruits sourds, au loin.

Ils ne pouvaient plus être le fruit de son imagination. Les grondements étaient désormais largement perceptibles.

La pénombre de la pièce parut laisser place à une timide lumière fugace. Le sol tremblait par instants.

Tout en prenant de grandes inspirations dans le but de garder son sang-froid, Loan s'approcha de la fenêtre, une nouvelle fois.

Stupéfaite, les yeux écarquillés, elle assistait à la destruction du royaume de Gadis Cantik.

Un peu désorientée, mais tout à fait lucide, Loan ne mit pas longtemps à comprendre que sa mère l'avait retrouvée. Elle devinait au loin une flotte de Pesawat dont les canons bombardaient le royaume de la beauté.

Vénus fit irruption dans la chambre de la jeune Princesse :

— Loan ! Les forces armées de Kerajaan approchent à grands pas. Tu dois te mettre à l'abri !

— Marraine, interpella Loan. Si Mère est à ma recherche, peut-être que le simple fait de me livrer à elle fera cesser cette stupide attaque.

— Mon enfant, la Reine s'en prend à Gadis Cantik sans même s'être annoncée, sans pourparlers malgré nos rapports cordiaux… regretta Vénus. Jamais la Kerajaan que je connais n'aurait agi de la sorte, je refuse de te faire courir un tel risque.

— Je ne peux me contenter de fuir, rétorqua Loan.

— Ne discute pas ! lança la belle prêtresse. Je vais confronter Kerajaan…

Devant le regard impassible et déterminé de Vénus, Loan abandonna toute idée de réponse. Elle suivit les deux gardes qui accompagnaient sa marraine, sans poser de questions.

Parcourant les escaliers et les couloirs de son palais, Vénus atteignit enfin l'extérieur et s'élança vers le vaisseau Mère au bord duquel devait se trouver la souveraine de Pang Kat.

Utilisant l'extraordinaire capacité d'extension de ses cheveux, Vénus s'en servit comme grappin pour atteindre le Pesawat de Kerajaan et s'y introduire.

Une fois à l'intérieur, elle concentra rapidement son Ilmu dans ses ongles, les transformant une nouvelle fois en des griffes acérées, pour vaincre les soldats en charge de la protection de la Reine.

Entendant le vacarme causé par son infiltration mouvementée, c'est sans surprise que Kerajaan fit face à son amie de toujours. La Reine, alors accompagnée de Matih, lui demanda calmement de la laisser seule avec Vénus.

La hargne qui se dégageait des yeux de la magnifique femme laissa place à la tristesse. À l'incompréhension.

Kerajaan remarqua sans peine à quel point Vénus était déstabilisée :

— Eh bien alors, ma vieille amie ! Tu sembles habitée par des sentiments bien contradictoires…

— Comment peut-il en être autrement ! s'écria Vénus. Je t'en conjure, cesses immédiatement ce dessein meurtrier à l'encontre de Gadis Cantik. Aucune des femmes habitant ma cité ne mérite un tel destin.

— Tu ne mérites aucune indulgence… Tu m'as enlevé Loan, trembla Kerajaan sous le coup de l'émotion. NOUS AVIONS UN ACCORD, VÉNUS ! explosa-t-elle ensuite.

— Je m'en souviens très bien, exprima Vénus amèrement. Je ne l'ai pas brisée, tu peux être tranquille. Loan est venue d'elle-même à Gadis Cantik, parce qu'elle est très inquiète pour toi. Et moi aussi d'ailleurs, mon amie.

Vénus, sentant que ses paroles l'avaient touchée, s'approcha doucement de Kerajaan. Et de reprendre :

— Que t'arrive-t-il, ma Kera ? Tu sembles perdue… Et si j'en crois les faits rapportés par ta fille, cela fait plusieurs semaines…

— Je… Je… L'ignore… balbutia la souveraine de Pang Kat. Mais l'heure n'est pas à la psychanalyse ! Dis-moi où se trouve Loan !

— Je ne peux te livrer cette information, s'opposa la prêtresse. Ce que je m'apprête à te dire est abominable, mais je ne la sens plus en sécurité à tes côtés. À présent, tu dois cesser la charge contre Gadis Cantik. Tu le sais toi-même, tout cela n'a aucun sens.

Kerajaan, après quelques pas dans ses appartements, proposa un accord à Vénus :

« J'accepte d'ordonner le cessez-le-feu… En contrepartie, tu deviens ma prisonnière de guerre ! Et s'il arrive quoique ce soit à Loan, tu en assumeras les conséquences. »

XI
« Peut-être devrions-nous suivre cette piste »

Quittant Indah et laissant aux autres Elangs le soin de protéger leur dernier sanctuaire, Mang déploya ses larges ailes en prenant soin de ne pas heurter Chipan.

« Tu es prêt ? Nous allons descendre, je te conseille de bien de tenir et de bien vérifier le harnais nous liant l'un à l'autre ! »

Prenant un peu d'altitude, Mang prit le temps de sonder les courants. Se laissant guider par un vent timide, la descente s'amorça doucement. Très lentement...

Le jeune homme, impatient et dubitatif, avait mis ses bras autour du cou de Mang et ses jambes autour de sa taille. Mais il ne tint pas compte de la dernière consigne de l'Elang, considérant qu'à cette vitesse, il n'avait pas grand-chose à craindre. Il ne put s'empêcher de penser *« mais c'est qu'elle prend grave son temps ! »*.

VRRRRRRRRRRRRRRRRRR !

D'un coup ! En à peine un battement d'ailes, Mang fondit en piqué vers les terres d'Aslinya.

Malgré sa force, Chipan manqua de lâcher prise. Conscient que la moindre faiblesse de sa part lui serait fatale, l'héritier des Lumyre se laissa tout de même aller à l'adrénaline qu'il ressentait.

La vertigineuse descente amorcée par Mang donna à Chipan l'impression d'un saut sans parachute. La surface de la petite île sur laquelle Indah était attachée sembla se jeter sur les deux aventuriers.

Comme si elle avait pris appui sur un support invisible, l'Elang marqua un très bref temps d'arrêt avant de s'élancer tout aussi rapidement vers le continent, provoquant une surprenante onde de choc à la surface de l'océan et soulevant ensuite partiellement l'eau qu'elle frôlait de ses ailes puissantes.

La petite île à laquelle était attachée la cité de Indah disparut rapidement par-delà l'horizon alors que le continent, dont les contours se précisaient davantage à chaque seconde, était comme ciblé par le zoom d'un internaute cherchant sa maison sur une vaste mappemonde.

Bientôt, la plage que scrutait Chipan fut dans leurs dos. Mang était-elle plus rapide que le plus véloce des Pesawat ?

L'héritier des Lumyre comprit comment l'Elang avait pu l'évacuer si vite suite à son combat à mort contre Xatria Mulia, sans que cette dernière eût le temps de réagir. Voilà que Mang, sans perdre de son allure, slaloma avec une adresse incomparable entre les arbres de l'épaisse forêt marécageuse qui les séparait des abords de Cahaya.

Chipan demanda à Mang la raison pour laquelle elle ne survolait pas tout simplement le marais. Sa réponse fut évidente :

« Comment crois-tu que nous avons pu échapper à la vigilance de tes pairs si nous n'avions pas mis au point quelques stratégies pour nous cacher au mieux des autres peuples d'Aslinya ? »

Le village de Cahaya, empreint d'une désolation sans nom, était désormais à vue.

Mang prit soin de se poser à la lisière du marais. Elle se tourna vers Chipan :

— Ta petite cité ne semble plus présenter la moindre trace de vie...

— Tu peux voir ça d'ici ! interrogea Chipan, dubitatif.

— Bien sûr, sourit l'Elang. C'est une des caractéristiques de notre peuple. Notre acuité visuelle est des plus développées. C'est un atout vital pour qui doit voler à notre vitesse. Ainsi, nous anticipons sans mal les obstacles que nous sommes amenées à rencontrer.

— C'est bien pratique ! ponctua Chipan. Selon notre plan, Teman devait s'emparer de mon cuiseur à riz après avoir évacué nos concitoyens vers les montagnes, au nord. Sans nouvelles de ma part, il devait rejoindre Gadis Cantik, au nord-ouest...

— Je ne peux compromettre le secret de notre existence... regretta Mang. Je me dissimulerai sous cette cape. Mais je dois te dire que ma présence doit passer inaperçue. Si je venais à être démasquée, cela pourrait signifier la fin de mon peuple...

— Mang, reprit Chipan. Tu as déjà tant fait pour moi, es-tu sûre de vouloir continuer ? Peut-être devrais-tu rentrer auprès des tiens.

— C'est notre destin à tous qui est en jeu mon ami, ajouta l'Elang. Je ferai de mon mieux pour t'accompagner et te soutenir.

Acquiesçant en souriant légèrement, c'est donc accompagné que Chipan se mit à la recherche de son vieil ami.

Avançant doucement et prudemment vers le nord, les mots échangés entre l'Elang et le Lumyre se firent de plus en plus rares. Chipan n'était pas fataliste, il faisait partie de ceux qui relativisaient, de ceux qui ne renonçaient pas à l'espoir tant qu'il avait la plus infime chance de perdurer.

Parcourant sans mal les chemins escarpés et évitant les sentiers fréquentés pour ne pas être vus, Chipan sentait pourtant un sentiment bien singulier le gagner. La crainte de ne pas retrouver Teman, son vieil ami. Ou pire, de le retrouver en bien mauvaise posture, si ce n'est mort... Chipan comprit...

C'était donc ça l'inquiétude ? Il se souvint l'avoir ressenti avant, pour la Princesse Loan, alors qu'il avait révélé son Ilmu pour la sauver de ses agresseurs. Puis lorsqu'il la conduisit à Gadis Cantik.

Chipan s'égara dans ses pensées. Loan était-elle toujours en sécurité auprès de Vénus, à Gadis Cantik ? Kerajaan avait-elle retrouvé sa trace ?

Errant toujours plus dans cet océan de songes, Chipan se remémora son visage et ses courbes. Il se rappela ses longs cheveux d'un châtain très clair, l'élégance de sa démarche, sa peau pâle et douce comme sa voix timide... La Princesse était une très jolie jeune femme, pleine d'esprit.

Chipan espérait la revoir rapidement. Le destin qui les liait était-il éphémère ou pérenne ?

Le rêveur fut ramené à la réalité par une pression sur son épaule.

C'était la main de Mang. Approchant son visage de celui de son compagnon de route, elle glissa quelques mots anxieux à son oreille :

« Chipan ! Là-bas, je distingue une fumée sur la route permettant de franchir les montagnes... Elle est blanche... Ce qui semble indiquer que ce qui a été incendié a fini de brûler. Peut-être devrions-nous suivre cette piste, qu'en penses-tu ? »

Acceptant sans hésitation l'idée de l'Elang, ils changèrent leur itinéraire pour découvrir la provenance de cette étrange émanation.

Après quelques minutes, Chipan et Mang arrivèrent à proximité du lieu repéré par cette dernière. S'en suivit un terrible cri de la part du premier :

« TEMAAAAAAAAAAAAAAAN »

Loin des montagnes encerclant Cahaya, usant de toutes les technologies disponibles à bord de leur Pesawat, Reka, Peri et Pengurus approchaient furtivement de Tahu. Tous les trois étaient déterminés à découvrir qui était cet utilisateur de l'Ilmu des ondes capable de localiser le Sanctuaire Perdu.

Ne sachant pas ce que la Reine Kerajaan avait pu découvrir à leur sujet ni qui avait piégé leur Pesawat, le trio devait se montrer prudent. Surtout Pengurus, célèbre dans la cité du fait de son statut de gardien des légendes.

Camouflant leur Pesawat à quelques lieux de Tahu, c'est à pied qu'ils empruntèrent le long pont de pierres dont la couleur avait été altérée par le sable. Peri et Reka furent émerveillés par l'équilibre scrupuleux entre temples, bâtisses et nature. Tahu n'était pas que la cité du savoir, elle incarnait aussi un art de vivre synonyme de simplicité, de discipline, d'altruisme. Il était aussi communément admis que le sort utilisé par les trois peuples, qui créèrent la prison de Dewa, avait été élaboré par la fondatrice de la cité.

Chaque passant croisant la route de nos trois voyageurs hochait poliment la tête, leur faisant comprendre qu'ils étaient les bienvenus. Car oui, tous étaient conscients que la diversité et les expériences individuelles forment une partie de ce savoir qu'ils adoraient tant. Les Tahutiens espéraient vivement que chacun de ces étrangers laisse une trace de leur passage dans leur ville.

Aux abords d'une fontaine, le petit groupe discuta des pistes dont ils disposaient :

— Je pense que la première chose à faire, c'est de demander audience au Docteur Sarjana, se positionna Reka. Peut-être saura-t-il nous expliquer comment un Labah a pu se retrouver dans notre vaisseau.

— C'est une idée intéressante, effectivement, acquiesça Pengurus. Mais si nous voulons en apprendre plus sur l'utilisateur de l'Ilmu des ondes, je pense que c'est à l'École de Tahu qu'il faut se rendre ! Un pareil talent n'aura certainement pas échappé aux professeurs.

— Si je puis me permettre, s'avança Peri, il me semble que le Docteur Sarjana intervient dans cette École ! Pourquoi ne pas faire d'une pierre deux coups ?

Se trouvant légèrement décontenancés par la simplicité de la solution proposée par l'héritière de Rhêve, les deux hommes la suivirent sans dire mot.

L'École était un édifice jumelé avec l'immense Bibliothèque de Tahu. Deux merveilles façonnées par les mains les plus habiles d'Aslinya. Une vaste étendue d'eau séparait les deux œuvres du reste de la ville. Semblables à deux tours ornées respectivement d'une chouette pour l'École et d'un arbre pour la Bibliothèque, se faisant face et se complétant, ces créations d'un autre temps forçaient respect et admiration.

S'arrêtant devant les hautes portes de l'établissement, Pengurus s'interrogea :

— Comment puis-je demander un entretien avec le savant si je ne puis m'identifier... Sarjana est un homme très occupé et trop sollicité...

— J'ai une idée ! interrompit Reka, sûr de lui. Peri pourrait commander au mur le séparant de nous de tomber ! C'est de la pierre après tout !

— Impossible, grimaça l'intéressée. Je ne commande qu'aux éléments purs... Les murs dont tu parles ont certainement subi des altérations... À part faire trembler les résidus de terre qui s'y trouvent... En revanche, je peux demander à l'air de nous porter jusqu'aux fenêtres de ses appartements. Ainsi, pas besoin d'intermédiaires, et nous préservons notre anonymat !

Séduits par cette alternative, les trois camarades attendirent que les habitants du campus aient regagné leurs salles de cours avant de passer à l'action.

Laissant passer quelques minutes, simulant une conversation passionnée à propos des origines de l'Ilmu, les trois compères, après maintes vérifications, avaient enfin le champ libre. Restant au sol pour faire le guet, Peri usa de ses pouvoirs pour porter Reka et Pengurus à la fenêtre des bureaux du Docteur Sarjana. Toquant fébrilement aux carreaux des locaux, le gardien des légendes finit par attirer l'attention de Sarjana. Reconnaissant Pengurus et conscient qu'il devait y avoir une raison particulière à ce procédé, le professeur s'empressa de faire rentrer les deux hommes.

Alors qu'il allait interroger Pengurus sur leur singulière introduction, Sarjana lança un regard insistant à Reka :

« *Mais je te reconnais toi ! Tu as assisté à bon nombre de mes conférences, tu es d'ailleurs devenu un membre éminent de la communauté scientifique. Mais à en juger par cette entrée, tu sembles te permettre des excès de zèle jeune homme !* »

Aussi discrètement que possible, Pengurus interrompit Sarjana :

« *Je suis navré de l'utilisation de ce stratagème pour demander audience, cher professeur, mais notre présence à Tahu doit demeurer confidentielle pour le moment. Vous avez reconnu Reka, brillant technicien très éveillé au sujet des dernières prouesses technologiques, mais je suis aussi accompagné par Peri Warna. En plus d'être une artiste renommée, elle m'a confié être la descendante du peuple de Rhêve...* »

Surpris par cette dernière information, Sarjana s'assit derrière son bureau, en silence. Il fit signe aux deux hommes de prendre place sur les quelque trois sièges, disposés en face de lui.

Étonnés mais s'exécutant tout de même, ils prirent place. Le Docteur Sarajana souleva ce qui semblait être un livre et appuya alors sur un bouton caché dessous. L'illustre scientifique reprit :

— La pièce est désormais protégée des indiscrets ! Je me dois de recourir à de nombreuses méthodes pour protéger mes travaux et mes découvertes. Vous seriez surpris de voir à quel point les gens ont soif d'innovations qu'ils peuvent détourner pour leurs ambitions égoïstes et mégalomanes...

— C'est justement l'une des raisons qui nous amène, rebondit Reka. Notre Pesawat a été la cible d'un sabotage. Or, mon vaisseau dispose des technologies permettant de contrer bien des attaques. En y regardant de plus près, je suis sûr d'avoir reconnu des traces caractéristiques de l'une de vos inventions : le Labah.

— Je vois… regretta le savant. Cette création a fait l'objet d'un larcin dans mon laboratoire, ainsi que quelques autres… Je vois que les « sans nom » n'auront pas mis longtemps à mettre leur plan à exécution…

— Une minute professeur, se permit Pengurus. Vous voulez dire que cette bande de renégats reprend du service ! Il m'avait semblé qu'ils avaient tous été bannis sur une île isolée de l'archipel Nusas, privée de tout moyen qui leur permettrait de rejoindre le continent.

— Effectivement, confirma Sarjana. Après qu'ils ont trahi l'Alliance créée par Pang Kat, Gadis Cantik, Tahu et Pabrik lors de la Grande Guerre, les souverains de l'époque avaient prononcé cette sentence. Mais il y a maintenant quelques mois, j'ai reçu via mon émetteur audio personnel un message d'un homme se présentant comme l'un de leurs descendants… On me proposait de combiner mon savoir à leurs forces armées…

— Il ne manquait plus que ça ! ponctua Pengurus. Comment ont-ils eu accès aux ressources nécessaires à une telle entreprise ? Ils ont forcément reçu l'aide d'une personne du continent…

— Justement ! percuta Reka. Peut-être que cette puissante télépathe que nous recherchons est à l'origine de ce revirement… C'est également l'objet de notre venue. Tout au long de vos interventions à l'école de Tahu, avez-vous perçu la présence d'un élève dont les compétences vous ont semblé hors du commun ?

— J'ai vu bon nombre d'étudiants durant toutes ces années, répondit Sarjana, mais il est clair qu'en matière de télépathie, une jeune femme surpassait de loin tous les autres ! Jamais je n'ai oublié son nom… Milicia…

— Il nous suffit donc de la trouver et de mettre un terme à la réalisation de ses desseins ! se réjouit le pilote.

— Si c'est bien Milicia que vous cherchez, poursuivit l'homme de science, ses dons lui permettront certainement de lire vos intentions avant même que vous n'ayez eu la chance de l'apercevoir ! Elle aura toujours un coup d'avance sur vous ! C'est une femme intelligente, intuitive et clairvoyante. Vous souhaitez croiser sa route ? Je vous suggère vivement de trouver une autre solution que de focaliser votre enquête sur elle ! Sortez de votre tête tous les scénarios qu'elle aura pu envisager… Sinon, considérez que vous avez perdu la partie !

— La tâche est donc d'une complexité aiguë, se découragea Pengurus. Si elle peut détecter nos pensées fortes, elle saura nous déjouer.

— Dans ce cas, mettons-nous en quête des « sans nom » ! proposa Reka. Je crois me rappeler certains cours autour de l'Ilmu, selon eux, les télépathes ne peuvent se connecter aux gens s'ils ne sont pas connus de leurs cibles !

— Tu as tout à fait raison, concéda le gardien des légendes. Seulement, il est très ardu de contrôler nos intentions. J'ai peur qu'elle ne parvienne tout de même à nous contrecarrer…

Alors que tous réfléchissaient silencieusement, Peri, toujours à l'extérieur, scrutait le campus. Seule, le temps lui paraissait long. Très long. Elle s'égara dans ses pensées.

Parviendrait-elle à confronter Kerajaan ? Grand-mère Gen' serait-elle vengée si elle y parvenait ? Elle repensait à l'éprouvant souvenir qu'elle avait d'avoir retrouvé le corps sans vie de celle qui lui avait tout enseigné. Elle pleura discrètement.

Ses doutes personnels furent rapidement troublés, comme son regard vague, par l'apparition d'un imposant Pesawat à l'horizon. Plissant les yeux pour tenter de l'identifier, Peri allait bientôt avoir une réponse.

Le vaisseau progressa au point de pouvoir se poser aux abords du site d'études. Peri, comme les trois hommes en pleine réflexion, entendit un message raisonné dans sa tête.

« Je crois savoir que vous me cherchez ! »

Sarjana reconnut cette voix. Elle était celle de Milicia !

Ellipse – « J'ai échoué... Pardonne-moi... »

Xatria, d'un pas hésitant et incertain, avançait vers celui qu'elle venait de nommer « Beruang ». S'assurant que son Knifgun, formant une puissante et imposante hache, était toujours la propriété de celui avec qui elle avait fait ses armes. Son armure, comme son casque massif, ne fut pas suffisante pour que son doute persiste. C'était bien lui. Elle reprit :

« Je te croyais mort lors de notre mission sauvetage dans le désert glacial de Badaï Saljy. Ces gens avaient été pris au piège dans une violente tempête de neige, en proie aux créatures affamées qui y vivent... Je t'ai vu tomber dans ce gouffre sans fin... »

Beruang, reconnaissant celle qui avait partagé tant d'années, belles comme malheureuses, laissa les émotions gagner son visage, si fermé habituellement. Tout en baissant sa garde, il adressa quelques mots à Xatria, qui peinait à retenir ses larmes :

— Je suis désolé de ne pas t'avoir contactée... Cette condition est nouvelle pour moi. Je suis resté longtemps entre la vie et la mort. Je ne dois mon salue qu'à l'intervention de...

— Que se passe-t-il ici ! débarqua Milicia, accompagnée de quelques Makhluks, et sans vraiment attendre de réponse. Ne parle pas trop, Beruang. N'oublie pas que cette femme fait équipe avec des potentiels opposants à notre projet !

— Je ne sais pas qui vous êtes, et je m'en contrefiche ! lança Xatria, vexée par si peu de considération. Mais je vous suggère de ne plus nous interrompre ! Beruang et moi avons pris ensemble la décision de nous engager dans les forces armées pour venir en aide aux civiles. Nous nous connaissons depuis l'enfance…

— Et ! Vous l'avez laissé pour mort à Badaï Saljy ! se moqua la jolie brune. Je suis celle qui est venue à son secours et grâce à qui il peut à nouveau vivre normalement. Alors s'il y en a bien une qui devrait s'écraser, c'est bien toi, pitoyable petit pantin !

— C'en est trop ! s'écria la Générale Mulia.

Sortant son Knifgun de son étui, Xatria mit Milicia en garde. Cette dernière fixa le regard de la belliqueuse, dont la tête sembla subitement très lourde et embrouillée.

Aussitôt, et sans qu'elle eût le temps de se ressaisir, le regard de Beruang changea et le colosse lança une charge dévastatrice vers Xatria.

Avant l'impact, la gradée de Pang Kat sut ce qui s'était produit :

« Cette fille est capable de s'immiscer dans le subconscient de ses victimes ! Quel Ilmu incroyable… »

La violence de la collision propulsa Xatria en l'air, donnant l'impression qu'elle n'était qu'un simple morceau de tissu. Le retour au sol fut tout aussi violent.

Immobile et silencieuse, Xatria connut sa première défaite… Face à un homme qu'elle avait toujours connu et estimé.

S'approchant de son corps inerte, Milicia ne put que constater sa victoire :

— Tu as eu ton compte, sale petite fouine…

— Que s'est-il passé ? demanda Beruang qui reprenait le contrôle de lui-même.

— Ton amie s'est jetée sur nous, expliqua Milicia à son acolyte. Elle a profité d'une de tes absences pour te surprendre. Mais ne t'en fais pas, les Makhluks ont pu la maîtriser !

— Maîtriser Xatria ! reprit le colosse dubitatif. Elle est la meilleure combattante que je connaisse ! C'est impossible !

— J'ai usé de mes dons pour l'étourdir, reconnut la télépathe avant que son regard ne soit captivé par tout autre chose. Je le sens ! Il reste quelqu'un ici ! Quelque chose me dit que c'est notre jour de chance… Beruang, emmène cette garce, on doit s'en débarrasser !

Plus loin, quelques minutes plus tôt, veillant à ne pas se confronter à d'éventuels dangers, Teman avait posté son Pesawat à proximité et en sécurité. Il avançait prudemment dans les ruines encore embrasées de Cahaya jusqu'aux cuisines dans lesquelles il travaillait avec Chipan. Il marquait quelque temps d'arrêt, tiraillé entre sa mission et l'envie presque irrépressible de retourner aider son ami.

Bien sûr, il n'avait pas la maîtrise de l'Ilmu, mais il n'avait pas l'âme d'un lâche pour autant. Il lui suffirait de trouver une arme classique pour au moins permettre des ouvertures, même infimes, à l'héritier de Lumyre.

Non. Le plan était clair et le destin d'Aslinya dépendait de la réussite de celui-ci. Teman prit la décision de s'y conformer, sans parvenir à lutter contre son inquiétude.

Pénétrant dans ce qu'il restait de leur laboratoire, Teman se saisit du cuiseur à riz et s'empressa de retourner à son Pesawat. Mais Milicia freina sa course en l'interpellant :

« Toi là-bas ! Reste où tu es ! »

Faisant fi de l'ordre donné par elle, Teman prit place dans son appareil et mit les gaz et détala aussi vite que possible pour mettre le totem de son ami en lieu sûr. Milicia ricana :
« C'est trop tard mon poussin, le lien est établi... »

Sans comprendre pourquoi, Teman donna un vif coup de volant et alla s'écraser contre les parois des montagnes.

C'est gravement blessé que le jeune homme s'extirpa de son Pesawat, désormais hors d'usage. Titubant péniblement, sans renoncer à l'accomplissement de sa mission, il sentit alors sa tête se vider et son corps revenait vers l'épave qu'il venait d'abandonner.

Il tomba violemment contre la carlingue accidentée et la froideur du métal transperçant son abdomen sonna le glas de sa courte vie. Il eut tout de même une dernière pensée pour Chipan :
« Mon ami... J'ai échoué... Pardonne-moi... »

XII
« Que les plus ingénieux d'entre vous survivent ! »

C'est ainsi que Chipan, bien des heures plus tard, retrouva son ami de toujours. Le corps froid, abandonné près des ruines de Cahaya, les yeux révulsés, le visage marqué par les derniers évènements que Teman avait dû endurer.

Après son hurlement de désespoir, Chipan désolidarisa la dépouille de son partenaire du métal aiguisé de l'épave du Pesawat qui avait causé sa mort. Il posa délicatement le corps de Teman, puis il commença à creuser le sol de ses mains.

Mang, choquée devant un tel spectacle et affectée par la détresse de son compagnon de route, ne savait pas quelles paroles elle pourrait prononcer pour contribuer à son apaisement. Elle resta silencieuse et entreprit de gratter la terre à son tour en signe de compassion.

Chipan lui lança un regard reconnaissant.

Bientôt, le trou fut assez grand pour y placer Teman. Une fois la tombe achevée, le jeune homme fit l'aller-retour jusqu'à Cahaya pour y dénicher quelques objets chers à son ami et les déposer dans sa dernière demeure.

Mang laissa Chipan se recueillir quelques instants et partit à la recherche d'indices lui permettant de déterminer ce qui causa la mort de Teman. Son corps ayant été trouvé à l'extérieur du

Pesawat, il ne pouvait avoir trépassé dans le crash du véhicule. Entendant son nouvel ami approcher, elle interrompit son enquête. Chipan demanda :

— Que fais-tu Mang ? Je préfère ne pas m'attarder ici... C'est douloureux et nos ennemis gagnent du terrain...

— Je comprends ton sentiment, compatit l'Elang. Mais je me disais qu'en examinant l'épave et ce qui l'entoure, nous pourrions comprendre ce qui s'est passé ici, et peut-être même en apprendre un peu plus sur les ennemis dont tu parles... Il y a fort à parier qu'ils ne sont pas étrangers à ce qui est arrivé à ton vieil ami.

— Tu as sans doute raison... accorda Chipan. La mission de Teman était de retrouver mon totem et de le mettre à l'abri, à Gadis Cantik. Alors, ce serait la raison de son exécution... Il suffisait de le lui prendre bordel ! À quoi bon l'avoir torturé ! Parce que c'est ce que j'ai lu sur son visage ! poursuivit l'héritier de Lumyre sans contrôler ses émotions. De la terreur et de la souffrance !

Chipan frappa le sol, laissant son Ilmu s'échapper de son poing et provoquant une puissante onde de choc de laquelle résulta un impressionnant cratère.

Joignant le ciel de ses ailes puissantes pour ne pas être exposée à cet élan de colère, Mang, amorça une descente vers son camarade. Attendant d'avoir toute son attention, elle exposa son analyse à ce dernier :

« *Lorsqu'on regarde attentivement, on devine que Teman est sorti du Pesawat lourdement blessé, mais en vie. Les taches de sang indiquent qu'il a marché quelques mètres, avant de retourner vers son vaisseau et d'user de ses dernières forces pour s'empaler contre la lame de métal créée par l'accident... On pourrait penser que son état l'a incité à abréger ses souffrances, mais regarde, il y a d'autres empreintes près de l'endroit où nous l'avons trouvé. Au moins deux personnes sont venues peu de temps après sa mort... Sans doute pour lui prendre le totem dont tu me parlais... »*

Voyant Chipan culpabiliser suite à ses conclusions, Mang le rassura, lui faisant comprendre que Teman avait fait ses choix en toute connaissance de cause. Que dans la situation dans laquelle il se trouvait, Chipan n'aurait pas pu venir en aide à son ami, qu'il n'aurait été qu'une victime de plus.

Après quelques poncifs que tous avons besoin d'entendre en de pareilles circonstances, Chipan et Mang prirent la décision de se rendre à Gadis Cantik pour rapporter à Vénus et Loan les derniers évènements.

Toujours soucieuse de ne pas exposer l'existence d'Indah, Mang retourna brièvement à Cahaya pour y trouver de quoi se dissimuler encore davantage.

D'ailleurs, une bonne partie du trajet dut se faire à pied, le paysage n'offrant que très peu de camouflage pour permettre à Mang de voler sans être vue. Respectant la discrétion de cette dernière, Chipan décida de ne pas se servir de son Ilmu, lui non plus.

Ce n'était pas bien grave. Le jeune homme profita de cette longue marche pour lui poser des questions au sujet de la vie à Indah, pourquoi l'Elang avait été si choquée et désemparée face à la mort de Teman.

Mang lui expliqua qu'il y avait longtemps qu'elle n'avait plus vu la mort. Son peuple étant doté de la jeunesse éternelle et ne fréquentant plus les autres peuples, elle ne gardait que peu de souvenirs des atrocités dont elle avait été témoin jadis.

Sans s'attarder sur les évènements du passé, elle racontait avec sérénité la douceur de la vie à Indah, lui expliquant qu'elle n'avait pas grand-chose à ajouter à ce qu'elle avait déjà dit lors de leur rencontre là-bas. La vie était rodée, monotone, humble, mais heureuse malgré la menace constante que représentait la découverte de la cité.

À son tour, Mang demanda à Chipan de lui parler de son vécu. Elle fut surprise des révélations du Lumyre.

En effet, il lui confia n'avoir aucun souvenir antérieur à sa rencontre avec Teman. Comme victime d'une amnésie profonde, il ajouta que c'est justement cet ami de toujours qui lui apprit à vivre et à ressentir les choses. Il se sentait, à l'époque, tel un enfant qui découvre son environnement et la conscience même de son être.

C'est avec bienveillance et attendrissement que Mang écouta les anecdotes cocasses que Chipan prenait plaisir à raconter, non sans une réelle nostalgie.

Mais une vision inquiétante remplaça les mots et les rires de nos deux voyageurs…

C'était celle de Gadis Cantik, en proie à un brouillard superficiel résultant de l'attaque subie par le royaume de la beauté. Plus encore que durant leur trajet, Chipan et Mang devaient redoubler de vigilance.

Profitant du chaos ambiant, ils se mêlèrent aux femmes de Gadis Cantik en se cachant des regards sous leurs voiles et autres vêtements que Mang avait pris le temps de ramasser à Cahaya.

Se faufilant discrètement dans le palais, esquivant les soldats, les deux amis atteignirent les appartements de Vénus. Mais elle n'y était pas.

À sa place, Kerajaan trônait sur le plus massif fauteuil de la pièce. La Reine de Pang Kat n'était pas seule, un garçon un peu frêle, pâle comme Loan, lui prêtait oreille attentive :

— Je l'impression de perdre la tête, Matih... Tous ces sacrifices pour sauver Loan de sa malédiction. Je ne cesse de me poser la question. Est-ce bien raisonnable ? J'en suis réduite à user d'intrigues, à menacer ceux qui furent jadis les alliés de Pang Kat...

— Mère, votre cœur est grand et juste, répondit le garçon. Loan souffre quotidiennement, elle s'affaiblit de jour en jour. Personne ne peut blâmer quelqu'un de tout faire pour préserver sa famille.

— Tes paroles m'apaisent, mon cher Matih... remercia Kerajaan. Mais regarde autour de toi... Regarde ce que j'ai fait à Gadis Cantik... J'ai toujours été pacifiste, compréhensive... Et je viens de faire emprisonner mon alliée historique. Vénus ! Mon alliée historique ! Je...

La Reine trembla. De leur planque, Chipan et Mang pouvaient sentir la colère et la frustration grandir chez la souveraine.

Elle se leva soudainement et balaya de la main ou du pied tout objet à proximité. Elle hurla :

« En voilà assez ! J'ai pris la bonne décision ! Tous ceux qui se mettront en travers de ma route seront considérés comme mes ennemis ! Dewa peut sauver ma fille, je suis prête à courir tous les risques pour ça ! »

Craignant d'être débusqués du fait du grabuge provoqué par Kerajaan, Chipan et Mang s'esquivèrent des appartements de Vénus.

Comprenant que leurs alliées n'étaient plus dans la cité, le descendant de Lumyre suggéra à Mang de quitter les lieux au plus vite.

Une fois à l'extérieur de Gadis Cantik, tous deux découvrirent leurs visages et revinrent sur le comportement étrange de la mère de Loan. Mais tout ceci soulevait également d'autres interrogations.

Kerajaan était-elle en proie à un mal-être si profond qu'il l'entraînait insidieusement dans une folie meurtrière et irrationnelle ?

Comment Vénus a-t-elle pu se laisser capturer ?

Loan était-elle toujours en sûreté ?

Approchant de ces étrangers au royaume, une mystérieuse femme était sur le point de lever le voile sur au moins une de leurs interrogations. Passant tout près de Chipan, elle susurra tout en poursuivant sa route :

« Je vous reconnais, vous êtes celui qui a mené la Princesse Loan à Vénus. Sachez qu'elle s'est enfuie avec ma consœur. Vous trouverez réponse à la cité du savoir ! »

À Tahu justement, Milicia avait fait une entrée fracassante. Stagnant au-dessus des structures emblématiques de la ville, le Pesawat de cette dernière était écrasant de puissance et près à faire feu.

Plusieurs Makhluks se jetèrent de l'appareil et percutèrent le sol, instaurant instantanément la panique sur le campus, mais aussi à chaque endroit d'où la scène était visible.

Avant de rejoindre la terre ferme, la télépathe adressa un message à chaque habitant :

« Chers Tahutiens, quel plaisir de revenir dans la cité qui m'a vue grandir ! Je ne vais pas y aller par quatre chemins, nous

sommes ici pour convier le prestigieux Docteur Sarjana à bord de notre Pesawat.

Nous le remercions par avance d'avoir la courtoisie de se présenter à nous dans les délais les plus brefs. Sans quoi, nous serions contraints de mettre un terme à vos pitoyables existences, les unes après les autres.

Certains d'entre vous ont probablement déjà aperçu ces abominables créatures que sont les Makhluks... Si tel n'est pas le cas, je vous prie de croire qu'ils sont en mesure de n'oublier aucun d'entre vous !

N'étant pas d'un naturel très patient, sachez que notre entreprise a d'ores et déjà commencé ! »

Depuis le bureau de Sarjana, les hurlements des victimes parvenaient déjà aux oreilles de l'hôte et de ses convives. Les vibrations se faisaient sentir dans tout le bâtiment, à des fréquences plus ou moins fortes, ce qui semblait indiquer que les monstres de Dewa couvraient un périmètre allant en grandissant. Balayé par une violente secousse, Sarjana se releva et s'écria :

— Il faut que ce cauchemar s'arrête ! Je vais me livrer à Milicia de ce pas !

— Ne faites pas ça professeur ! contesta Reka. Si vous leur offrez votre savoir sur un plateau, c'est Aslinya tout entière qui sera aux mains de Dewa !

— Je ne le sais que trop bien mon jeune ami... regretta le scientifique. Mais si nous ne faisons rien, tous ces gens perdront la vie.

— C'est tragique, mais vous devez rester hors de portée de ces mégalomanes ! exigea Pengurus. Vous l'avez dit tout à l'heure, votre science est une arme plus que redoutable si elle tombe entre les mains de gens peu scrupuleux. Mon Ilmu ne sera peut-être pas suffisant pour vaincre tous ses ennemis, mais je suis prêt à donner ma vie pour que vous ayez une chance de quitter Tahu.

— Surtout pas, cher gardien ! refusa Sarjana. Vous êtes probablement le dernier rempart contre la résurrection de Dewa. Vous devez vivre... Tous les deux... Laissez-moi accomplir mon devoir. Je ferai de mon mieux pour entraver leur progression de mon côté.

Résignés, Pengurus et Reka laissèrent Sarjana se diriger vers le Pesawat de Milicia, posé aux abords de ses appartements. La jeune femme aux cheveux couleur ébène avait commandé aux Makhluks de préserver un chemin de leurs attaques frénétiques et destructrices à cet effet.

Voyant l'érudit approcher de ses beaux yeux bleus, Milicia sourit. Elle le salua et lui fit signe d'entrer dans le vaisseau, escorté par Beruang.

Le Pesawat reprit de l'altitude. Surpris du fait que les Makhluks ne soient pas rappelés en son antre, des cris de plainte et de protestation résonnèrent sur l'ensemble de Tahu. Et comme lors de son arrivée, la voix de Milicia s'immisça dans la tête de chacun des survivants :

« Je vous remercie de votre collaboration. L'ordre de tous vous exterminer est levé. Toutefois, si mes monstres ne sont plus soumis à une règle quelconque, je vous suggère de fuir rapidement ! Ils ont été créés pour détruire, ils ne feront pas la différence entre vous et vos maisons ! Je vous souhaite bonne chance ! Que les plus ingénieux d'entre vous survivent ! »

Pengurus lança un regard nerveux et angoissé à Reka. Que faire ? Tahu était assiégée par de nombreux Makhluks, et ils étaient bien trop puissants pour que les survivants puissent tenter une riposte. Après un court instant de concentration, Pengurus sollicita l'aide du pilote :

— Mon sort de confusion ne fonctionnera pas sur ces monstres, ils sont dépourvus de conscience... Mais je peux peut-être parvenir à troubler leur réalité et les inciter à se rendre en un point précis... Tu en profiteras pour retrouver Peri et...

— Tu comptes devenir un appât ! grimaça Reka, abasourdi. Tu ne peux pas faire ça ! Le Docteur Sarjana vient de nous être enlevé, tu es notre dernière carte « savoir », en tant que gardien des légendes ! Ton expérience, comme ton Ilmu, est indispensable à notre réussite. J'ai confiance en Peri, elle saura se mettre à l'abri de ces brutes. Suis-moi, cherchons-nous aussi un endroit moins exposé. Nous pourrons mettre au point une stratégie qui n'implique pas de nouveau sacrifice... Je t'en prie... Nous pouvons y arriver...

Sensible à la conviction de Reka, Pengurus hocha la tête et suivit le technicien jusqu'à parvenir au sous-sol de l'école. Leur route accidentée leur fit prendre conscience de l'état dans lequel l'édifice se trouvait. Menaçant de s'effondrer à tout instant.

Tentant de faire abstraction des détonations assourdissantes, les deux astucieux confrontèrent leurs idées.

Quand soudain :

« *Ne bougez plus ! Je ne sais pas ce que vous manigancez, mais si vous tentez quoique ce soit de stupide, je vous exécuterai sans la moindre hésitation !* »

Surpris, les deux hommes ne purent s'empêcher de crier.

Dissimulée derrière une étagère chargée d'archives et autres reliques poussiéreuses, une femme en armure saillante les pointait de sa hallebarde.

Pengurus distingua la silhouette d'une autre personne dans l'ombre, en proie à une douleur intense.

Il se leva doucement, sans le moindre geste brusque, fixant son assaillante du regard pour lui signifier ses bonnes intentions :

« Laissez-moi voir quel mal ronge votre amie. Je suis Pengurus, gardien des légendes. »

Non sans méfiance, la militaire le laissa s'approcher. Quelle ne fut pas sa surprise :

« Princesse Loan ! Est-ce bien vous ! »

XIII
« Cessez… Vous faites erreur »

Regardant le paysage défiler depuis la cabine de pilotage de son Pesawat, Milicia adressa quelques mots à Beruang :

« Tout se déroule comme prévu… Nous avons le Docteur Sarjana avec nous, le dernier totem est en notre possession et l'autre imbécile du Domaine Isolé devrait se résoudre à cracher le morceau concernant le sien ! Quant à Kerajaan, son cerveau devrait bientôt être semblable à de la marmelade ! Nous n'avons plus qu'à la neutraliser pour finir de brouiller les pistes ! Cette vieille folle est-elle toujours à Gadis Cantik ? ………… OUI ! Ses pensées confuses et troublées émanent de là-bas ! »

Cachée dans le local technique, entendant ces mots glaçants de vérité, Peri Warna l'infiltrée, assembla les pièces de ce puzzle complexe. La Reine Kerajaan n'était-elle en fait que le pantin de Milicia !

Si tel était le cas, la souveraine de Pang Kat n'était peut-être pas la responsable de la mort de grand-mère Gen'…

Peri continuait de tendre l'oreille pour comprendre les desseins de la belle brune, mais un silence presque angoissant s'était installé dans la salle de contrôle. L'héritière de Rhêve avait aussi compris que Hans s'était fait capturer et que Milicia avait l'air de limiter au maximum les escales... Aussi, peut-être était-il à bord de l'imposant bâtiment.

S'assurant que la voie était libre, elle prit le risque de sortir du local et d'explorer le Pesawat.

Elle fut surprise de constater que les soldats étaient si peu nombreux, qu'elle n'en croisa que deux ou trois, tout au long de ses investigations. D'autant que le Pesawat de Milicia était sans doute le plus grand jamais visité par Peri.

S'introduisant dans la partie inférieure du vaste véhicule, l'artiste parvint à une salle devant laquelle étaient postés deux Makhluks.

La jeune femme se souvint de la description établie par Pengurus lors de leur errance dans le marais encerclant le Domaine Isolé. Ils étaient des créations de Dewa, doués d'un Ilmu dont la capacité de destruction était indiscutable.

Dissimulée derrière un mur fin, elle n'entendit aucun bruit. Elle attendit quelques secondes, voire plus d'une minute, mais toujours rien.

Elle se risqua alors à jeter un œil par-delà sa mince protection visuelle.

Les Makhluks demeuraient immobiles, comme profondément endormis.

Elle s'approcha furtivement. Toujours aucune réaction des créatures.

Peri, non sans précaution, passa entre les deux golems. Elle distingua une cage bien étrange au fond, ainsi qu'une grande caisse recouverte d'un drap à proximité.

Rapidement, Peri sentit qu'une atmosphère bien particulière régnait en ces lieux. Elle poursuivit malgré tout jusqu'à apercevoir un homme dans l'étrange prison :

— Hans ! C'est toi ?

— Peri ! chuchota le prince autoproclamé. Comment es-tu arrivée jusqu'ici !

— Je vais te faire sortir d'ici ! Nous en parlerons après ! préféra la jeune femme. Je vais invoquer le feu pour faire fondre ce cadenas................. Mais !

— C'est cette cage, expliqua Hans. Elle prive tous ceux qui s'en approchent de leur capacité à utiliser leur Ilmu.

— Il doit bien y avoir un dispositif pour la désactiver ! s'agaça Peri. Sinon, Milicia elle-même ne pourra pas utiliser son pouvoir sur toi !

— Ce doit être le cadet de ses soucis... ironisa Hans. J'ai compris qu'elle pouvait lire, voire parasiter le cerveau de ses opposants. Le sachant, son Ilmu devient inefficace sur moi.

— Tu veux dire que, parce que tu sais qu'elle en est capable, elle ne peut l'utiliser sur toi ! interrogea Peri.

— C'est ça... confirma l'héritier d'Anthik. C'est tout l'un ou tout l'autre. Si tu n'as jamais vu Milicia, tu ne peux pas penser à elle, tu deviens donc indétectable pour elle. À l'inverse, connaître l'étendue de son pouvoir te protège de lui.

— Voilà pourquoi j'ai pu échapper à sa vigilance... constata Peri.

Entendant du bruit dans le couloir menant à la salle dans laquelle ils se trouvaient, l'infiltrée masqua sa présence comme elle put, derrière une grande caisse, recouverte d'une vieille couverture odorante que Hans lui lança dans l'urgence.

C'était Milicia, accompagnée de Beruang. Se présentant devant leur captif, Milicia prit la parole :

— Bien ! Mon très cher petit pion, comme je te l'expliquais avant que tu ne tentes de nous fausser compagnie, tu t'es foutu de moi ! La dent de requin que tu m'as donné n'était pas ton totem ! Bien qu'imprégnée d'ondes similaires...

— Je vous assure que je ne comprends pas pourquoi mon totem a été rejeté par l'autel de Dewa… insista Hans. C'est le seul objet qui m'a été légué par mon peuple…

— Si tu savais à quel point je me fiche de tes justifications, mon pauvre ami… s'impatienta Milicia. Si tu refuses de coopérer, nous serons contraints de nous en prendre à ta bestiole à quatre pattes !

— NON, pitié, supplia Hans. Je vous dis la vérité !

— Je… la belle brune s'arrêta brusquement. Je dois prendre congé…

Sans tarder, Milicia et Beruang quittèrent le cachot.

Hans confirmant d'un signe de la tête qu'ils étaient à nouveau seuls, Peri sortit de sa cachette. Elle reprit :

— Qu'attendons-nous pour neutraliser cette cage problématique ?

— Je te conseillerais d'éviter si tu ne tiens pas à être découverte… prévint Hans. Cette prison semble absorber l'Ilmu de la pièce… Si tu la désactives, les Makhluks se réveilleront probablement…

— Mince… regretta la jeune artiste. D'ailleurs, pourquoi t'ont-ils capturé ? Je croyais que tu avais respecté votre contrat à la lettre…

— Tout à fait ! soupira le prince du Domaine Isolé. Mais voilà que, selon eux, je les ai dupés ! Il semble que la dent de requin que j'ai dû me résoudre à leur livrer ne soit pas mon totem… Concernant la cage, j'ai peut-être une idée ! Si tu arrives à réveiller Isyss, qui dort dans cette caisse, il nous suffira de l'exciter un peu pour qu'elle arrache un ou deux barreaux grâce à sa mâchoire impressionnante.

— C'est une idée, ça pourrait fonctionner ! positiva Peri

« Un instant, je vous prie ! »

Milicia, secondée par Beruang, était de retour dans la salle de captivité :

« Alors tu disais vrai Hans, tu ignores où se trouve ton totem… J'ai vu à ton regard fuyant que tu n'étais plus seul en ces lieux… J'ai donc quitté la pièce sachant pertinemment que ton amie m'avait vue. Une fois hors de portée de ta cellule, mon Ilmu m'a permis de la localiser. Et sachez, imbéciles, que dans un endroit tel que celui dans lequel vous vous trouvez, l'utilisation de micros est plus que stratégique ! Toutefois, je ressens toujours les ondes qui s'apparentent à celles du totem… S'il faut t'ouvrir le ventre pour le trouver, je suis prête à aller jusque-là ! »

Beruang se jeta violemment sur le prisonnier, mais fut freiné par l'écho d'une voix :

« Cessez… Vous faites erreur… »

À Tahu, Pengurus et Reka restaient stupéfaits de la présence de Loan dans le sous-sol de l'école. La pauvre jeune femme était repliée sur elle-même, tremblante.

Pengurus, inquiet, questionna la femme en armure qui semblait escorter la Princesse de Pang Kat :

— Depuis quand est-elle dans cet état ?

— Son Altesse a commencé à se sentir mal lorsque les Makhluks ont débuté leur assaut sur la cité, rapporta la soldate. Et j'ai le sentiment que son mal être ne cesse de croître.

— Nous devons la sortir de ce champ de ruines au plus vite... reprit Pengurus. Son don d'empathie l'expose à bien trop de souffrances ici.

— Mais comment ? demanda la guerrière. Les Makhluks ont l'air déterminés à n'épargner personne.

— Mon Ilmu se base sur le savoir, expliqua le gardien des légendes, je ne peux troubler ces monstres dépourvus de conscience... Toutefois, je peux peut-être créer des illusions qui les inciteront à cibler un point éloigné du nôtre pour nous permettre de fuir !

— Ah, s'exclama Reka. Je préfère cette idée à celle du sacrifice dont tu parlais tout à l'heure !

— Ne perdons pas davantage de temps ! Quel est votre nom, ma chère ? demanda Pengurus en se tournant vers la femme de Gadis Cantik.

— Je n'ai pas pour habitude de faire confiance aux hommes... bougonna-t-elle. Je m'appelle... Je... Je m'appelle Tess !

— Faites-nous confiance Tess, nous vous aiderons à protéger la Princesse Loan ! conclut Pengurus.

Aucun membre du groupe ne savait comment soulager la Princesse des vives douleurs qu'elle endurait. Si le malheur, la tristesse ou encore la colère qu'elle accueillait en elle la mettait dans cet insupportable état, peut-être que l'amour, le rire, la solidarité lui permettraient de s'apaiser.

Malheureusement, en aucun cas ce qui se passait à Tahu ne se prêtait à ces sentiments positifs. Pas le choix, Loan avait besoin d'une assistance constante pour se déplacer.

C'est avec discrétion et précaution que le petit groupe progressait vers l'extérieur de l'école. Pengurus ouvrait la marche tandis que Reka aidait à Tess pour aider Loan à se déplacer. Elle-même faisait de son mieux pour supporter sa douleur en silence.

Se cachant le plus possible des Makhluks grâce aux nombreuses structures ébranlées, l'équipe se frayait un chemin dans Tahu. Mais les monstres étaient nombreux...

Selon le plan imaginé plus tôt, Pengurus utilisa son Ilmu pour matérialiser des personnes fictives à la vue des Makhluks, qui s'empressèrent de pourchasser les illusions.

Faisant de leur mieux pour s'extraire de Tahu, dont les magnifiques trésors architecturaux n'étaient plus que des tas de pierres et de gravats, les quatre camarades se dirigeaient péniblement vers le long pont de pierre qu'ils avaient traversé plus tôt pour entrer dans la cité.

Touchant au but, leurs visages se détendirent...

BAAAAAAAAAAAAAAAAM !

Le pont explosa sous les tirs d'Ilmu des monstres, devant leurs yeux désenchantés. Ne pouvant plus avancer, les Makhluks s'approchant dans leurs dos, voilà qu'ils étaient cernés, en proie à un funeste destin.

Tess confia la Princesse à Reka et brandit son hallebarde, bien consciente du sort mortifère qui lui était réservé. Pengurus, lui, tentait de découvrir le point faible de ces créatures en les analysant avec son Ilmu.

Les Makhluks, eux, concentraient leur Ilmu en vue de ne laisser aucune chance de survie à leurs opposants.

Tous chancelants devant tant de puissance, chacun savait pertinemment que leur situation était critique. Le coup de grâce était imminent.

Comme pour ne pas assister à sa fin ou à celle de son groupe, Reka ferma les yeux de toutes ses forces. Il perçut alors une source de chaleur dans ses bras.

Il ouvrit finalement ses paupières pour constater qu'en plus de cette énergie, le corps de Loan laissait s'échapper une aura rosâtre, brisée par des éclairs noirs. Elle murmura des réponses à des questions que personne n'entendait :

« *Il m'en conjure... Le seul moyen... La prophé... Sec... No...* »

Loan en proie à de violentes convulsions se leva brusquement, animée par une force qui ne semblait pas être la sienne. Elle lévitait tout en tremblant. Son visage parut comme fissuré, couvert de nombreuses cicatrices noires et profondes. Hurlant tout en basculant sa tête vers l'arrière, ouvrant grand les bras, elle expulsa une quantité phénoménale d'Ilmu. Un véritable feu d'artifice terrassant un à un les Makhluks qui tentaient d'approcher.

Mais ses tirs hasardeux n'épargnaient pas Pengurus, Reka et Tess, qui esquivaient non sans mal les puissants rayons créés par leur alliée.

Tahu, déjà profondément altérée, ne résista pas longtemps à cette frénétique et incontrôlable démonstration de puissance.

Sous ses yeux ébahis, Pengurus assista à la destruction de la cité qu'il avait tant chérie. Il vit la tour de l'arbre s'effondrer sur celle ornée d'une chouette. Les cours d'eau furent obstrués par les décombres. Les maisons, frappées sans ménagement par l'Ilmu de Loan, firent place à un champ de pierres stérile.

Loan hurlait d'une voix grasse et grave, l'Ilmu qui animait férocement son corps s'acharnait sur tout ce qui avait encore une forme. À mesure que son Ilmu se déchaînait, de nombreuses crevasses et plaies déformaient son corps en souffrance. De nombreux départs de feu se déclarèrent.

Fatigué et lucide devant la rage sans limites de Loan, Reka s'adressa à ses compagnons :

— Nous devons évacuer ! À ce rythme, nous serons tous tués par la Princesse !

— J'ai fait une promesse à Vénus ! répliqua Tess. Je n'abandonnerai pas la Princesse...

— Soyez raisonnable, conseilla Pengurus. À ce stade, nous ne pouvons qu'espérer que Son Altesse se calme. Aucun de nous n'a le pouvoir de mettre fin à cette folie dont elle semble souffrir

— Partez sans moi, reprit Tess. Je tiens à... AAAAAAAAAAAAH.

CRAAAAAAAAAAAAAAAAAAAAAC !

Tess fut brutalement heurtée par un bloc de pierre. Son tibia, fracturé, jaillit de la jambe de la pauvre femme. Se tordant de douleur, ses cris attirèrent l'attention de Loan, toujours en proie à sa folie dévastatrice.

Pengurus et Reka prirent chacun l'un des bras de Tess, mettant tout en œuvre pour évacuer la blessée.

Par chance, l'aura de Loan se fit de plus en plus discrète, jusqu'à disparaître. Son corps, affaibli et stigmatisé par la colossale énergie qu'il venait de libérer, s'écrasa au sol. Elle était inconsciente.

Mais les lieux n'étaient pas sûrs pour autant. La cité continuait de s'écrouler sur elle-même.

Reka prit Tess en charge alors que Pengurus se précipita sur Loan afin que tous puissent sortir de Tahu en vie.

Le pont étant détruit, l'entreprise du petit groupe s'annonçait fort laborieuse. Il allait de soi que Tess ne pourrait nager, que la traversée de ces eaux troubles serait trop pénible pour la guerrière. Insoutenable.

Reka proposa de construire un radeau de fortune à bord duquel Loan et Tess n'auraient qu'à se reposer alors que les deux hommes s'affaireraient à les conduire en lieux sûrs.

Mais les incendies menaçaient d'encercler les quatre compagnons. Il lui fallait aller vite.

Afin de grappiller quelques minutes, Pengurus utilisa son Ilmu pour créer une sorte d'effet mémoire à tout ce qui était à proximité. Ainsi, le feu mit plus de temps à détruire les objets, figés dans le temps. Les flammes elles-mêmes évoluaient plus lentement.

Reka put finalement mettre son radeau à l'eau. Aidé de Pengurus, il parvint à ramer jusqu'au reste du continent.

Blessés, épuisés, à bout de souffle, tous gisaient sur la côte. Et aucun membre du groupe ne fut en mesure de détecter qu'ils avaient été pris en chasse par un Makhluk survivant.

Le monstre était prêt à faire feu.

Interlude – Hans & Isyss

D'aussi loin qu'il s'en souvienne, Hans avait toujours vécu dans sa maison du Domaine Isolé. Jamais aucun adulte ne l'avait accompagné. Aucun parent ne lui avait jamais donné d'affection, de base, d'éducation, de conseils.

C'est isolé de tout que Hans avait grandi et évolué.

Mais si Hans était effectivement dépourvu de repère humain, il n'était pas seul pour autant.

En effet, une mystérieuse voix l'avait toujours guidé, instruit. C'est avec elle qu'il prit conscience de cet incroyable pouvoir qu'est l'Ilmu de défense.

Plus il grandissait et plus cette voix se faisait rare. Hans s'était toujours interrogé quant à l'origine de cette présence bienveillante, devenue si familière.

Se sentant parfois trop seul ou en souffrance, il suppliait parfois la voix de lui apporter chaleur et réconfort. Mais l'entité restait muette.

Un soir, alors que le jeune adolescent rentrait d'une patrouille dans le marais, il attendit que la voix se manifeste afin de la questionner sur ce qu'elle est. Pour la première fois, elle donna suite à sa requête. Surpris, il fut intrigué par la réponse qu'elle lui fournit :

« Je suis une quintessence d'Ilmu créée par le peuple d'Anthik, tes ancêtres, pour te suivre et te permettre d'apprivoiser ton don si exceptionnel. Je veille sur toi depuis ton éveil.

Hans, ton incarnation à cette époque n'est pas un hasard. Elle est intrinsèquement liée à l'équilibre d'Aslinya. Constatant une perturbation importante des forces scellant Dewa, j'ai donné vie à ton enveloppe corporelle afin de te préparer à la lutte féroce que tu pourrais mener face au créateur de notre monde.

Jamais tu ne me verras. Jamais je ne pourrai te prendre dans mes bras pour t'apporter le réconfort que tu réclames tant. Je ne peux que te former à l'avenir qui te guette.

Tu disposes maintenant de toutes les informations pour accomplir ta destinée, je dois te dire adieu. »

Hans tenta vainement de retenir la quintessence. Il s'époumonait, poussé par un ensemble de frustration, de tristesse et de colère. Ne pouvant plus retenir le flot de larmes qui ne demandait qu'à sortir, Hans poussa un hurlement déchirant. Il forma des sphères autour de ses poings qu'il écrasait avec rage sur tout ce qui pouvait être frappé.

Achevant d'exprimer ses violentes émotions, Hans se résout à prendre du repos.

Ce soir-là, il eut l'impression d'être observé. Ce n'est qu'après plusieurs rondes infructueuses autour de sa propriété qu'Hans se décida à s'endormir.

Au lendemain matin, Hans peina à sortir de son lit. Se lever, préparer son breuvage vitaminé, le boire, se laver, s'exercer à la pratique de l'Ilmu défensif, patrouiller dans le marais…

Pourquoi continuer de suivre cette routine instaurée depuis si longtemps puisqu'il était désormais réellement seul ?

Encouragé par une force invisible, il se décida. Les habitants du marais comptaient tout de même sur lui, après tout.

Habité par une nonchalance inhabituelle, le jeune homme au regard noir avançait sans grande conviction. Jusqu'à ce que son attention fut captivée par les pleurs d'un animal, à quelques pas de lui.

C'était une petite chienne légèrement trapue, couleur fauve au masque noir… Dont les pattes arrière étaient écrasées sous de lourds rochers. Elle maintenait difficilement sa tête en dehors du cours d'eau.

Devant cette scène douloureuse, l'énergie de Hans revint instantanément. Bien décidé à sauver le jeune animal.

Ne parvenant pas à briser la prison naturelle qui entravait la chienne, Hans songea à un nouveau stratagème. Son corps prit alors les propriétés de l'eau. Il compressa son corps autant que possible afin de générer suffisamment de pression pour déplacer les blocs de pierre.

Une fois son entreprise accomplie, il eut une pensée émue pour la quintessence. S'il n'avait pas combattu sa paresse, s'il avait décidé de rester au Domaine Isolé ce jour-là, la jolie créature serait sans doute morte noyée.

Ne pouvant se résoudre à abandonner l'animal blessé à son sort, Hans décida de l'emmener avec lui.

Il baptisa la petite chienne « Isyss » et entreprit de guérir la petite chanceuse.

Isyss sentait tout l'amour que son jeune héros avait tant besoin de donner. Très vite, elle se lia à Hans et fit comprendre à son nouvel ami qu'elle l'accompagnerait partout.

Ensemble, ils reprirent la routine de Hans. Isyss participait aux rondes, l'observait travailler son Ilmu sous un œil bienveillant, il arrivait même qu'ils dorment ensemble, dans le lit de Hans, comme pour se réconforter mutuellement.

Les journées passaient si vite. Les deux êtres étaient devenus inséparables, ce qui permit à Hans de remplacer la frustration de son cœur par un amour sincère et véritable.

Car oui, qu'y-a-t-il de plus vrai, de plus puissant, que l'amour d'un chien pour son maître ? Deux cœurs qui battent l'un pour l'autre, sans condition.

Hans considérait Isyss comme sa fille de cœur. Il était prêt à tout pour la protéger.

Il n'est donc pas surprenant que, lorsque Milicia localisa l'Ilmu du jeune ermite, elle n'eût aucun mal à l'obliger à participer à la supercherie mettant en scène la Reine Kerajaan. Elle avait vite compris qu'elle obtiendrait ce qu'elle veut de l'héritier d'Anthik en se servant de son lien avec la jolie chienne.

Ainsi, Hans attaqua la souveraine de Pang Kat, arborant les couleurs de Hutan, comme le prévoyait la télépathe. Il lui céda aussi son totem, qu'il devait pourtant protéger au prix de sa vie.

Mais s'il s'était sacrifié, que serait-il advenu d'Isyss ?

Seulement voilà, bien qu'il l'ignorait, la dent de requin que Hans gardait précieusement n'était qu'un leurre.

Cette absence d'information le conduit, lui et sa protégée, à se faire capturer par Milicia et Beruang.

Alors que la situation était des plus désespérée, la quintessence se fit à nouveau entendre.

XIV
« Pas besoin de lois si on a une conscience »

Un homme dont l'Ilmu était inefficace, un autre qui n'en était pas pourvu, une guerrière grièvement blessée, une Princesse inconsciente... Le petit groupe qui venait de quitter Tahu était en bien mauvaise posture.

Pengurus finit tout de même par ressentir la concentration de l'Ilmu du Makhluk dans son dos. Trop tard, la créature fit feu.

Une explosion s'en suivit.

Lorsque l'épais nuage de poussière, soulevé par la puissance du tir, se dissipa, Pengurus constata que tous ses compagnons étaient indemnes.

Non.

Pas Reka... Le courageux technicien s'était muni d'un bouclier de fortune et s'était interposé entre le Makhluk et ses camarades. Très amoché, mais en vie, Reka tomba doucement sur le sol.

Pengurus était désormais le seul à pouvoir lutter. Mais que faire ? Il n'avait jamais eu à manier d'arme, ses illusions ne fonctionneraient pas puisque le Makhluk le voyait parfaitement.

Alors que le gardien des légendes rassemblait ses idées pour sauver son groupe, le monstre, lui, préparait une nouvelle charge d'Ilmu.

Tous ces efforts pour finir ainsi ? Pengurus, résigné, laissa ses bras aller le long de son corps. Il avait fait de son mieux pour empêcher la résurrection de Dewa. Mais l'ennemi était mieux préparé.

Le Makhluk amorça son tir d'Ilmu en direction de Pengurus. Quand soudain, la créature fut percutée avec une violence incroyable. Sa charge fut projetée en l'air pour aller s'écraser sur ce qu'il restait de Tahu.

Deux silhouettes se dessinèrent en hauteur, au milieu du paysage dévasté.

C'était Chipan et Mang ! L'héritier de Lumyre avait eu recours à la même technique que celle utilisée contre les Makhluks, peu de temps avant sa rencontre avec Xatria.

Là encore, l'onde de choc avait détruit son adversaire. Mais cette fois-ci, Chipan n'était pas essoufflé. Il était parvenu à mieux maîtriser son pouvoir.

Ébahi par la capacité de Chipan à vaincre un adversaire aussi redoutable en un coup, Pengurus ne mit pas longtemps à comprendre qui était le jeune homme en face de lui :

— Je crois rêver... Tu... Tu es le dernier des trois héritiers... Celui du peuple Lumyre...

— C'est bien ça mec ! confirma Chipan. On a vu que vous étiez en galère, toi et tes potes, alors on a décidé de vous filer un coup de main.

— Merci... souffla Pengurus. Sans vous, ce Makhluk nous aurait tous tués...

Pengurus, stupéfait, prit un moment avant de poursuivre :

— Ce n'est pas vrai ! La femme derrière toi, c'est une Elang ! Mais... Mais... Je pensais que votre peuple avait disparu depuis des lunes !

— Mince... déplora Mang. Je n'aurais pas maintenu mon identité secrète bien longtemps... S'il vous plaît, n'ébruitez pas mon existence. J'ai pris d'énormes risques pour accompagner Chipan et vous porter secours.

— Oui... se remit Pengurus. Soyez sans crainte, votre présence restera confidentielle. Pour tout vous dire, ma préoccupation principale est l'état dans lequel mes camarades se trouvent. La Princesse est inconsciente, Tess a la jambe en morceaux et Reka est lui aussi dans un état critique...

Chipan s'approcha de la petite équipe :

« *La Princesse ? Loan !* »

Chipan courut vers Loan et la prit dans ses bras, déplaçant délicatement ses cheveux de son visage.

Les stigmates apparus lors de la libération de son Ilmu s'étaient estompés jusqu'à disparaître complètement.

Entendant les mots de son sauveur d'antan, Loan ouvrit péniblement les yeux. Elle observa son environnement avant de reconnaître le cuisinier :

— Chipan ? Que... Mes souvenirs sont flous... Je me rappelle avoir fui Gadis Cantik lorsque ma mère a attaqué la cité... Je suis arrivée à Tahu grâce à l'aide de Tess, mais ensuite... Plus rien.

— Ne t'embête pas avec tout ça ! rassura Chipan. Tu es saine et sauve ! Je suis tellement content de te revoir !

Chipan renforça son étreinte autour de la Princesse.

Elle eut l'impression d'une vague de force, de chaleur, d'espoir. Elle ne put s'empêcher de sourire, cachée dans l'épaule de ce drôle de numéro.

Pour chacun des témoins de cette scène de retrouvailles, il était clair qu'il y avait quelque chose de spécial entre ces deux-là. Peut-être était-ce la quête commune de leurs identités. Peut-être qu'ils s'étaient trouvés au moment où ils avaient le plus besoin d'être compris. Peut-être qu'il ne faut pas chercher de raisons, ni même de clichés tels que la Princesse qui rencontre le mauvais garçon qu'elle finira par assagir.

D'ailleurs, Chipan ne disposait pas de tous les codes sociaux, il était familier, mais il n'a jamais tenté de vivre en dehors des lois. Non. Il était tout simplement au-dessus de ces règles qui formatent les sociétés.

La seule chose qui valait à ses yeux, c'était d'être juste. D'être un homme bien. Il n'était pas contre le Droit, il en ignorait l'existence et ne souhaitait pas le connaître :

« *Pas besoin de lois si on a une conscience. L'important, c'est de ne jamais oublier ce qui fait de toi une personne respectable.* »

Chipan et Loan échangèrent quelques banalités. Tous deux se réjouissaient de se retrouver.

Bien qu'attendri par cet instant si doux, permettant une pause au milieu du chaos environnant, Pengurus se permit d'interpeller Chipan et Mang :

— Nous devons absolument soigner nos blessés… Notre Pesawat est caché non loin de ce qu'il reste de Tahu, mais je ne pense pas que le matériel de soin dont nous disposons soit suffisant pour assurer une pleine guérison…

— T'en fais pas ! répondit joyeusement Chipan. Mang doit pouvoir arranger ça. J'étais aux portes de la mort quand elle m'a trouvé, et elle m'a soigné en un rien de temps !

— C'est vrai, confirma Mang. À Indah, nous cultivons une plante qui n'existe nulle part ailleurs. J'ai justement emmené quelques remèdes avec moi. Si vous le souhaitez, nous pouvons vous aider à rejoindre votre vaisseau. Puis, je m'occuperai de soigner vos amis.

— Vous sous-entendez que vos breuvages peuvent réparer les jambes brisées ? interrogea Pengurus.

— Mieux que ça ! indiqua fièrement Mang. Mes remèdes sont aussi efficaces que les pouvoirs des utilisateurs de l'Ilmu de soin ! Le principal inconvénient est que l'être soigné est plongé dans un sommeil profond jusqu'à la guérison. Bien entendu, plus les blessures sont graves, plus le coma est long.

Grâce aux indications de Pengurus, Mang localisa aisément l'emplacement du Pesawat et prit soin d'établir un itinéraire sûr, loin des Makhluks encore en quête de vie à éradiquer.

Les blessés furent disposés à l'arrière du vaisseau et l'Elang commença à les soigner. Durant ce temps, Pengurus et Chipan croisèrent les informations collectées par l'un et l'autre. Pengurus expliqua :

— Nous nous sommes rendus à Tahu afin d'interroger le Docteur Sarjana. Il nous a appris qu'il a été victime d'un larcin, suite à son refus de collaborer avec les « sans nom ». Il nous a aussi parlé de Milicia, une télépathe aux pouvoirs démesurés, capable de localiser les totems... La même qui a finalement fait irruption à Tahu... Nous laissant en proie à ses Makhluks... Si Milicia les contrôle, c'est qu'elle a d'ores et déjà établi un lien avec Dewa. Elle a exigé que Sarjana se livre et a mis la cité à feu et à sang...

— D'accord, d'accord... acquiesça Chipan. Mang et moi avons pris la route pour Gadis Cantik. Vénus m'avait demandé d'aller chercher mon totem à Cahaya... Malheureusement, le village était déjà à la merci des Makhluks quand on est arrivés avec Teman... Je me suis retrouvé face à cette timbrée... Xatria... Elle m'a vaincu sans peine. J'ai réussi à m'enfuir et Mang m'a sauvé... Mais Teman, mon ami, n'a pas eu cette chance. Je lui ai demandé de prendre mon totem et de le mettre en lieu sûr… Mais il a été tué…

— Je suis désolé Chipan, compatit Pengurus. Ton ami est un héros. Je sais que c'est une bien maigre consolation, mais je te propose de m'aider à faire en sorte que son sacrifice ne soit pas vain. Joins-toi à moi ! Empêchons la résurrection de Dewa, ensemble.

Pengurus approcha Chipan. Il mit sa main sur son épaule et reprit :

— Je sais maintenant qui sont les trois héritiers des peuples de Lumyre, d'Anthik et de Rhêve… Je crois que si je parviens à vous rassembler, nous pourrons ensemble créer un sort encore plus puissant. Ainsi, même les êtres les plus déterminés seront en incapacité de ramener le créateur… Peu importe leurs ambitions !

— Justement, rebondit Chipan. Lors de notre infiltration à Gadis Cantik, on a vu Kerajaan. Elle avait l'air déboussolée. Mais elle n'arrêtait pas de dire qu'elle faisait tout ça pour sa fille…

— Excusez-moi, intervint Loan, encore très affaiblie. Vous êtes en train de dire que tous ces agissements, toute cette folie… Mère cherche à me libérer de mon don d'empathie ?

— Princesse, s'attrista Pengurus. Vous devez vous reposer. Laissez Mang vous soigner.

— Cessez ! s'indigna Loan. Je ne suis pas une fragile pièce de porcelaine ! Vous êtes là, à discuter de la meilleure stratégie pour arrêter ma mère. Mais vous oubliez que si je suis la dote sur Aslinya, je suis certainement l'antidote à toute cette folie. Laissez-moi parler à mère ! Je la convaincrai que mon tribut ne justifie pas son entreprise.

— T'as raison, accorda Chipan. Le truc, c'est que ta mère n'est pas le facteur commun à tous les problèmes qu'on rencontre...

— Effectivement, confirma Pengurus. C'est cette Milicia qui est au cœur de tout... Avant de confronter Kerajaan, je crois que nous devons nous rendre dans l'archipel Nusas et découvrir le rôle des « sans nom » dans cette histoire.

Loan, présumant de ses forces, fut contrainte de retourner s'allonger. Elle refusa le remède de Mang, souhaitant rester consciente durant la suite des opérations

Loin du Pesawat de Pengurus, un éveil pénible avait lieu :

« Où suis-je... Est-ce l'au-delà ? Non... Je vis encore. Tout est flou. Je les entends... Ils parlent. Ils veulent me sauver. Pourquoi ? Je ne crois pas les connaître. Je ne les connais pas. Des « sans nom » ! »

XV
« Je t'en prie ! Reviens ! »

À bord du Pesawat de Milicia, dans la partie inférieure du vaisseau, tous s'étaient stoppés en entendant la mystérieuse voix.

Vous l'aurez compris, il s'agissait de la quintessence qui avait accompagné Hans depuis si longtemps. Ce dernier ne fut que partiellement surpris en comprenant qui avait parlé.

Oui, les mots entendus de chacun avaient bel et bien été prononcés par Isyss. Hans sourit à la petite chienne :

— Alors c'était toi... Tout ce temps... Je l'avais plus ou moins deviné.

— Je le sais mon ami, précisa la quintessence. Je le sais. Je devais continuer de jouer le jeu afin de ne pas être démasquée. Mais te voilà en grand danger, je ne pouvais me dissimuler plus longtemps.

Observant la troublante révélation d'Isyss, Milicia s'interrogea :

— Ce n'est pas possible... Alors le totem du bouseux était en fait la chienne... Pourquoi n'ai-je pas pu percevoir son Ilmu jusque-là ! Pourquoi la cage n'agit-elle pas sur son pouvoir ?

— Je suis une « camouflée ». Un grand ami a utilisé son Ilmu pour me permettre d'être indétectable face à n'importe quel autre Ilmu. Ce sort m'a également permis de garder une réserve d'Ilmu intacte et de perdurer depuis l'époque à laquelle Dewa fut emprisonné. Cependant, cette cage commence à absorber cette réserve. Je suis désolée Hans, je ne peux attendre plus longtemps. Je dois agir tout de suite.

— Qu'est-ce que... Isyss ! Que fais-tu ! s'angoissa Hans.

Le corps de la petite chienne se mit à briller intensément. En un instant, il draina une quantité incroyable d'Ilmu.

Frappant de toutes ses forces sur les barreaux de sa prison, Hans hurla. Il supplia Isyss de s'arrêter. Elle lui lança un dernier regard :

« C'est ici que mon rôle prend fin, mon ami. Je suis restée avec toi bien plus de temps que je n'aurais dû. Par cet ultime acte, je vais t'offrir une porte de sortie. Sauve-toi. Vis. Et accomplis le destin qui est le tien. Préserve ce monde que nous avons habité ensemble. Je garderai toujours en mémoire ces quelques moments que nous avons partagés. Je t'aime. »

BAAAAAAAAAAAAAAAAM !

Une violente explosion eut lieu, brisant la cage de Hans et causant un énorme trou dans la carlingue du Pesawat. Hans criait de toutes ses tripes :

« ISYSS ! NON ! ISYSS, JE T'EN PRIE ! REVIENS ! »

Peri, saisissant l'opportunité de prendre la fuite, prit Hans par le bras et sauta du Pesawat en vol.

Comme par le passé, Peri usa de son Ilmu pour commander à l'air de freiner leur chute jusqu'au sol. Les deux héritiers atterrirent au milieu d'un désert de sable, situé entre Tahu et Gadis Cantik.

Pendant que Hans tentait de reprendre le dessus sur ses émotions, Peri reprit un peu d'altitude et scruta l'horizon :

« Nous ne devons pas rester à découvert. Les dégâts causés par Isyss vont certainement obliger Milicia à faire poser son Pesawat. Elle ne peut plus pénétrer nos esprits, mais je pense qu'elle peut quand même nous localiser grâce aux ondes de notre Ilmu. Nous ne devons plus utiliser nos dons. Avec un peu de chance, ça nous permettra de lui échapper. »

Juste à côté du duo, un petit tourbillon commença à se former dans le sable.

De son côté, Milicia consulta l'équipage et fut effectivement contrainte de demander à ce que l'appareil rejoigne la terre ferme.

Furieuse, Milicia manifesta son mécontentement auprès de Beruang :

— Maudits soient-ils ! Il nous suffisait de neutraliser Kerajaan ! Nous avions les trois totems et le Docteur Sarjana ! Et nous voilà bloqués au milieu de ce désert sans intérêt ! Quelle poisse !

— As-tu une idée de l'endroit dans lequel la quintessence a pu se retrouver ? demanda l'homme à l'armure. Peut-être que si tu peux la localiser, alors cette expérience ne sera qu'un léger contretemps.

— Tu as raison, concéda la télépathe. Je dois me ressaisir.

Milicia rassembla ses forces pour localiser le totem d'Anthik. Après quelques minutes, elle ouvrit les yeux et afficha un sourire déterminé :

« Mon cher Beruang, la chance est de notre côté ! La quintessence, qui n'est autre que le totem d'Anthik, s'est réincarnée d'elle-même au Sanctuaire Perdu ! Notre Pesawat

doit être réparé au plus vite ! D'ailleurs, ce désert me semble bien hostile, j'aimerais ne pas m'y attarder... »

À quelques lieux du Pesawat de leurs ennemis, Peri commença à percevoir des variations anormales dans le sol :

— Hans... Il y a quelque chose d'anormal sous nos pieds... Il est très difficile de lire à travers quelque chose d'aussi instable que le sable, mais je crois que nous sommes pris en chasse !

— Mais, Peri... sanglota le binôme inconsolable. Tu viens de dire que nous ne devions pas utiliser notre Ilmu...

— Je sais bien, se défendit la jeune femme. Mais nous n'allons pas avoir le choix !

— Quoique ce soit, qu'il vienne ! affirma Hans. Je n'ai plus rien à perdre !

Du petit tourbillon se dessina un sillon, puis un autre. Et encore un.

C'est alors que d'immenses tentacules émergèrent des sols, suivis d'une énorme tête. Il s'agissait d'un poulpe de dunes, un monstre dévorant tout être ayant eu le malheur de se perdre dans le désert.

En plus de sa taille colossale, l'animal était un adversaire adroit et rapide.

Il lança un premier assaut vers les deux mages. Le corps de Hans devint eau pour échapper à la tentative d'étreinte de la pieuvre alors que Peri choisit de s'évader dans les airs.

Se remémorant la difficulté à établir un lien avec le sable, Peri utilisa à nouveau l'Ilmu de l'air pour créer une puissante tornade de sable qu'elle envoya sur l'animal affamé. Sans grand résultat.

Devant la persévérance du poulpe à transformer ses potentielles victimes en repas, Hans et Peri furent vite acculés. Peri interpella son compagnon d'infortune :

— Hans ! Mon Ilmu ne me permet pas d'attaques efficaces !
Dans ce désert, je ne dispose pas des éléments nécessaires à une
exploitation convenable de mes pouvoirs !

— Je vois ça ! ironisa l'ermite. Mon Ilmu défensif me permet
de résister... Je peux éventuellement l'emprisonner dans une
sphère, ou l'empoisonner peut-être... Mais vu la taille de ce
monstre, je doute que ce soit suffisant !

— Effectivement, cria Peri entre deux esquives. Mais peut-
être qu'en alliant nos dons, nous pouvons le neutraliser !

Hans créa une sphère protectrice dans laquelle il s'enferma
avec Peri. Tout en se concentrant sur son champ de force
impénétrable, il la questionna :

— Qu'as-tu en tête !

— Peux-tu te transformer en feu ! demanda-t-elle.

— Non... regretta Hans. Mon pouvoir puise sa source dans
l'Ilmu défensif. Je peux reproduire les effets d'un venin ou d'un
acide, je peux altérer les propriétés de mon corps, pourvu que la
Nature ait prévu un stratagème de défense lié à l'état que
j'invoque... Mais le feu ne fait pas partie de cette catégorie !

— Mais je viens de te voir te changer en eau ! protesta Peri.

— Oui ! confirma le prince du Domaine Isolé. Stratégie
inspirée par les caractéristiques de la méduse ! Son corps d'eau
ainsi que ses capacités à se régénérer m'ont permis d'élaborer
mon sort !

— Plus tard pour les leçons de biologie animale ! répliqua-t-
elle. Quoique... Cette pieuvre évolue dans un milieu aride, peut-
être que si je pouvais utiliser l'Ilmu de l'eau, je pourrais
l'immobiliser dans une espèce de sables mouvants !

— Ça, c'est dans mes cordes, chère amie ! certifia Hans, dont
le bouclier commençait à se fendre, sous les coups puissants de
l'imposant mollusque.

Après avoir coordonné leurs actions, Hans brisa sa sphère et modifia son corps. Sans attendre, Peri prit le contrôle de ce dernier pour créer une puissante et immense vague qu'elle écrasa sur le poulpe. L'eau, sous l'influence de Peri et de Hans, s'infiltra jusqu'à créer une source sous une épaisse couche de sable.

Se débattant, la pieuvre accéléra le processus pensé par Peri et finit par s'immobiliser.

Suite à cette victoire, Peri et Hans échangèrent un regard apaisé et complice. Quand soudain, la pieuvre propulsa l'un de ses tentacules sur Peri.

Une vive lumière...
Un bruit de laser...

Le membre visqueux devint inactif. La tête du pauvre animal fumait.

Le duo se retourna pour apercevoir le canon d'une arme, fraîchement sorti de nulle part. Sous le grondement de la terre, le tireur s'extirpa du sol, à bord d'un puissant robot issu d'une technologie de pointe.

C'était un Rubah, un être qui ressemblait à un petit renard du désert. Il souleva ses épaisses lunettes :

— Bonjour vous ! Ce n'est pas très prudent de vous promener dans le désert sans armes... Nombreuses sont les créatures qui ne demandent qu'à vous déguster !

— Merci de nous avoir porté secours, répondit Peri, reconnaissante.

— Mais de rien ! ponctua le Rubah. Pour être honnête, je vous ai tout de suite reconnue, Madame Peri Warna ! Je vous adore ! J'étais présent lors de l'exposition de Pang Kat, avant que ne survienne l'étrange cataclysme.

— C'est un réel plaisir que d'être sauvée par quelqu'un qui admire mon travail, se réjouit la belle artiste. Merci encore. Quel est votre nom, jeune admirateur ?

— Je m'appelle Oti. Je sais la méfiance que les humains inspirent à mon peuple, mais vous avez l'air en difficulté. Je peux vous conduire à Gurun, le royaume de mon peuple.

— Je ne sais pas si c'est une bonne idée Oti, déplora Peri. Nous ne voudrions pas vous mettre en porte-à-faux vis-à-vis des vôtres... Et vois-tu, nous venons de nous échapper du Pesawat de nos ennemis, je ne voudrais pas qu'ils s'en prennent à vous pour nous retrouver.

— Impossible ! rétorqua fièrement le Rubah. Gurun est une cité souterraine, protégée par de nombreuses couches de roches et d'argile. Notre monde est presque impossible à rejoindre pour ceux qui n'y ont pas grandi ! L'Ilmu n'y est que très difficilement perceptible, et puis je vous ai vue à l'œuvre Peri ! Le soir où cet étrange phénomène a eu lieu. Vous êtes de bons humains, ajouta-t-il d'un air complice.

— Tous les deux ! s'interrogea Hans. Auriez-vous donc compris qui nous sommes ?

— Vos dons sont suffisamment uniques pour qu'aucune méprise ne soit commise, expliqua Oti.

Conscients qu'ils devaient se cacher de Milicia, les deux héritiers acceptèrent la proposition d'Oti.

Reprenant place dans son robot, Oti proposa à Hans de former une barrière permettant à ses suiveurs de ne pas souffrir des débris projetés par ses foreuses, qui percutaient le sol à vive allure.

Malgré la difficulté à suivre le Rubah, Peri et Hans s'appliquaient afin de toujours être à proximité de leur guide, dont les trajectoires ne faisaient que changer, de façon soudaine, imprévisible.

Les tunnels creusés par Oti se refermaient derrière eux, ne laissant aucune trace de leur passage.

Les trois compagnons arrivèrent enfin à une espèce de petite grotte, qui se maintenait par on ne sait quel miracle. Oti désigna une paroi décorée de nombreuses peintures, visible grâce à deux petites torches que le manque d'oxygène aurait normalement dû faire s'éteindre.

Un bruit d'engrenage se fit entendre et la paroi disparut lentement dans le plafond de la caverne :

« Voici Gurun, notre royaume. »

C'était tout bonnement incroyable. Les nombreuses colonnes scintillaient au gré de la lumière se reflétant dans les gemmes qui les ornaient. Les roches étaient parfois rouges, tantôt jaunes, ou encore vertes.

La lumière était si vive que Peri et Hans eurent l'impression d'être à l'extérieur. Émerveillés et curieux, ils se tournèrent vers Oti :

« Certains membres de notre communauté sont capables d'utiliser l'Ilmu et de manipuler le sable. Le royaume est au cœur de nombreux puits de lumière que nous déplaçons sur l'ensemble de cet immense désert. Un système de miroirs, au-dessus de la cité, nous permet de distribuer la lumière partout. Bienvenue, mes amis ! »

XVI
« Il faisait bon vivre à Kuil »

Cela faisait déjà un certain temps que le Pesawat de Pengurus parcourait Aslinya en vue d'atteindre l'archipel Nusas.

Reka étant plongé dans un sommeil profond suite aux soins de Mang, c'est le gardien des légendes qui avait pris les commandes du vaisseau. Et c'est non sans mal qu'il tentait de réaliser sa mission.

Survolant l'archipel, Pengurus constata qu'il était constitué de quatre grosses îles ainsi que d'innombrables petites parcelles.

Les reliefs, habillant les grandes îles, étaient parsemés de milliers de grottes. Un véritable gruyère ! Les cachettes étaient aussi nombreuses que les endroits idéaux pour tendre des embuscades.

Après un temps de réflexion, Pengurus se tourna vers Chipan :

— Je ne peux pas prendre le risque d'atterrir. D'après les récits que j'ai étudiés, les « sans nom » sont prêts à tout pour mener leurs projets à bien. Nous ne pouvons prendre le risque qu'ils nous volent notre Pesawat...

— Pas de problème ! lança Chipan, plein de nonchalance. On a qu'à y aller avec Mang !

— Mes soins sont terminés, il ne reste plus qu'à attendre que nos camarades se réveillent, précisa l'Elang. J'accepte de t'accompagner.

— Restez prudents et ensemble… Les « sans nom » peuvent être n'importe où sur ces îles, conclut Pengurus.

Mang s'élança doucement au-dessus des atolls les plus proches avant de rejoindre l'une des quatre grandes îles.

Le temps passant, les deux éclaireurs constatèrent les traces d'une activité civilisée : des marmites vides sur des foyers éteints, l'aménagement d'enclos d'élevages, désertés depuis plusieurs semaines au moins, des puits qui commençaient à se boucher…

Mais l'attention de Mang fut saisie par des traces bien singulières, à l'entrée de l'une des grottes. Prudemment, Chipan et Mang décidèrent de se poser pour enquêter.

Ils les sentaient. La souffrance qui planait encore sur ces lieux. Le déchirement des cris. Les supplices. Le plaisir de faire souffrir même.

Des ongles plantés dans la roche, des taches sombres sur des lambeaux de tissu, des dents cassées et dispersées étaient autant de preuves du drame qui avait dû se jouer ici.

Se sentant épiés, Chipan et Mang en vinrent à se demander s'ils étaient seuls, ou si les fantômes des défunts profitaient de leur présence pour se divertir et troubler leurs sens.

Ayant fini d'explorer l'extérieur de la caverne, il fallait maintenant se résoudre à y entrer. Le vent qui s'engouffrait à l'intérieur donnait l'impression d'une voix grave prévenant d'un danger imminent.

Ils entrèrent. Plus ils progressaient, moins la lumière de dehors leur permettait de voir où ils mettaient les pieds.

Chipan eut l'idée de libérer une petite quantité d'Ilmu, ce qui eut pour effet de faire briller son corps d'une légère aura.

Des sons commencèrent à briser le silence environnant. S'ajoutant au frais courant d'air qui titillait leurs nuques, et aux battements de leurs cœurs qui s'accélèrent, ces nouvelles perturbations firent grimper l'angoisse encore davantage.

Qu'allaient-ils trouver au fond de cet antre sombre ?

Entendant des bruits métalliques plus loin dans la grotte, les deux aventuriers firent une courte pause :

— Ce qu'on entend est trop franc pour n'être que la conséquence d'une force naturelle, chuchota Mang.

— Hein ! beugla Chipan.

— Shuuuuuuuuuuuuuut ! susurra l'Elang. Je veux dire que ces bruits viennent sans doute de quelqu'un !

— Ah… comprit l'humain. On fait quoi ? On approche doucement et on l'assomme !

— Non. Comment pourrions-nous lui poser des questions sinon ! s'agaça Mang.

— Bien vu… répliqua Chipan.

— Laisse-moi faire. Tu restes derrière moi, tu ne dis rien et, surtout, ne fais rien qui pourrait entraîner sa fuite.

Conformément aux instructions de Mang, elle avança vers la source du bruit. Il s'agissait d'un vieillard qui préparait du thé. Une impressionnante cicatrice parcourant la moitié de son crâne partiellement dégarni laissait deviner qu'une profonde blessure avait failli lui coûter la vie.

Distinguant des bruits de pas se rapprocher de lui, le petit vieux se réjouit avant de changer de ton :

— Ah ! Te voilà ren… Non ! Vous êtes deux. Qui êtes-vous ! Que faites-vous dans ma grotte !

— Bonjour, Monsieur, annonça Mang, de sa voix la plus douce. Nous cherchons à comprendre ce qui s'est passé ici... Comme vous le voyez, nous ne sommes pas d'ici...

— Non, Madame, interrompit le vieillard. Je suis aveugle... Mais effectivement, je ne reconnais pas votre voix. D'ailleurs, comment êtes-vous arrivés sur l'île ?

— Nous sommes profondément désolés de faire irruption dans votre demeure. Nous sommes venus en Pesawat, dans le but de rencontrer le représentant des « sans nom ».

— Vous arrivez presque vingt ans trop tard ma chère, regretta le pauvre homme.

— Que voulez-vous dire ? interrogea Mang.

— Prenez une tasse de thé, installez-vous confortablement et ouvrez grand vos oreilles pour entendre l'histoire du vieux Rob ! proposa le maître des lieux.

Rob prit place sur un rocher orné d'un coussin qui avait fait son temps. Il ferma les yeux et commença :

« L'Histoire de mon peuple commence il y a des siècles. Bien avant la Grande Guerre, qui opposa Dewa aux peuples d'Aslinya.

À l'époque, nous occupions le plus vaste des territoires et étions la capitale du savoir et de l'innovation. Et à l'abri du regard presque omniscient de Dewa, nous formions l'armée la plus redoutable que le monde ait portée. Le but étant de nous protéger d'une éventuelle invasion de la part du créateur.

Nous usions de tous les moyens possibles et imaginables pour faire passer les membres des royaumes voisins qui le souhaitaient dans le nôtre pour qu'ils bénéficient de notre protection et de notre liberté.

Il faisait bon vivre à Kuil, la capitale des hommes libres.

C'est d'ailleurs au cœur de cette civilisation cosmopolite qu'est née la maîtrise de l'Ilmu.

Prenant conscience de son potentiel presque illimité, les peuples rassemblés mirent au point plusieurs sorts que seule une poignée d'entre eux pouvait réaliser. Ils travaillaient sans relâche pour créer un sort bien spécial.

Un sort qui permettrait à Kuil d'échapper à la vigilance de Dewa. De lui permettre de devenir comme invisible. Il aurait alors été possible de bâtir un monde véritablement libre et indépendant sur le centre même de l'univers conçu par le créateur.

Mais l'acquisition de ces nouveaux pouvoirs, de ces nouvelles facultés, fut source de nombreux clivages à Kuil. Ces tensions finirent par créer deux clans.

Bien sûr, il y avait ceux qui poursuivaient leur rêve de faire de Kuil une capitale invisible... Mais ils s'opposèrent progressivement à ceux qui refusaient de vivre reclus, ceux-là mêmes qui voulaient destituer Dewa.

Il y avait donc les camouflés et les résistants.

De nombreux conflits isolés se produisirent sur Aslinya. À mesure que notre technologie et notre capacité à apprivoiser l'Ilmu évoluaient, des personnalités se distinguèrent dans le camp des résistants.

Le Knifgun venait tout juste de voir le jour quand un certain Pang Kat s'imposa comme le meneur de la rébellion contre Dewa. Il réussit à convaincre deux des haut-placés du clan des camouflés de se joindre à sa cause : l'ingénieur Pabrik et Tahu, la femme à l'esprit aiguisé.

Tous les trois ne mirent pas longtemps à prendre la tête de Kuil.

L'armée de Kuil était devenue si impressionnante que Pang Kat décida que faire sonner le glas du règne de Dewa. Le plan du chef de l'armée consistait en l'éloignement des Makhluks "grâce" aux autres royaumes.

Pang Kat comptait provoquer des conflits dans plusieurs cités éminentes d'Aslinya pour faire déplacer massivement la garde de Dewa et ainsi laisser le créateur sans garde rapprochée.

Le bilan prévisible de cette stratégie ? Un véritable génocide chez nos voisins...

Malgré tout, Pang Kat réussit à convaincre le peuple de Kuil, avançant que les populations étrangères à notre grande cité étaient alliées à notre oppresseur. Que le sang versé par ces traîtres ne valait pas le prix de leur liberté.

Toutes et tous partirent en direction du Sanctuaire de la Création, en dehors d'une poignée de camouflés qui ne s'étaient pas laissé séduire par les rêves de conquête de Pang Kat.

Il menaça les pacifistes restés à Kuil. Il promit de leur faire payer leur inertie.

En réalité, les irréductibles ne refusaient pas l'affrontement par lâcheté, mais parce qu'ils étaient persuadés qu'une alternative à la puissance serait moins meurtrière, moins sacrificielle pour les peuples d'Aslinya.

Alors que l'armée de Pang Kat faisait route pour la Grande Guerre, les camouflés étudièrent encore et encore. À la suite d'interminables réunions d'idées, une proposition audacieuse émergea de leurs débats.

Les résistants avaient raison sur un point important... Plutôt que de se condamner à un emprisonnement dans Kuil, pourquoi ne pas isoler Dewa du reste du monde ?

Les contraintes étaient nombreuses et les chances de voir leur entreprise se couronner de succès très minces.

Les camouflés décidèrent de fonder trois groupes réunissant les mages les plus puissants de chacun des peuples, unis sous une même bannière : Lumyre, symbole d'énergie, Anthik, symbole du temps et Rhêve, symbole de l'espace.

Sur le champ de bataille, les résistants enchaînaient les défaites cuisantes. Les autres peuples d'Aslinya, injustement éradiqués ou affaiblis suite aux attaques des Makhluks sur leurs terres, ne leur prêtèrent pas main-forte.

Les cadavres Humains s'empilaient devant le Sanctuaire de la Création.

Jugeant que la plaisanterie n'avait que trop duré, Dewa quitta son trône pour donner le coup de grâce à ses ennemis, encore très nombreux.

Foulant le sol de la montagne sur laquelle Pang Kat tentait de reprendre son souffle, Dewa regarda malicieusement l'homme épuisé.

Isolé du reste de son armée par les reliefs alentour, l'homme était seul face à son ennemi juré. Pang Kat tremblait, désarmé et démuni face à celui qui incarnait purement et simplement le pouvoir.

Mais alors que Dewa allait donner l'ordre ultime à ses Makhluks, il fut soudain victime d'une étrange tétanie.

Les mages de Lumyre, d'Anthik et de Rhêve avaient profité de l'occasion pour encercler le créateur et débutèrent leurs incantations.

Ils avaient réussi... Tous avaient péri héroïquement, consumés par l'inédite quantité d'Ilmu assimilée et déployée par leurs corps.

Après qu'il eut été neutralisé, Dewa ne pouvait plus insuffler l'énergie nécessaire au fonctionnement des golems qu'il avait créé. Les Makhluks furent ainsi progressivement immobilisés, puis détruits en masse par l'armée.

De retour à Kuil, Pang Kat s'attribua le mérite du triomphe sur Dewa, prétextant que les camouflés avaient échoué et qu'il était lui-même parvenu à prendre le contrôle du sort et à enfermer Dewa.

Puisqu'ils connaissaient la vérité à propos de sa soi-disant victoire, il fit du reste des camouflés des "sans nom" et les condamna à l'exil sur l'archipel Nusas.

Tous les mages les plus puissants s'étant sacrifiés, aucun de mes ancêtres ne disposait du pouvoir d'opposer une quelconque résistance.

Avant leur bannissement, certains des camouflés apprirent que Kuil avait été divisé en trois territoires... Pang Kat, Pabrik et Tahu... En hommage aux grands héros de la Grande Guerre. À la même époque naquit un quatrième royaume : Gadis Cantik. C'est ironique de savoir que l'Alliance est la résultante d'une division cupide et mégalomane de Kuil, non ?

C'est sur cette île que j'ai attendu, avec lucidité. Chacun de nous savait que notre monde se bornait à ses jolies plages sauvages, même si nous restions persuadés qu'un jour, le monde saurait le rôle que les camouflés ont joué face à Dewa, l'inestimable sacrifice offert aux résistants...

Parfois, l'océan nous ramenait des vestiges de la civilisation grandissante du continent. Cette opulence, ce confort, cette richesse... tout cela bâti sur le sang de mon peuple...

Puis un jour, il y eut un espoir. Des engins volants vinrent sur notre île. Des hommes par milliers en firent irruption.

Nous nous sommes avancés, pensant que la vérité sur les évènements de la Grande Guerre avait éclaté.

Mais très vite, ils se sont munis de Knifgun plus perfectionnés que jamais... Nous n'avons pas pu résister bien longtemps.

Les modestes utilisateurs de l'Ilmu furent vite exécutés, les faibles et les malades les suivirent... Les autres furent déportés...

Je ne suis vivant que parce que ces monstres m'ont laissé pour mort, sous les cadavres de ces gens qui comptaient tant pour moi. Les brûlures sur mes yeux n'ont jamais guéri, mais j'ai pu réparer mon crâne à l'aide d'ossements appartenant à d'autres victimes... Ceux qui n'avaient pas été désintégrés par leurs Knifgun et leurs technologies létales...

À la suite de ces tragiques péripéties, je me suis retrouvé seul sur cette île...

Voilà. Vous connaissez maintenant l'histoire du vieux Rob... »

De nombreuses questions pullulaient dans la tête de Mang et dans celle de Chipan. Alors que le vieil aveugle s'était isolé pour des raisons naturelles, Mang se tourna vers son ami et s'exclama :

— C'est incroyable !

— Je suis d'accord, aller aux toilettes après nous avoir raconté une telle histoire ! répondit Chipan en riant.

— S'il te plaît ! Sois sérieux, rétorqua Mang en se pinçant les lèvres pour ne pas rire.

— Je plaisante, reprit l'humain. Je ne suis pas un expert de l'Histoire d'Aslinya, mais ce que Rob nous a raconté est l'opposé de ce que Pengurus nous a dit à propos des « sans nom ».

— Je m'interroge sur les motivations des trois peuples…
Pourquoi avoir tout fait pour épargner les peuples d'Aslinya
pour finalement condamner les Elangs, pensa Mang à haute voix.

— Je me demande ce que les « sans nom » sont devenus,
poursuivit Chipan. Qui les a attaqués ?

— S'il y a une chose dont je suis certaine, conclut la belle
créature ailée, c'est que l'Histoire diffusée depuis Tahu sur tout
Aslinya a été manipulée !

— Évidemment ! Cette vieille charogne de Tahu s'y est sans
doute dépeinte comme la protectrice des faibles ! cria Rob en
revenant des commodités.

— Euh… interrogea Chipan, confus. Il parle de la femme de
son histoire ou bien de la cité !

— De la femme cette fois-ci ! Nous devons rapporter cette
histoire à Pengurus, déclara Mang. Mieux encore ! Rob,
accepteriez-vous de nous suivre jusqu'à notre Pesawat ?

— Votre Pesa… décortiqua le vieillard. D'accord ! Allons-
y !

Chipan prit soin de soutenir l'infirme et profita de leur
proximité pour lui expliquer ce qu'est un Pesawat.

À mesure que ses indications permirent à Rob d'identifier ce
dont il était question, il commença à trembler.

Certain de la similitude entre le vaisseau où on l'emmenait et
ces constructions volantes diaboliques à bord desquels les
bourreaux de son peuple avaient débarqué, Rob fut pris de
panique :

*« Vous êtes revenu finir le travail ! Vous m'avez abusé !
Laissez-moi partir ! Assassins ! »*

Avant qu'il n'ait le temps de justifier l'usage désormais
quotidien des Pesawat, Chipan fut violement projeté au sol.

S'interposant entre Rob et ses assaillants, une femme mit en joue Chipan et Mang.

Chipan ne tarda pas à réagir vivement :

« *Xatria Mulia ! Qu'est-ce que tu viens foutre ici, espèce de folle furieuse !* »

XVII
« Je suis là. Tu n'es pas seul »

Dans la cité souterraine de Gurun, Peri et Hans suivaient Oti jusqu'aux appartements du Roi des Rebahs. Celui-ci fut fort contrarié de la présence des Humains sur ses terres :

— As-tu perdu la tête Oti ! Mener des Humains au sein de notre plus intime demeure !

— Ils étaient en difficulté face à un poulpe des dunes, expliqua Oti. La jeune femme que vous voyez là est une artiste de talent. Et je sais la méfiance que nous éprouvons à l'égard de leur race, mais je sens en eux quelque chose de profondément bienveillant.

— Umh… souffla le Roi. Nous ne sommes pas cachés sous terre, nous n'avons pas radicalement changé notre mode de vie pour devenir la cible des premiers Humains…

— Mon Roi, reprit Oti, voilà maintenant des décennies que nos rapports avec eux sont apaisés. Certains d'entre nous vivent à la surface, en harmonie avec les autres peuples. Et puis sans notre Ilmu ancestral du sable, il n'est pas possible de localiser Gurun depuis la surface.

— Nous te le concédons, mais ça ne nous explique pas ta décision de les mener à Gurun ! ponctua le souverain. Ce lieu sacré par nos ancêtres n'est autorisé qu'à nos semblables.

— Je le sais, Votre Altesse... reconnut le Rebah. Mais, voyez-vous, ils sont tous deux des descendants des peuples à l'origine de la prison de Dewa... Ils étaient traqués par une organisation travaillant au réveil du créateur d'Aslinya.

— Ce n'est pas vrai ! bondit le Roi. Il fallait commencer par là ! C'est grave... Très grave ! Nous ne pouvons laisser une pareille chose arriver ! Les autres peuples ont-ils été avisés de cette terrible nouvelle !

— Pour tout vous dire majesté, se permit Peri, la Reine Kerajaan est l'instigatrice de ce projet... Elle a orchestré un attentat à son encontre pour justifier son attaque sur Hutan. C'est ainsi qu'elle a pu s'approprier mon totem. Il semble qu'elle en ait deux, puisque celui de Hans...

Voyant les larmes couler des yeux de Hans, Peri ne put terminer sa phrase. Le Roi, attendant la suite du récit, fixait la jolie femme du regard. Se recentrant sur ses dires, elle reprit :

— Cette affaire semble être un vrai sac de nœuds ! J'y suis mêlée depuis le début, j'ai même fait équipe avec Pengurus, sage de Tahu. Nous avons été séparés quand une dangereuse télépathe a attaqué la cité pour capturer le Docteur Sarjana. Je me suis infiltrée dans son Pesawat et j'ai découvert que c'est cette femme qui manipule Kerajaan dans l'ombre. Et je ne sais pas si d'autres personnes influentes font partie de ses victimes...

— Je vois, comprit le Roi. Nous ne savons donc pas à qui nous pouvons faire confiance... Ces Humains... Non contents d'avoir vérolé Aslinya, il faut encore qu'ils trouvent le moyen de faire toujours pire !

— Maintenant que j'y pense, percuta Peri, j'ai entendu à bord du vaisseau qu'un assaut avait été porté par Kerajaan, à Gadis Cantik. C'est d'ailleurs là-bas qu'elle se trouve. D'ailleurs, j'ai l'impression qu'aucune information n'a circulé à ce sujet...

— Hutan ET Gadis Cantik ! hurla le chef des Rebahs. AHAHAHAH, après tout, si cette vermine humaine veut s'annihiler toute seule... Mais cette histoire autour du réveil Dewa nous concerne tous.

— Peut-être qu'en nous rendant à Gadis Cantik, nous pourrons trouver du renfort et ramener Kerajaan à la raison, soumit Peri au reste de l'auditoire.

— C'est une idée intéressante, valida le Roi. Oti, nous te désignons comme ambassadeur des Rebahs ! Ta mission sera de permettre à ces jeunes gens de rejoindre Gadis Cantik par notre réseau de galeries secrètes.

Oti et ses deux Humains prirent congé du Roi et se dirigèrent vers la maison de ce dernier.

Alors qu'Oti s'affairait à préparer leur périple, Peri tentait de nouer un dialogue avec Hans, toujours en proie aux ténèbres suite au sacrifice d'Isyss :

« Hans... Je sais ce que tu traverses... Cette responsabilité sur nos épaules est un fardeau terriblement difficile... Malgré nos dons fabuleux, nous n'avons pas été en mesure de sauver nos proches...

J'ai perdu ma grand-mère à cause de toute cette histoire... C'est dur de continuer d'avancer sans elle... Et je sais que c'est une maigre consolation, mais je sens qu'elle est toujours avec moi... Qu'elle veille sur moi... Et j'ai eu la chance d'être entourée par Pengurus et Reka. Ils m'ont beaucoup soutenue...

Ça ne ramènera pas ta petite Isyss tout ce que je te dis, mais ce que je veux que tu comprennes, c'est que je suis là. Tu n'es pas seul... »

Toujours silencieux, Hans lança un regard reconnaissant à Peri. Elle prit l'ermite dans ses bras pour accompagner ses paroles d'actes. Le serrant contre elle, Peri ajouta :

— J'aimerais qu'on traverse toutes ces épreuves ensemble si tu es d'accord... Si seulement j'avais le moyen de savoir comment vont Pengurus et Reka... Ce sont des amis formidables en plus d'être de précieux alliés...

— J'ai peut-être le moyen de répondre à tes questions... indiqua Hans.

— Qu'est-ce que tu veux dire ? demanda Peri, surprise.

— Tu ne te souviens pas ? taquina l'humain des marais. Tu as demandé à Reka de me donner un traceur avant de quitter le Domaine Isolé.

— Mais oui ! s'excita l'artiste.

Hans sortit l'appareil de sa poche et déclencha le signal. Mais Peri ne fut pas plus rassurée :

« Le porteur du traceur indique une position en dehors de Tahu... Puis plus rien... Qu'a-t-il bien pu leur arriver... »

Dans l'archipel Nusas justement, l'affrontement de Chipan contre Xatria faisait rage.

Assistant impuissante à cette lutte sans merci, Mang, conformément au souhait de son ami, ne put prendre part au combat. De plus, le destin des blessés, et potentiellement celui de Chipan, dépendait d'elle.

Chipan n'avait pas eu à combattre depuis la dernière fois où il avait été contraint d'affronter Xatria. Il avait cependant eu recours à son Ilmu à plusieurs reprises, la gestion de son pouvoir était donc moins approximative. Et Xatria l'avait remarqué :

« Tu sembles moins essoufflé qu'à notre dernière rencontre !
Et tu parviens à éviter mes coups. Mais ça ne sera pas suffisant
pour me mettre en échec ! »

Bien qu'elle ne fût plus armée de son Knifgun, Xatria Mulia restait redoutable. Ses coups étaient lourds et précis. Et Chipan savait pertinemment que son habileté à esquiver les coups de Xatria n'était qu'un gain de temps.

L'héritier de Lumyre fit alors un bond prodigieux pour mettre une certaine distance entre son adversaire et lui. Xatria courut vers lui avec la détermination d'un bœuf ! Chipan attendit qu'elle soit trop proche pour parer sa puissante onde de choc et lança celle-ci sur la guerrière qui prit le coup de plein fouet.

Reculant de plusieurs unités de mesure, Xatria avait subi des dommages. Surprise et furieuse que son opposant ait réussi à l'atteindre, le regard de la femme changea radicalement.

Chipan, de son côté, avait été très affaibli par la concentration d'autant d'Ilmu. Les yeux écarquillés, il regrettait amèrement que son offensive n'eût eu que si peu d'impact.

Xatria chargea une nouvelle fois en direction de Chipan, désormais privé d'une partie de sa vélocité :

« Cette fois-ci, petite ordure, tu vas comprendre pourquoi
mon nom suffit à faire trembler les enfants ! »

Il ne fallut pas longtemps à la Générale pour parvenir à « toucher » son adversaire. La violence du coup de poing donné par Xatria fut telle que Chipan eut l'impression de sentir chacune de ses côtes se briser.

Courageusement, Chipan se releva. Mais ses tentatives de riposte demeuraient infructueuses face à la tacticienne de génie qui se dressait devant lui.

Le jeune homme fut vite submergé devant tant de virtuosité au combat. À nouveau sans défense, Chipan eut une impression de déjà-vu. Xatria, sentant que la fin du duel était proche, prononça quelques mots :

« Tu as gagné en maîtrise et en expérience. Tu es même parvenu à me frapper ! Je t'en félicite... Toutefois, tu restes cette ignoble immondice qui s'en est prise à la Princesse Loan... Et alors que nos chemins se croisent de nouveau, je te surprends à causer du tort à Rob, ce pauvre homme vieux et atteint de cécité... Ce brave homme qui m'a sans doute sauvée de la mort... Je ne puis un être aussi monstrueux que toi ! »

Mang suppliait Xatria de cesser, insistant sur le terrible malentendu qui l'avait conduite à faire de Chipan son ennemi.

Mais la combattante n'entendait plus que son cœur, qui hurlait justice et qui murmurait vengeance. Elle se saisit d'une roche, visa le cœur de Chipan, prit une dernière inspiration, arma son bras.

« Arrêtez ! Je vous en prie ! Ne faites pas ça ! »

Dans la tête de Xatria, tout se figea. Cette voix. Cette voix qu'elle avait tant espéré entendre à nouveau. Craignant qu'il ne s'agisse que d'un mauvais tour de son cerveau, la Générale hésita à se retourner.

Tournant doucement la tête en direction de la source de la demande, toute la hargne, toute la colère de Xatria firent place à une joie intense, un profond soulagement.

Loan avait une nouvelle fois utilisé son pouvoir pour apaiser son amie de toujours et l'empêcher de commettre une erreur aux conséquences tragiques.

La mobilisation de son Ilmu provoqua chez elle une nouvelle vague de fatigue. Elle avait sauté d'un Pesawat de secours et titubait péniblement jusqu'à tomber à genou tout près de Xatria.

Xatria accourut immédiatement :

— Princesse ! Mais que faites-vous… Mais comment avez-vous… Je…

— Je vous en conjure, implora Loan, ne vous en prenez plus à ce jeune homme. Sans lui, j'aurais connu un sort bien tragique. Je suis épuisée…

— Générale Xatria, interpella presque joyeusement Pengurus. Je vous invite à nous suivre jusqu'à notre Pesawat.

— Pengurus… sanglota l'insubmersible femme. Vous… Vous êtes là vous aussi.

Faisant tout son possible pour ne pas pleurer de joie en revoyant tous ces visages familiers, Xatria rassura Rob sur les intentions de ces nouveaux venus. Toujours froide et méfiante vis-à-vis de Chipan, elle proposa tout de même de le porter jusqu'au vaisseau.

Une fois à l'intérieur, Mang reprit son rôle de soignante et prit en charge Chipan et Loan. Elle s'empressa ensuite de réunir tout le monde dans le compartiment qu'elle avait investi pour assurer le bon rétablissement de chacun.

Mang restitua à Pengurus l'histoire contée par Rob. Sa réaction ne se fit pas attendre :

— C'est impossible ! Rien dans ce récit ne coïncide avec la légende que je garde précieusement… D'après la légende, C'est parce que Dewa s'est mis en tête d'éradiquer tous les peuples d'Aslinya que les hommes ont décidé de le combattre… Quant aux « sans nom », leur lâcheté leur a valu d'être bannis… Enfin, les royaumes de Pang Kat, Pabrik et Tahu sont nés de la volonté des hommes de protéger tous les peuples d'Aslinya… Si tu dis vrai, vieil homme, c'est l'Histoire des Humains d'Aslinya tout entière qui serait tronquée…

— Je suis un vieil homme aveugle qui a absolument tout perdu, rappela Rob. Quel intérêt aurais-je à vous rapporter de tels mensonges ? Je vous laisse en discuter entre vous, je vais me reposer au calme, loin de toute cette agitation !

— Pengurus, interpella Xatria calmement, en regardant Rob quitter la pièce. J'ai une confiance aveugle en Rob. J'ai atterri ici dans un état très préoccupant. Si cet homme bienveillant n'avait pas pris soin de moi, je ne serais probablement plus de ce monde…

— C'est vrai ça ! s'exclama Chipan, que Mang sommait de rester couché. Comment tu t'es débrouillée pour te retrouver ici ?

— Après que tu t'es enfuie, j'ai retrouvé un ami d'une autre vie, raconta Xatria. La mage qui l'accompagnait s'est servi de lui pour m'attaquer après avoir infiltré mon esprit afin de m'empêcher de me défendre… Je suppose qu'ils m'ont jetée sur l'archipel Nusas afin que je ne représente plus la moindre menace. Mais vous, pourquoi êtes-vous venus ?

— Le docteur Sarjana nous a dit que les « sans nom » lui avaient volé plusieurs inventions, telles que le Labah, précisa Pengurus. Nous pensions donc les confronter pour découvrir le but de Milicia. Mais aussi par quel moyen a-t-elle réussi à fouler le sol du Sanctuaire Perdu.

— Effectivement, compléta Mang. À ma connaissance, seules les Elangs peuvent rejoindre le Sanctuaire et le localiser...

— Autre curiosité, ajouta Pengurus, pourquoi le docteur Sarjana a-t-il inventé cette histoire de larcin ?

Les hypothèses allaient bon train. Était-ce pour que le groupe lève le voile sur la véritable histoire d'Aslinya ? Pourquoi avoir dépeint un portrait si sombre des « sans nom » ? Peut-être pour que la piste soit prise en réelle considération... Quoiqu'il en soit, tous s'étaient bel et bien rendus sur l'archipel Nusas !

Au milieu de toutes ces discussions, Loan intervint :

« Peu importe les motivations de Sarjana pour le moment. Le plus urgent est de retrouver Mère et de mettre un terme à son projet. »

Tous conscients des enjeux, l'équipe mit le cap sur Gadis Cantik.

Les blessés étant tous rétablis et réveillés, c'est Reka qui reprit le pilotage du Pesawat.

De l'incertitude. L'angoisse liée à l'échec. Nombreux étaient les sentiments mitigés. Mais s'il y avait bien un fait d'établi, c'est que toutes et tous seraient solidaires.

Interlude – Chipan et Rob

Rob était aveugle depuis maintenant près de vingt ans. Mais sa cécité ne l'empêchait pas de vivre sa liberté.

Car oui, le vieil homme était né sur l'archipel Nusas, et était condamné à ne connaître rien d'autre. Ses ancêtres ayant été bannis du continent, il ne pouvait qu'imaginer la vie loin des îles.

Bien sûr, les quelques vestiges du continent qui s'échouaient sur les côtes, qu'il parcourait inlassablement, nourrissaient son imagination. Ils l'encourageaient à se poser mille et une questions sur leur provenance, leur usage, les raisons pour lesquelles ils étaient devenus obsolètes…

Voilà que Rob avait finalement réussi à quitter Nusas. Si ses yeux lui faisaient défaut, jamais il n'avait renoncé à son rêve de percer les mystères d'outre-mer.

Alors qu'il imaginait les paysages qui défilaient devant ses yeux voilés, Rob sentit quelqu'un approcher d'un pas hésitant.

Sans dire mot, Chipan scruta ce que Rob ne pouvait voir à travers la fenêtre.

Après quelques minutes, Chipan osa poser une première question :

— Pourquoi tu regardes par la fenêtre papy ? Déjà qu'il n'y a rien de spécial à voir, mais en plus, tu es…

— Aveugle, oui, poursuivit Rob. Mais nous disposons d'autres outils que les yeux pour voir. Il y a l'imagination, l'odeur de l'air, son aura… Par exemple, je ne t'ai jamais vu, mais ta voix ne me dit pas que tes mots. Elle me montre que tu es plus grand que moi, que tu es robuste et que, malgré ce qu'on pourrait croire, tu es torturé par de nombreuses incertitudes.

— Tu peux « voir » tout ça sans tes yeux, papy ?

— Oui. Et tant d'autres choses ! Et je sens que tu es venu vers moi dans l'espoir de trouver quelques réponses à tes questions. Je t'écoute…

Laissant planer un long silence, Chipan eut l'impression d'être triste. Mais cette fois, ce n'était pas aussi fort que ce qu'il avait ressenti en trouvant Teman, inanimé. Mais c'était bien ça. De la tristesse…

Chipan finit par s'exprimer :

— Tous ces gens à bord, ils sont prêts à se battre, à donner leur vie, pour sauver ce qu'ils ont. Ce qu'ils veulent préserver fait partie de leur passé, non ? Et qu'on empêche le retour de Dewa ou non, leur passé sera révolu… Alors, pourquoi s'obstiner comme ça ? Pourquoi ne pas accepter ce qui arrive et composer avec ?

— C'est une drôle de question, s'étonna Rob. Toi-même, n'as-tu pas déjà combattu ?

— Si… acquiesça Chipan. Mais c'était pour protéger Mang et les autres. C'était le présent. Et puis c'était pour sauver des gens. Ou parce qu'on me l'a demandé.

— Et aujourd'hui, les combats que tu as livrés par le passé ont eu des conséquences, je me trompe ? demanda le vieillard.

— Oui, Loan est vivante ! se réjouit le jeune humain. Pengurus, Reka et Tess aussi… Dit comme ça, ça a l'air tout à fait normal !

Observant un nouveau silence, Rob encouragea Chipan à davantage de conversation :

— Mon petit doigt me dit que ce n'était pas le sens initial de ta question.

— Bien vu papy... balbutia Chipan. Ce que je voulais dire, c'est que tout le monde a un passé à protéger... Toi... Tu sembles connaître beaucoup de choses sur nos ancêtres... Je suis le descendant de Lumyre, je le sais maintenant ! Mais pourquoi n'ai-je aucun souvenir d'enfance ? Pourquoi ai-je le sentiment de découvrir les choses à chaque instant ? J'ai l'impression d'avoir débarqué de nulle part, au gré du temps...

— L'héritier de Lumyre donc... reprit Rob. Tu me demandais tout à l'heure pourquoi je contemple un paysage que je ne peux pas voir. Et je t'ai expliqué que j'ai d'autres outils que mes yeux pour voir... Il en est de même pour toi, mon garçon. Tu n'as pas de souvenirs anciens, mais ça ne veut pas dire que tu n'as rien à protéger. Tu t'es donné une raison d'exister et n'est-ce pas là l'important ?

— C'est difficile de te tirer les vers du nez papy ! plaisanta Chipan. Tu ne peux pas m'en dire plus sur mes origines ?

— Je ne sais que peu de choses sur les héritiers, regretta Rob. Mais je sais ce qui a engendré ton incarnation ! Car dans ton cas, on ne peut parler de descendance... Je sais aussi pourquoi tu n'as pas de passé !

— Dis-m'en plus ! protesta Chipan. Pourquoi je n'ai jamais connu la colère avant de voir ces hommes s'en prendre à Loan alors qu'on cherchait à rejoindre Gadis Cantik ! Pourquoi j'ai le sentiment de découvrir des émotions que tout le monde a l'air de connaître !

— As-tu entendu parler des larmes du Néant ?

XVIII
« Ça suffit, je n'ai plus le choix ! »

Progressant dans l'une des nombreuses galeries creusées sous terre par les Rebah, Oti guidait ses camarades vers Gadis Cantik, depuis Gurun. Peri, interpellée par la possibilité pour les Rebah de s'introduire dans n'importe quel royaume, questionna Oti :

— Dis-moi Oti, avec un tel réseau de tunnels, il aurait été facile pour les Rubah de prendre l'avantage en temps de guerre... Pourquoi avoir choisi de vous cacher lorsque les conflits, entre les peuples d'Aslinya, étaient à leur paroxysme ?

— C'est un avantage, bien sûr... confirma le Rebah. Mais notre peuple n'est physiquement pas en capacité de lutter contre les autres... Avant que les relations ne s'apaisent, nous n'avions pas accès à la technologie que Pabrik nous propose aujourd'hui. Et nous étions bien trop peu à maîtriser l'Ilmu du sable pour nous imposer face aux Humains.

— Je comprends, acquiesça Peri. Tes ancêtres n'ont pas envisagé de s'allier à d'autres peuples ?

— C'est là que les Humains ont été ingénieux, reconnut Oti. Ils ont tiré profit de la géographie ! Chaque autre peuple était isolé des autres, aucune communication n'était possible. Reclus dans nos civilisations respectives, nous nous sommes affaiblis alors que les Humains, plus nombreux, jouissaient d'un progrès toujours plus galopant…

Oti s'épuisait soudainement, son pouvoir sur le sable bouchant partiellement les vieilles galeries faiblit brusquement. Hans s'approcha du Rebah :

— Que se passe-t-il Oti ? Pourquoi ne creuses-tu plus ?

— Je ne sais pas ce qui se passe, répondit le petit être en regardant ses pattes. C'est comme si je creusais sans utiliser d'Ilmu. J'aurais peut-être dû prendre le robot…

— Je vois… songea Hans. Ma foi, il n'y a qu'un seul moyen pour en avoir le cœur net !

Hans tenta à son tour d'utiliser son Ilmu. Sans succès. Il comprit :

— Ce doit être ce mystérieux dispositif auquel nous avons déjà été confrontés. Ton robot fonctionnant à l'Ilmu, ça n'aurait rien changé.

— Tu as raison, confirma Peri. Mais cette fois-ci, la machine agit sur un périmètre bien plus grand… Pour faire bref, mon cher Oti, Milicia dispose d'une technologie qui draine l'Ilmu des mages.

— Fichtre ! grogna le Rebah. Ce genre de truc existe ? Il va falloir s'éloigner de cette chose afin que je puisse utiliser mon pouvoir et nous ramener à la surface. Nous devrons finir à découvert…

S'exécutant, le trio échangeait à propos de cette fameuse innovation… Comment se fait-il qu'une telle découverte n'ait pas fait l'objet d'une publication ? Depuis combien de temps existait-elle ?

Ce qui était certain, c'est que son utilisation devait se faire avec beaucoup de précautions. Car oui, elle permettait de neutraliser les pouvoirs des utilisateurs d'Ilmu, mais elle ne faisait pas de différences entre les alliés et les ennemis qui utilisaient des Knifguns.

À la surface, le petit groupe contempla Gadis Cantik, qui avait indiscutablement perdu de sa superbe.

D'un pas pressé, Peri, Hans et Oti firent route vers la cité occupée.

Seulement, ils constatèrent bien vite que le royaume était gardé par un nombre impressionnant de soldats Humains et de Makhluks.

Se postant à l'abri des sentinelles, il leur fallait trouver un plan pour s'introduire à Gadis Cantik :

— Récapitulons ! commença Hans. Il nous faut un moyen de traverser la barrière anti-Ilmu sans être repérés, puis il faudra s'attendre à combattre, sans utiliser nos dons…

— Souvenez-vous de ce que je vous ai dit tout à l'heure, rappela Oti. Le combat n'est pas mon point fort…

— Ne te dévalorise pas Oti, rassura Peri. Nous pouvons peut-être localiser la machine qui absorbe l'Ilmu, ainsi, nous serions en pleine possession de nos moyens ! Et Oti pourra briller, affirma Peri après un clin d'œil à Oti.

— C'est une idée, admit Hans. Je peux peut-être matérialiser une petite sphère. En approchant de la source d'anti-Ilmu, elle devrait rétrécir, puis disparaître.

— Faisons comme ça ! conclut Peri, déterminée.

Alors qu'ils cherchaient une ouverture, un vent de plus en plus violent se heurtait à leurs dos. Peri se retourna :

« Qu'est-ce que… Ça fonce dans notre direction et sa perd de l'altitude… Oh non… Mettez-vous à l'abri ! Ça va s'écraser ! »

Quelques instants plus tôt...

Chipan regagnant la salle de soins, il s'assit près de Loan, profondément affectée par le comportement de sa mère. Les choses auraient-elles été différentes si, avant de céder face à la détermination de Vénus, elle avait confronté la Reine. Il la regardait, intensément. Que représentait-il pour elle ?

Avant sa rencontre avec la Princesse de Pang Kat, Chipan n'avait rien connu d'extraordinaire. Il s'était lié d'amitié avec Teman, ensemble, ils voulaient faire le tour d'Aslinya. Mais était-ce vraiment son rêve ? N'était-ce pas plutôt celui de cet ami qu'il l'avait tiré de cette vieille ferme dans laquelle il vivait, sans trop savoir pourquoi ?

Après cette rencontre, il s'était découvert un don pour l'utilisation de l'Ilmu, qui s'était révélé justement pour protéger Loan. Il apprit auprès de Vénus ses origines. Chipan dut combattre contre Xatria, elle aussi étroitement liée à la fille de Kerajaan. Il fit la connaissance de Mang, dont le peuple était censé avoir disparu. Il avait même sillonné le ciel jusqu'à arriver sur l'archipel Nusas, après avoir recroisé la route de la jeune femme.

Oui, les moments traversés avec elle étaient probablement les plus beaux de sa vie. Peut-être était-ce la raison de ces sentiments inédits qu'il ressentait. Mais elle, comment le percevait-elle ?

Loan, absorbée par ses pensées, n'avait même pas remarqué qu'elle n'était plus seule dans la pièce. Elle leva les yeux deux à trois fois avant de croiser le regard bienveillant de Chipan.

Elle lui sourit, le voile d'incertitude qui hantait son visage s'envola l'espace de quelques minutes. Loan prit la main de Chipan :

— C'est grâce à toi, commença-t-elle. Jamais je n'aurais pu aller aussi loin sans ton aide, sans ton soutien.

— Idem... reconnut sobrement Chipan.

— Tu sais, reprit Loan, je ne saurais expliquer pourquoi, mais je me sens en sécurité lorsque tu es présent. C'est comme si ton regard hébergeait l'espoir lui-même. C'est très apaisant.

— Ah oui ? balbutia le jeune homme, tout en approchant, tout doucement, son visage du sien.

Qu'était-il en train de se passer ! Chipan, sans vraiment comprendre pourquoi, eut l'irrésistible envie de poser ses lèvres sur celles de Loan.

Loan prit la seconde main de l'héritier de Lumyre. L'air devenait électrique, la tension palpable...

« Tu es un véritable ami Chipan ! L'un de ceux sur qui on peut compter en toute circonstance ! Merci. »

Un ami ! Il fallait réfléchir vite ! Que faire ! Un plan B ! Un plan B ! Vite !

« Tu sais ce que je pense ? Quand toute cette histoire sera réglée, on devrait partir tous les deux ! Partir en quête du monde, en découvrir chaque région... Je suis amnésique et tu ne connais Aslinya qu'au travers des bouquins que tu as lus. Pas vrai ? »

Quel soulagement ! Chipan avait, selon toute vraisemblance, rattrapé le coup et évité l'humiliation.

« C'est une excellente idée Chipan. C'est d'accord, nous partirons à l'aventure, tous les deux. »

Dans la cabine de pilotage, des discussions nettement moins frivoles avaient lieu.

Reka avait bien entendu activé le mode furtif du Pesawat afin de pouvoir approcher au plus proche de Gadis Cantik sans être détecté par les troupes ennemies, mais la pertinence du voyage ainsi que le déroulement de la mission étaient au centre des débats :

— Il est possible que nous courions à notre perte, prévenait Pengurus. Il est possible que Kerajaan soit en possession des trois totems... Notre seul moyen de pression est la Princesse Loan... Et nous nous apprêtons à la lui livrer sur un plateau...

— Justement, rebondit Xatria. Même si la Reine semble s'être égarée, jamais elle ne prendra le risque de faire feu et de tirer sur notre Pesawat.

— À condition qu'elle sache que Loan est à bord ! insista Reka.

— Nous pourrons toujours lancer un appel par la radio une fois proche de Gadis Cantik, signala Pengurus. Mais qu'adviendrait-il si Kerajaan poursuit son dessein après que la Princesse ne lui soit ramenée ? Pire, avez-vous pensé à l'éventualité que les choses dégénèrent et qu'en réponse, Loan perde à nouveau la tête ?

— De quoi parlez-vous ? interrogea Mang.

— Oui... reprit Tess, nous n'en avons pas reparlé depuis la survenue de l'évènement... Mais Son Altesse a fait démonstration d'un pouvoir étrange et pour le moins effrayant qui m'a coûté une jambe...

— Nous ne voulions pas évoquer ce qui s'est passé devant elle, nous avons donc choisi de nous taire jusqu'ici pour qu'elle ne se sente pas coupable de quoique ce soit, expliqua Reka. Alors que nous étions cernés par les Makhluks, Loan fut soudainement possédée par un Ilmu d'origine inconnue.

— Je n'avais jamais rien vu de tel ! compléta Pengurus. Son corps s'est couvert de cicatrices, elle lévitait au-dessus de nos têtes et expulsait des quantités phénoménales d'Ilmu dans tous les sens, de façon incontrôlée et hasardeuse.

— Voilà des années que j'accompagne la Princesse Loan au quotidien, j'ai bien perçu un potentiel incroyable, mais jamais je n'ai été témoin d'une telle métamorphose, témoigna Xatria.

— Son don d'empathie... suggéra Pengurus. Tahu était en proie à une souffrance d'une amplitude sans précédent pour la jeune Loan. Peut-être a-t-elle saturé ?

— Vous voulez dire que sa capacité à soulager la douleur d'autrui s'est retournée contre elle ! s'étonna Mang. De ce que j'en sais, la sollicitation constante de l'Ilmu des empathiques a pour conséquence de diminuer leur espérance de vie. Je ne me souviens pas avoir entendu que ce pouvoir pouvait être offensif !

Les hypothèses allaient bon train, toutes et tous théorisaient sur le déploiement d'Ilmu dont Pengurus, Reka et Tess furent spectateurs. Reka interrompit soudainement les discussions :

« On a de la compagnie ! Je ne comprends pas, le mode furtif est pourtant activé ! Nous sommes normalement invisibles, tant physiquement que face aux radars ! »

Cinq petits Pesawat conçus pour la vitesse prirent le groupe en chasse, n'hésitant pas à faire feu sur une cible qu'ils ne pouvaient voir.

C'est avec toute la dextérité dont il est capable que Reka évita les rafales d'Ilmu. Après quelques longues secondes angoissantes, le front du pilote commença à perler devant la précision des tirs de l'ennemi :

« C'est impossible ! Comment peuvent-ils nous localiser ! Ça suffit... Je n'ai plus le choix... »

Reka sortit les deux canons d'Ilmu latéraux et riposta. L'un des appareils, touché, s'écrasa au sol.

Ressentant les secousses et la conduite acrobatique du Pesawat, tous s'étaient pressés dans le cockpit pour comprendre ce qu'il se passait. Après les explications du brillant technicien, Chipan refusa l'idée de périr si près du but :

— Ce Pesawat dispose certainement des dernières innovations, non ? Il doit être équipé de sas sur son toit !

— Tout à fait, confirma Reka, mais les quatre plateformes qu'ils recouvrent n'ont pas été équipées de canons lors de la prévision de l'opération visant à retrouver Loan…

— Ce n'est pas un problème ! objecta Chipan. Prépare l'un d'entre eux ! Je m'occupe du reste !

— Ouvres-en deux ! déclara Xatria en empoignant son Knifgun.

— Prépare trois sas, j'en suis aussi ! Surenchérit Tess.

Reka s'exécuta. Tous trois dehors, la contre-attaque ne se fit pas attendre !

Chipan concentra son Ilmu pour se propulser sur l'un des vaisseaux qu'il transperça d'un puissant coup de poing. Avant que celui-ci n'explose à cause du choc, il s'en servit d'appui pour regagner le Pesawat abritant l'équipe.

Tess fit tournoyer sa hallebarde pour dévier les assauts répétés des Pesawat encore sur leurs talons.

La Générale Xatria Mulia finit avec panache en neutralisant deux attaquants en un seul tir.

Tous mobilisés et affairés sur ses alliés, Chipan, Xatria et Tess ne comprirent pas pourquoi le dernier Pesawat fit soudainement demi-tour.

Les trois combattants regagnèrent la cabine de pilotage mais furent interpellés par la perte d'altitude progressive et saccadée de leur bastion :

— On a été touchés ! cria Chipan à Reka.

— Non ! C'est autre chose ! constata l'interpellé. C'est comme si notre moteur était privé d'Ilmu ! Cramponnez-vous à ce que vous pouvez ! L'atterrissage s'annonce musclé !

L'équipe suivit les directives expresses de Reka. Sauf le vieux Rob, définitivement désorienté par le chaos provoqué par cette confrontation aérienne.

N'écoutant que son courage, Xatria se précipita vers lui pour le protéger.

Le Pesawat heurta le sol avec fracas et emporta avec lui une partie des aménagements défensifs construits autour de Gadis Cantik.

Sur la terre ferme, la panique l'avait emporté sur la détermination de la plupart des soldats. L'instinct de survie encourageait les troupes humaines à fuir le danger.

Les Makhluks, impassibles, étaient percutés, parfois même démembrés à cause de la violence du choc.

Mais une autre personne se trouvait sur la trajectoire de l'incontrôlable appareil... Hans...

Ce dernier, pétrifié par la peur, ne put se mettre à l'abri. Dans un dernier sursaut de conscience, il tenta d'utiliser son Ilmu afin de donner à son corps les propriétés de l'eau.

Le Pesawat le traversa pour finir sa course à juste quelques mètres de lui :

« Ça a fonctionné ! Je suis vivant ! »

Le vaisseau avait subi de lourds dégâts. À un point tel que le superbe Pesawat n'était guère plus qu'une épave.

XIX
« Tu as fait tout ça pour sauver ta fille ! »

Kerajaan faisait les cent pas dans la salle du trône du palais de Gadis Cantik. Elle marmonnait des paroles à peine audibles tandis que les expressions de son visage changeaient chaque seconde. Sous les yeux inquiets de Matih, elle pleurait, puis riait nerveusement, se mettait à hurler sans raison apparente…

Matih essaya de comprendre l'agitation qui tourmentait sa mère adoptive :

— Mère ! Répondez-moi, que vous arrive-t-il !

— DES TRAÎTRES ! cria-t-elle. Milicia veut garder les totems ! J'en suis sûre ! Elle veut me doubler !

— De quoi parlez-vous enfin ? insista Matih. Vous parlez de cette femme qui vous a proposé ses services ?

— OUI ! aboya la Reine sans se calmer. Elle va… Qu'est-ce que je raconte… hésita ensuite la souveraine. Je ne sais plus…

— Mère, asseyez-vous, concentrez-vous sur votre respiration, conseilla le jeune homme.

— Que m'arrive-t-il enfin ? se demanda Kerajaan dans un élan de lucidité. Il y a un tel désordre dans mes pensées, mon cher petit…

— Je vais quérir un médecin qui saura vous venir en aide, n'ayez crainte.

Matih quitta la salle du trône au pas de course.

Désormais seule, dans la vaste pièce gardée par deux soldats, l'état psychologique de Kerajaan continua de se détériorer :

« *Pourquoi as-tu commis toutes ces atrocités, tu es une femme bien. Tu as toujours agi justement et voilà que tu prends des vies sans vergogne... Pourquoi ta sagesse ou ta conscience ne se sont-elles pas réveillées lors de ces prises de décision ? Tu... Si ! Tu as fait tout ça pour sauver ta fille ! N'importe quel parent aurait pris ces mesures à ta place ! Soldats ! Qu'on prépare mon Pesawat* »

Devant la cité, Hans se réjouissait d'avoir déjoué la mort. Peri rappliqua aussitôt, heureuse mais surprise de l'utilisation de l'Ilmu par son camarade :

— Comment as-tu pu invoquer ton pouvoir malgré cette espèce de zone anti-Ilmu !

— Je ne sais pas ! avoua Hans. J'ai été pris de panique, alors mon instinct a pris le dessus j'ai l'impression !

— Je crois que j'ai compris, intervint Oti. Regardez la disposition des défenses ennemies, elles définissent un périmètre entre Gadis Cantik et l'extérieur. En s'écrasant sur l'une des quatre tours délimitant cette zone, celle-ci n'est plus quadrillée.

— Tu sous-entends que l'anti-Ilmu ne peut fonctionner que si leur technologie encercle la zone visée ? traduisit Peri.

— Oui ! confirma le Rebah. En revanche, les Makhluks qui progressaient vers nous se sont « endormis » à proximité des trois autres tours. Il est sans doute plus sage de ne pas s'en approcher.

— Tu as raison, valida Hans. Peri ! Regarde le Pesawat accidenté, n'est-ce pas celui à bord duquel tu avais quitté le Domaine Isolé ?

— Incroyable ! s'époumona l'artiste après avoir pris le temps d'examiner le moyen de transport. J'espère que Reka et les autres sont indemnes... Allons vite voir ce qu'il en est !

Accourant aussi vite que possible, les deux humains, suivis de près par Oti, commencèrent à chercher les passagers, comme le pilote.

La façon de courir du Rubah, beaucoup plus court sur pattes, avait quelque chose de mignon et d'attendrissant.

Déplaçant les débris avec précaution, ils constatèrent qu'il y avait du mouvement dans le cockpit.

Chipan, non sans quelques égratignures, fut le premier à s'extirper du Pesawat :

« Eh bah ! Si ça, ce n'est pas une entrée fracassante ! »

Bientôt, les autres voyageurs firent également leur apparition, tous un peu amochés.

Tess avait un hématome sur la hanche, l'arcade sourcilière de Reka était ouverte, Loan souffrait de légères contusions...

Peri reconnut Chipan immédiatement :

— Mais ! Tu es le cuisinier de Cahaya ! Comment as-tu atterri ici ?

— Figure-toi que je suis l'héritier de Lumyre ! répondit fièrement Chipan.

— Ça veut donc dire que les trois héritiers sont réunis, constata Hans.

— Pardon ? s'étonna Chipan.

— Oui, reprit Peri, je suis l'héritière de Rhêve, et Hans celui d'Anthik !

Les trois descendants des peuples créateurs de la prison de Dewa commencèrent à faire plus ample connaissance.

Au même moment, Xatria aida Rob à s'extraire de l'épave. Elle ne put étouffer un gémissement de douleur. Loan put s'empêcher d'y être attentive :

— Xatria ? Vous êtes blessée !

— Ce n'est rien, grimaça la guerrière. Mais plutôt que de vous soucier de moi ou de parler chiffons, vous devriez vous tenir prêts ! Nous nous faisons encercler !

Tirant profit du terrain accidenté, soldats et Makhluks approchaient sournoisement du groupe.

Désormais conscients de cet étau qui se resserrait, les membres de l'équipe discutèrent discrètement d'une stratégie fiable :

— Que fait-on ? sollicita Pengurus. Restons-nous groupés, ou préférez-vous former des équipes ?

— Il est primordial de mettre la Princesse Loan et Rob à l'abri, priorisa Xatria.

— Alors voilà ce que je propose, commença Pengurus avant de constater que plus personne n'était à l'écoute !

En effet, c'est dans la désorganisation la plus totale que les uns et les autres passèrent à l'action !

Hans fonça à l'ouest et usa de l'Ilmu défensif du poison pour neutraliser ses adversaires, tout en ayant recours à son solide bouclier pour se protéger des tirs.

Peri invoqua la terre à l'est pour creuser des puits profonds dans lesquels quelques soldats étaient tombés. Elle se servit des roches résultantes de son travail comme boulets de canon qu'elle propulsa violemment sur les Makhluks.

Chipan s'occupa du sud en provoquant une onde de choc, plus puissante et destructrice que jamais. Il répéta l'opération sans grande difficulté grâce à Mang, qui assurait ses arrières.

Participant volontiers à la bataille, Reka avait demandé son aide à Oti afin de le mener aux trois tours encore debout. S'emparant des étranges perles permettant au champ anti-Ilmu de fonctionner, il bricola rapidement des balles de fortune, protégé par des voiles de sables élevés par le Rebah. Il chargea son arme et fit feu sur les Makhluks les plus imposants.

Tess et Xatria ne tardèrent pas à se joindre aux autres pour enrayer les contre-attaques ennemies.

De son côté, Pengurus veillait à la sécurité de Rob et Loan. Il créa une illusion derrière laquelle ils demeuraient invisibles.

Mais aussi indécelables qu'ils pouvaient l'être, Pengurus n'était pas en mesure d'isoler la Princesse de la violence des scènes qui se déroulaient devant elle. Loan fut bientôt submergée par les émotions ressenties sur le champ de bataille.

La peur, le doute, l'inquiétude, la douleur... En dépit de leurs formidables talents et de leur ingéniosité pour neutraliser les troupes de Makhluks et de soldats humains, les effectifs de l'ennemi semblaient infinis.

La multiplication des uns et des autres, et donc des émotions, soumettait Loan à une douleur toujours plus grande.

La jeune femme vacilla, puis s'évanouit sous le lourd poids que représentait cette charge.

Rob, dont l'ouïe avait remplacé la vue, et parce qu'il aimait à laisser traîner ses oreilles, questionna Pengurus :

— Elle s'est évanouie, n'est-ce pas ? Est-ce l'empathique dont vous parliez dans le cockpit ?

— Oui... confirma Pengurus, c'est bien elle. La pauvre souffre mille tourments du fait de son don, et de l'hypersensibilité qui en découle.

— Ce n'est pas le don d'empathie dans ce cas ! protesta le vieil homme.

— Que voulez-vous dire ? interrogea le gardien des légendes.

— À l'origine, l'Ilmu de l'empathie permet à son utilisateur de lire le cœur d'une personne et d'atténuer ses souffrances psychologiques. En de rares cas, le mage peut effectivement devenir la proie des émotions qu'il a chassées, mais jamais en de telles proportions.

— Je sais bien, déplora Pengurus, mais c'est le seul diagnostic que les sages de Tahu avaient posé lorsque son pouvoir a commencé à se manifester.

— Sornettes ! s'indigna Rob. Des sages qui obéissent à la doctrine de Tahu, cette femme ignoble et prête à tout pour s'élever ! Quitte à piétiner ceux à qui elle doit tout, ou même, à réécrire l'Histoire d'Aslinya.

— Vous semblez lui porter une haine profonde... observa le natif de la cité du savoir. Mais vous semblez ignorer que les sociétés humaines actuelles se sont organisées selon ses préceptes !

— Tissu de mensonges ! se moqua l'homme de Nusas. Vous êtes le défenseur d'une histoire falsifiée... Vous êtes considéré comme un sage, mais avez-vous investigué sur cette légende ? Ou vous êtes-vous contenté de vomir les récits qu'on vous a entrés dans le crâne depuis l'enfance ?

— Je... Pengurus hésita quelques instants avant de riposter. Qui êtes-vous pour remettre en question les chroniques de nos ancêtres ! Peut-être juste un vieux machin, nostalgique, animé par le profond désir de rendre de l'éclat à son peuple ! Un ramassis de déserteurs et de lâches !

— Comment oses-tu ! Pauvre imbécile ! injuria Rob. Tu verras bien assez tôt que ce que tu défends avec tant de ferveur n'est qu'une fable ! Sans doute aussi fiable que le diagnostic posé sur le mal dont souffre cette fille !

Faisant abstraction de la fureur des combats qui se jouaient à quelques pas de leur cachette, les deux hommes poursuivirent un tout autre affrontement. Aucun d'eux ne voulant en démordre, arguments et noms d'oiseaux se succédèrent. Loan, qui reprenait doucement conscience, supplia ses camarades de se calmer :

« Cessez de vous disputer, je vous en conjure... Je suis presque incapable de gérer l'émoi découlant de cette bataille... N'y ajoutez pas votre querelle... »

Tous entièrement accaparés par les évènements qui se jouaient, il fallut du temps pour qu'on se rende compte de la présence d'un Pesawat, partiellement dissimulé par les épais nuages de fumée soulevés par les intenses affrontements.

Comme vous l'avez certainement deviné, Milicia avait fait son entrée sur l'échiquier. Beruang, qui se tenait à ses côtés, brisa le silence pesant qui régnait dans la cabine de pilotage :

— Est-ce vraiment ce que tu veux Milicia ? Peut-être qu'il est encore temps de changer nos plans... Je veux dire, nous avons ce que nous voulons. Il nous suffit de nous rendre au Sanctuaire Perdu...

— La Reine en sait trop... infirma la télépathe. Elle dispose des moyens pour nous contrecarrer. Sans compter qu'elle pourrait rallier d'autres royaumes à sa cause... De toute façon, avec ce que j'ai fait de son pauvre cerveau et ce qu'« il » a immiscé dedans, Kerajaan doit d'ores et déjà être privée de sa lucidité...

— Je comprends... acquiesça Beruang. Mais plutôt que de contrôler son esprit pour la dérouter, ne pourrais-tu pas brouiller sa mémoire ? Si tu...

— Assez ! s'énerva Milicia. Tu étais d'accord ! Nous avons longuement étudié l'ensemble des conditions à réunir pour garantir notre succès ! Il est bien trop tard pour faire machine arrière. Et puis, même si je le voulais, si je laissais son esprit en paix... Le mal qu'« *il* » a insidieusement immiscé en elle l'a gangrenée jusqu'au plus profond de son être...

— Oui... C'est un pouvoir terrifiant... reconnut l'homme à l'armure. Pardon d'avoir laissé le doute me détourner de notre souhait. Nous le lui devons...

À nouveau, seuls les signaux émis par le Pesawat se faisaient entendre... Ça, et les respirations de l'équipage qui s'accéléraient à mesure que Gadis Cantik se rapprochait.

Le royaume était en vue. Milicia ordonna aux soldats de préparer le plus puissant canon d'Ilmu du vaisseau.

De son côté, Kerajaan avait pris place dans son Pesawat, prête à éliminer ceux qu'elle considérait comme des traîtres.

Le vaisseau quitta la gare privée du palais de Gadis Cantik. Il se dirigea lentement vers le lieu de l'affrontement qui opposait ses troupes à une bande de résistants. Mais alors que la Reine de Pang Kat commençait à donner ses ordres, ses hommes quittèrent le Pesawat en plein vol, la laissant seule à bord du bâtiment :

« Mais ! Que faites-vous ! Obéissez à mes ordres, bande de lâches ! REVENEZ MISÉRABLES ! IMMÉDIATEMENT ! »

Au sol, les adversaires se faisaient de plus en plus rares. Chipan et tous les autres avaient réussi à dominer les soldats et à maîtriser les Makhluks.

S'autorisant une petite pause, genou à terre, Hans leva les yeux :

— Je ne sais pas s'il s'agit d'une hallucination causée par tous les coups que je me suis mangés, mais, non seulement le

Pesawat royal de Pang Kat fait route vers nous, mais en plus, il en pleut des soldats !

— Tu as raison ! s'égosilla Xatria tout en achevant de mettre son adversaire hors d'état de nuire. Je me trompe où l'engin est prêt à faire feu !

— C'est Mère ! hurla à son tour la Princesse Loan, tout en quittant la cachette de Pengurus. Elle ignore sans doute que nous sommes les responsables de toute cette agitation !

— Non, Princesse ! interpella Pengurus. N'y allez pas, vous êtes trop faible pour initier quoique ce soit ! C'est trop dangereux !

— La ferme ! s'entêta la successeuse de Kerajaan. J'en suis persuadée ! Si Mère me voit, elle interrompra son attaque... Mais...

La voix de Loan devint tremblante. En se tournant vers Pengurus, elle aperçut le Pesawat de Milicia faire face à celui de sa mère.

« *Loan !* »

Au milieu de tout ce tumulte, la Princesse était également parvenue à identifier la voix si familière de son frère de cœur :

— Matih ! Que viens-tu faire ici !

— J'ai quitté le palais pour trouver un médecin, expliqua-t-il. Je crains que Mère ne soit plus apte à prendre soin d'elle.

— Qu'essaies-tu de me dire, mon frère ? questionna Loan, bouleversée.

— L'état de Mère s'est rapidement détérioré après ta disparition. Je ne sais pas ce qu'il lui arrive, mais elle semble en conflit permanent avec elle-même.

— Qu'allons-nous faire, sanglota Loan en s'effondrant dans les bras de Matih.

Au même moment, Kerajaan constata avec stupeur que le système défensif de son Pesawat dernier cri avait été désactivé. Refusant de se laisser aller au désespoir, la Reine se jeta sur la console permettant le contrôle de l'ensemble des canons d'Ilmu. Sans succès.

Cherchant à comprendre la raison pour laquelle son Pesawat n'était plus opérationnel, elle entendit le message de Milicia par le biais de l'émetteur installé dans le cockpit :

« Vous vous demandez certainement pourquoi vos hommes vous ont abandonnée. Je suppose que l'incapacité de votre Pesawat à vous protéger de ma venue est, elle aussi, problématique !

Que se passe-t-il, ma chère ? Ne vous souvenez-vous pas que votre situation est la résultante des ordres que vous avez donnés ?

Cherchez bien dans votre tête... »

Kerajaan réalisa que tous les mots qu'elle voulait prononcer ne résonnaient que dans sa tête. À présent, c'était son corps qui s'était extrait de sa volonté.

Quelques larmes coulèrent de son enveloppe charnelle inactive.

Quel gâchis ! Elle était une Reine aimée et respectée, régnait sur la plus grande puissance qu'Aslinya ait connue... Mais la force de son amour pour une enfant l'avait poussée à commettre l'irréparable.

Tant de vies interrompues brutalement... N'avait-elle pas mérité le sort aussi funeste qu'indigne qui la guettait, finalement ? Tant de sacrifices... Nombreux seront ceux qui ne retiendront d'elle que son inhabituelle cruauté. Des actes immoraux commis au nom de l'amour pur et sincère qu'une mère éprouve pour son enfant.

Confrontée à elle-même, Kerajaan orienta son regard en direction du sol. Elle ressentit alors une intense et réconfortante chaleur au sein de son corps entravé.

Loin, très loin, elle distingua la présence de Loan. Cette vision remplit la femme de pouvoir de joie.

Impuissante et désarmée, elle assista au chargement du canon qui sonnerait probablement le glas de son existence.

Kerajaan, bien que torturée, lâcha prise en gardant en tête l'image de cette fille, pour qui elle aura absolument tout donné. Sans condition. À qui elle aura essayé de donner même ce qu'elle n'avait pas demandé.

Un Tir.

Un bruit assourdissant.

Une explosion...

Suivie d'un cri effroyable :
« Mèèèèèèèèèèèère ! NON ! »

XX
« Accorde ton pardon à ta maman ! »

Les yeux cristallisés par le désespoir et la sidération, Loan assista à l'explosion du Pesawat de sa maman, Kerajaan. Toujours blottie dans les bras de Matih, elle exprima toute sa détresse dans un hurlement tonitruant.

Chipan, affairé plus loin à empêcher les troupes de la Reine de s'approcher de la Princesse, fut témoin d'un phénomène étrange. En effet, c'est comme si une tornade d'Ilmu noir s'était brusquement abattue sur Loan et Matih.

Courant vers les enfants de Kerajaan, Chipan fut interrompu par Xatria :

— Chipan ! Laisse-moi m'occuper de la Princesse s'il te plaît. Je vais l'escorter jusqu'à l'endroit où le Pesawat de Sa Majesté s'est écrasé... Je pourrai ainsi confronter les soldats qui ont fui l'appareil !

— Tu as sans doute raison... admit l'héritier de Lumyre. J'assurerai vos arrières dans ce cas.

— Je t'accompagne Xatria ! imposa Reka. Je veux examiner le Pesawat royal et comprendre ce qui s'est passé ! Peri ! Nous allons avoir besoin de tes talents !

Retournant au combat, Chipan fut une nouvelle fois interpellé par la Générale :

« Je me suis trompée sur ton compte, Chipan J., tu es un homme bien. Un allié de poids. »

Ainsi, Chipan, Hans, Mang et Tess resserrèrent leurs rangs et assurèrent un périmètre de sécurité autour de Loan et Matih, vite rejoints par Xatria, Peri, Reka et Oti.

Bien que profondément contrarié par Rob, Pengurus continuait d'assurer la protection du vieillard. L'agressivité des deux hommes, conscients du drame qui venait de se produire, s'était apaisée.

C'est accompagnée d'un convoi sûr que Loan fraya son chemin jusqu'au Pesawat de Kerajaan.

Elle gisait là, allongée à quelques pas de l'épave, immobile. Loan s'agenouilla à ses côtés, sans pouvoir contrôler les torrents de larmes qui parcouraient ses joues blanches. Elle prit la main glacée de sa maman dans la sienne. Dans un souffle pénible, la Reine reconnut la douceur de sa fille :

— Loan… Ma petite… Mon tout… Je t'en supplie, pardonne à ta maman…

— Mère, ne parlez pas… conseilla la jeune femme, aussi tremblante qu'une feuille morte. Vous devez garder vos forces ! Peri va vous soigner !

— Je… Loan… hésita l'artiste. La colonne vertébrale est touchée… Ainsi que les organes vitaux… C'est bien au-delà des compétences de mon Ilmu de soin…

— Vraiment ! se fâcha Loan. Est-ce la vérité, ou est-ce une revanche contre Mère pour lui faire payer son attaque sur Hutan !

— Mon bébé, calme-toi… reprit Kerajaan laborieusement. Ton amie a raison… Je ne sens plus mon corps, c'est ici que tout se termine pour moi…

— Ne dites pas ça Mère, contesta-t-elle. Nous allons trouver un moyen ! Que quelqu'un fasse quelque chose ! Je vous en supplie !

— Loan, écoute ce que j'ai à te dire... pria la souveraine dont la voix traduisait la souffrance qu'elle subissait. Je ne dispose pas du temps nécessaire pour t'expliquer tes origines... Retourne à Pang Kat. Dans le dernier tiroir de ma table de chevet, il y a un double fond... Tu y trouveras un carnet dans lequel j'ai consigné toutes les informations te concernant... Je t'en prie... Accorde ton pardon à ta maman... Dis-moi que...

— Mère ? Mère ! Non... Mère !

Secouant la main de Kerajaan, Loan refusait d'admettre ce qu'elle venait de comprendre. Oui. Sa maman avait rendu son dernier souffle. Matih posa sa main sur son épaule :

« C'est fini sœurette... »

Les soldats, qui avaient évacué le Pesawat royal, s'étaient regroupés autour de l'épave. Leurs yeux chargés de larmes trahissaient leur sentiment de honte et de tristesse.

Sans se démonter face à cette sincère démonstration de compassion de la part de toutes ces femmes et de tous ces hommes, Xatria s'emporta :

— Bande de déchets ! Qu'avez-vous fait ? Est-ce là le résultat du sermon que vous avez prêté lorsque vous avez rejoint mes rangs ! Est-ce l'illustration de votre dévotion ? De votre courage infaillible ! Comment osez-vous porter les couleurs de mon armée ! Celle de notre Reine !

— Gé... Générale... bégaya l'un des lieutenants. Sa Majesté nous a ordonné de désactiver les dispositifs d'attaque et de défense, puis de sauter du Pesawat... Nous avons tenté de protester, mais elle est entrée dans une colère sans précédent. Elle disait vouloir racheter ses erreurs par son sacrifice en précipitant son bâtiment sur celui qui nous faisait face... Elle nous a ensuite assignés au commandement du nouveau souverain de Pang Kat.

— Un nouveau souverain ! demanda Xatria, choquée. Vous êtes complètement stupides ou quoi ! La Princesse Loan sera l'héritière de Kerajaan. C'est à elle que revient le trône en attendant que le peuple de Pang Kat valide son couronnement ou qu'il choisisse leur prochain chef ! Jamais la Reine n'aurait privé Loan de ce droit ! Jamais !

Une aura noire et rose apparut autour de Loan, dont les poings s'étaient fermés avec force. Terrifié par ce spectacle auquel il avait déjà assisté, Reka hurla :

« Tous aux abris ! Vite ! Protégez-vous avec tout ce qui vous tombe sous la main ! »

Milicia étant désormais débarrassée de la menace que représentait Kerajaan, elle décida de faire route vers le Sanctuaire Perdu.

Après avoir donné les consignes les plus précises à son équipage, elle invoqua le prétexte du repos pour s'isoler dans ses appartements. Son goût prononcé pour l'ordre et la propreté la poussa à inspecter soigneusement chaque meuble, chaque bibelot.

Une fois ses manies compulsives satisfaites, elle jeta un œil par le hublot. Tout s'était passé comme elle l'avait prévu. Elle sourit.

Elle était en possession de tous les éléments indispensables à la résurrection de Dewa. Mieux encore ! Ces adversaires potentiels étaient tous tellement submergés par les évènements, que jusque-là, personne n'avait pu se mettre en travers de son chemin. Elle pleura.

BAAAAAAAAAAAAAAAAAAAM !

Avant qu'elle n'ait le temps de se pencher sur ce trop-plein d'émotions qui l'animait, un bruit assourdissant la ramena à la réalité. Et à l'objectif qui l'avait conduite à ses agissements.

Milicia retourna précipitamment dans le cockpit pour comprendre ce qui venait de se produire :

— Mais qu'est-ce que c'est que tout ce bordel !

— Madame, répondit le pilote, notre Pesawat vient d'être heurté et transpercé par un Ilmu à la puissance démesurée !

— Pardon ! s'interloqua Milicia. Mais ce vaisseau n'est-il pas conçu pour résister aux attaques extérieures !

— Si... Madame... confirma le pilote, choqué. L'appareil est trop endommagé, nous allons nous écraser... Je vais faire de mon mieux pour limiter le choc.

Milicia fit signe à Beruang de la suivre. À l'abri des regards et des oreilles attentives des soldats, Milicia confia ses intentions :

« Une fois au sol, j'ordonnerai à tous les soldats de lancer leur meilleure offensive contre les casse-pieds qui retardent notre projet. Pendant qu'ils se feront massacrer, nous prendrons le petit Pesawat de secours et nous nous éclipserons. »

L'atterrissage fut des plus périlleux mais le nombre de pertes et de blessés fut presque nul du fait de la conception du Pesawat. Les parois principales de l'engin s'étaient tapissées d'une espèce de coton amoindrissant les chocs.

Mais Milicia, Beruang et leurs troupes n'étaient pas sortis d'affaire pour autant. En effet, sous les yeux submergés par la stupéfaction, une quantité gargantuesque de rayons d'Ilmu frappait le lieu où les affrontements se déroulaient.

Impressionnée, Milicia, restée dans la cabine de pilotage, y alla de son commentaire :

— Ça alors... Elle cachait bien son jeu ! Comment cette gamine peut-elle utiliser autant d'Ilmu sans que son corps se désintègre ! C'est impossible !

— Je ne suis pas sûr qu'une telle démonstration de force la laisse indemne, corrigea Beruang. Regarde bien ! Son corps se couvre de marques et de plaies...

— Difficile de le constater à cette distance et à travers du verre brisé... justifia-t-elle. Peu importe ! On embarque le pilote avec nous et on file...

Pendant ce temps, une désolation semblable à celle survenue à Tahu s'abattait sur Gadis Cantik.

À nouveau, Loan était hors de contrôle et aucun de ses camarades ne savait comment apaiser son déchaînement de colère et de rage.

Le petit groupe n'avait pas eu à débusquer le plus sûr des abris. À la demande de Hans, tous s'étaient regroupés autour de lui avant qu'il n'invoque une grande sphère protectrice :

— C'est quoi son problème à celle-là ! gronda-t-il. Je ne suis pas sûr de pouvoir tenir encore longtemps face à une puissance aussi colossale !

— La dernière fois, rapporta Pengurus, elle s'est calmée toute seule... Une fois son Ilmu intégralement consumé, elle est redescendue sur le sol et a perdu connaissance.

— Super... ironisa Hans. Et en attendant, on fait quoi !

— Si ce sont ses sentiments qui provoquent sa transe, peut-être qu'en lui envoyant des ondes positives, elle s'apaisera plus vite, proposa Pengurus.

— Je m'en charge ! se désigna Chipan.

Sans attendre l'aval du reste de l'équipe, l'intrépide utilisa son Ilmu afin de pousser sa vitesse à son paroxysme. Il put ainsi esquiver chacun des rayons libérés par Loan pour arriver tout près d'elle.

Bien que ses yeux fussent comme révulsés, chacun des témoins de cette scène décisive constata que cette promiscuité avait eu pour effet de diminuer la violence et la fréquence des tirs de la Princesse.

Percevant une ouverture vers son amie, Chipan approcha encore davantage.

La mâchoire de Loan claquait encore, mais elle ne hurlait plus la douleur ressentie. Ses mouvements saccadés et désarticulés s'étaient réduits à de forts tremblements.

Comment la simple approche de Chipan pouvait-elle calmer si vite cette rage sans limites ?

Souhaitant accélérer son apaisement, Chipan, assez proche pour attraper sa main, la saisit tout en lui souriant sereinement :

« Loan, je comprends ta souffrance, je comprends ta colère. Les responsables de la mort de ta mère doivent être punis... Mais pas comme ça. Et pas tout le monde... Et puis, si tu continues de tout détruire, on n'aura plus grand-chose à découvrir pendant notre tour du monde ! »

L'aura de Loan disparut progressivement. Les plaies se refermèrent sans laisser de traces. Désorientée, elle interrogea Chipan :

— Que s'est-il passé ? Qu'est-il arrivé à Gadis Cantik !

— Je crois qu'il te faut apprendre à maîtriser tes émotions ! plaisanta-t-il.

— J'ai comme un trou noir. Tu veux dire que... Je suis la responsable de toute cette désolation !

Accourant auprès de sa sœur de cœur, Matih prit Loan dans ses bras :

« *Ma sœur ! Tu es revenue à toi, quel soulagement ! J'ai cru que tu avais perdu la raison...* »

Un débat naquit de la perte de contrôle de la fille de Kerajaan, mais fut de courte durée.

En effet, les soldats de Milicia se dirigeaient vers Peri et les autres. Se préparant à faire face, Xatria, grâce à l'acuité de ses sens, para, in extremis, une attaque sournoise portée dans son dos.

Quelle ne fut pas sa surprise lorsqu'elle constata que l'initiateur de ce coup n'était autre que le lieutenant qui avait justifié l'abandon du Pesawat de Kerajaan. Tiraillé, luttant contre ses propres convictions, il déclara :

« *Tel est la volonté de notre Roi ! Éliminer les gêneurs et lui ramener la Princesse Loan vivante !* »

Les compagnons étaient maintenant attaqués sur deux fronts.

Si bon nombre de soldats de Pang Kat avaient été grièvement blessés par l'Ilmu de Loan, leur effectif demeurait conséquent. Il comptabilisait les forces armées chargées de l'occupation de Gadis Cantik en plus de la garde large de Kerajaan.

Au loin, le Pesawat de secours de Milicia était sur le point de décoller. Détail qui n'échappa pas à Pengurus.

Après qu'ils aient repoussé les militaires les plus téméraires, le groupe profita d'un bref repli de leurs ennemis pour faire le point sur la stratégie à adopter :

— Nous ne pouvons pas passer à côté d'une opportunité comme celle-ci ! affirma Pengurus. Milicia vise sans doute à se rendre au Sanctuaire Perdu !

— Elle est certainement en possession de nos trois totems, rappela Peri. C'est peut-être la seule occasion que nous aurons de les lui reprendre. Mais comment pouvons-nous les suivre ? Hans, Oti et moi sommes venus par les galeries souterraines depuis Gurun, et le Pesawat de Reka n'est plus en état de voler. Mon Ilmu pourrait me permettre de commander au vent, mais jamais je ne pourrai suivre un tel bâtiment !

— Je peux remédier à ce problème, avança Mang. Je suis plus discrète et plus rapide que vos vaisseaux humains. La suivre ne sera qu'une formalité pour moi, peu importe l'altitude. Il vous suffit de trouver quelque chose qui peut servir de traîneau, je m'occupe du reste.

Alors que Tess et Xatria avaient repris la lutte contre les nouvelles offensives des forces de Pang Kat, Oti interpella ses alliés :

— Regardez ! Cette remorque à marchandises devrait convenir, non ?

— C'est parfait ! approuva Mang tout en s'approchant de la trouvaille du Rebah. Elle est légère, adaptée aux périples aériens… Sa capacité de stockage me permettra de tracter quatre personnes… Mais je ne pense pas pouvoir supporter une charge plus lourde sans compromettre ma vitesse !

— Dans ce cas, imposa Pengurus, les héritiers et moi-même te suivrons ! Seuls vos Ilmu si particuliers et mon savoir nous permettront de déjouer Milicia ou de reformer le pouvoir nécessaire à un second emprisonnement de Dewa.

Attentive à la déception qu'elle percevait à travers les grands yeux innocents d'Oti, Mang ajouta :

« *Petit, l'endroit où nous nous rendons est dangereux. Mais tu m'as l'air d'être plein de ressources. Si tu veux faire partie de cette folle aventure, je peux te porter.* »

Le petit Rubah afficha un regard empli de reconnaissance et confirma sa réponse par un hochement de tête timide.

Loan, déterminée à suivre les instructions de sa défunte mère, fit-elle aussi part de ses intentions :

— Je vais rentrer à Pang Kat. Je dois découvrir les secrets que renferme le carnet dont Mère m'a parlé…

— C'est de la folie Princesse ! contesta Reka. Tous ces soldats veulent vous ramener là-bas et vous décidez de vous jeter dans la gueule du loup !

— Nous devons aussi confronter ce soi-disant nouveau Roi de Pang Kat, je dois comprendre ce qui s'est passé là-bas !

— Je vous accompagnerai Majesté, lança Xatria tout en maîtrisant les adversaires par dizaines. Je vous en prie, acceptez que Rob se joigne à nous… J'assurerai sa sécurité, je vous en fais la promesse.

— Je vous accorde cette requête, sourit Loan tout en rougissant.

— Et c'est moi qui vous conduirai jusqu'à notre destination, ponctua Reka. Je vais nous trouver un moyen de transport !

— Quant à nous, conclut Matih, parti prêter main-forte à Tess, nous nous assurerons qu'aucun de ces sous-fifres ne vous fasse obstacle !

Chipan s'approcha de Loan, inquiet :

— Tu ne préfères pas qu'on suive Milicia tous ensemble ? On ira à Pang Kat après !

— Chipan… répondit la Princesse. Tu as une mission qui t'est propre, et j'ai moi aussi des devoirs envers mon peuple. Nos routes se séparent, une nouvelle fois. Et je suis convaincue qu'elles se croiseront à nouveau, très prochainement.

— Chipan appuya Xatria. Je protégerai Son Altesse, quoiqu'il m'en coûte. Je te l'ai déjà prouvé, me semble-t-il !

— Comment l'oublier ! ria le jeune homme.

C'est dans une envolée spectaculaire que Mang se mit à la poursuite du Pesawat de secours de Milicia, sans oublier de ménager Oti, blotti dans les bras de cette dernière. Dans la remorque, Chipan, Peri, Hans et Pengurus fixaient l'appareil.

Reka mit la main sur un petit Pesawat militaire et somma à Loan, Xatria et Rob de le rejoindre à bord.

Tess et Matih, dont le niveau et l'expérience au combat surpassaient ceux des soldats de Pang Kat, parvenaient à les tenir à distance.

XXI
« Mon peuple, mes sœurs, mon sang »

Lancée à la poursuite de Milicia, l'équipe constituée dans l'objectif de mettre en échec le réveil de Dewa avait redoublé de prudence.

La mise en garde de Hans au sujet de sa capacité à manipuler ses adversaires empêchait Milicia d'utiliser ce redoutable pouvoir.

Oti avait créé un immense voile de sable, tenu en lévitation par Peri. La visibilité était donc trop approximative pour que l'usage du canon d'Ilmu soit un succès. Chipan optimisa le stratagème en provoquant des flashs de lumière. Les tirs pouvant atteindre Mang étaient, quant à eux, parés grâce aux sphères de Hans.

Enfin, la dextérité et la trajectoire aléatoire suivie par Mang compliquaient la tâche encore davantage.

Après maintes tentatives infructueuses, Milicia, contrariée par les ruses de ceux qui la talonnaient, capitula :

« *Ils sont pires que des sangsues, eux ! Très bien... Qu'ils nous suivent après tout ! Je suis loin d'avoir joué toutes mes cartes... Imbéciles ! Aussi puissants et habiles que vous êtes, vous auriez dû renoncer ! Ce qui vous attend risque fort de vous faire regretter votre entêtement !* »

Volant à toute allure, le rythme de l'infatigable Mang commença à devenir moins soutenu. Ne plissant pas les yeux grâce à ses grosses lunettes, Oti l'avait remarqué :

— Mang ? Que se passe-t-il ? Tu fatigues ?

— Non, mon petit ami à poils, affirma-t-elle d'une voix presque froide. Je sais que votre vue n'est pas aussi aiguisée que la mienne… Vous n'allez pas tarder à la voir aussi…

Après quelques courts instants, Chipan fut le premier à réagir :

« C'est complètement fou ça ! Mang, on dirait une île flottante rattachée au sol d'Aslinya, tout comme Indah ! »

C'était impossible, les sept Elangs survivantes avaient exploré la planète entière, à la recherche de leurs congénères.

Sa laissant distraire par l'émotion et distancée par le Pesawat de Milicia, Mang fut bientôt incapable d'assurer la filature.

Posée sur l'un des sommets de l'île flottante, Mang était parcourue par tant de sentiments contradictoires face à la terrible réalité des lieux. Plus un seul carré de verdure, les constructions en tout genre avaient littéralement dénaturé les paysages si chers aux Elangs.

Quelques motifs blancs au sol venaient casser la monotonie et la tristesse du gris dominant. Encore qu'en y regardant de plus près, il était encore question de gris.

Voilà donc l'endroit où les « sans nom » avaient été déportés ! Vêtus de haillons blancs salis par la poussière, ils exécutaient les mêmes tâches inlassablement. Comme formatés, privés de leur libre arbitre, leurs yeux vitrés et fatigués n'exprimaient plus la moindre étincelle d'espoir.

Choqué devant l'asservissement et l'humiliation infligés à ceux qu'on appelait autrefois les camouflés, Pengurus constata de ses propres yeux que l'histoire que Rob avait partagée était véridique :

« Le vieil homme disait vrai... Voilà donc ce qu'il est advenu des exilés de Nusas... »

Cherchant l'espoir, son regard parcourait frénétiquement le triste tableau qu'il contemplait, désolé. L'expression de son visage changea soudainement à la vue d'une très haute tour qui se présentait comme une passerelle vers une seconde île, presque inaccessible de par l'altitude à laquelle elle planait :

« Se pourrait-il qu'il s'agisse du Sanctuaire Perdu, là-haut ! Impossible ! Si Milicia est parvenue par je ne sais quel miracle à sédentariser l'île de Dewa, mon Ilmu m'aurait permis de retrouver sa trace... Restons sur nos gardes... Nous devons nous rendre à l'évidence, des choses inexplicables surviennent ici... »

Mais la découverte que ferait Mang, à la suite des premières observations de Pengurus, lui porterait le coup de grâce.

Au sommet de la tour, bâtie selon toute vraisemblance à la sueur des « sans nom », se dessinaient des silhouettes que l'Elang reconnut sans aucune hésitation.

Le coup enchaîné à une cabine à l'orientation verticale, quatre de ses semblables étaient réduites à un vulgaire rôle d'ascenseur, visant à atteindre le Sanctuaire Perdu :

« Mon peuple... Mes sœurs... Mon sang... Voilà donc comment Milicia et Beruang ont pu rejoindre le Sanctuaire Perdu ! En volant l'Ilmu des Elangs... Mais pourquoi cette île a-t-elle échappé à nos siècles de recherches ! »

N'écoutant que son cœur, Mang prit de la hauteur et fondit vers ses congénères pour briser les lourdes chaînes qui entravaient leur gorge.

Malgré toute sa puissance, les liens étaient si solides et denses qu'elle ne put y parvenir.

Cet acte désespéré ne manqua pas de mettre en alerte les quelques gardes présents sur les lieux.

Contrainte de se replier, Mang interpella ses compagnons :

— Poursuivez Milicia ! Moi, je reste ici. Ce sera difficile, mais je pense avoir une chance de l'emporter et de rendre à mon peuple sa liberté. Quant à vous, mes sœurs, je sais que vous avez suffisamment souffert, mais je vous en conjure, guidez mes amis jusqu'au Sanctuaire Perdu.

— Tu es forte et pleine de ressources, chère Mang, admit Pengurus. Mais tu ne seras pas suffisante pour tous les affronter ! Seule...

— Elle n'est pas seule ! interrompu Oti. Je reste à tes côtés Mang. Ensemble, nous libérerons toutes ces amies que tu pensais disparues !

— On va tous rester ! offrit Chipan.

— NON ! infirma Mang. Votre devoir à vous, c'est de tout mettre en œuvre pour nous préserver de Dewa !

Amaigries, fatiguées et gravement marquées par toutes ces années de traitement indigne, cruel, les Elangs captives usèrent de leurs dernières forces pour mener les amis de Mang sur les traces de Milicia, déjà rendue au Sanctuaire Perdu.

Pour l'une elles, ce fut le voyage de trop. Présumant du peu d'énergie qu'il lui restait, elle ne put suivre ses camarades. Chutant de la presque totalité de la hauteur séparant les deux îles, son cou fut rompu immédiatement. Le poids de son corps pendant à la chaîne l'entravant à sa triste situation fut un poids physique, et moral, supplémentaire pour les survivantes.

Devant ce spectacle macabre, Mang ne put retenir ses larmes ni sa colère grandissante.

C'est complètement déchaînée qu'elle lança une série d'attaques plus virulentes les unes que les autres à l'encontre des soldats de Milicia. Son Ilmu semblait ne plus connaître de limites. Oti, admiratif devant cette détermination sans faille, couvrait les arrières de son amie et restait attentif à sa détresse.

Depuis l'île abritant le Sanctuaire Perdu, Pengurus et les héritiers des trois peuples ne purent prêter secours aux trois Elangs qui tentaient de regagner le sol sans trop de fracas.

Peri eut tout de même le temps d'implorer le vent d'accompagner les prisonnières. Succombant tour à tour à l'inconscience, sa démarche permit à ces dernières de ne pas mourir à leur tour.

Après avoir couru quelques minutes sur l'île flottante, les quatre mages arrivèrent devant ce qui semblait être un ancien lieu de culte. Il s'agissait d'une immense place, envahie par une dense végétation, délimitée par de nombreuses colonnes de pierres.

En face du petit escalier qu'ils venaient d'enjamber, de l'autre côté de l'aménagement dédié à la prière, se trouvait l'entrée d'un tunnel :

— Ce passage là-bas, il doit mener au palais que nous apercevons derrière les montagnes, déduisit Pengurus.

— Tu as sans doute raison, accorda Peri. Il va falloir faire vite ! Milicia doit déjà s'y trouver !

— Super ! ironisa Hans. Mais qu'allons-nous faire ! Imaginez que Dewa est déjà parmi nous ! L'un d'entre vous sait-il comment le renvoyer dans sa prison ?

— Il est peut-être un peu tard pour se poser la question ! On a qu'à lui éclater sa vieille face, il doit être diminué depuis le temps qu'il pionce ! proposa Chipan.

— Il est à l'ouest celui-là ! ponctua Hans.

— Il dit quoi « regard noir » ! provoqua Chipan.

— Je dis que tu n'es pas le couteau le plus aiguisé du tiroir, mon cher ! se moqua Hans.

— Mais mon poing sur ta tronche…

— J'y ai pensé figurez-vous ! interrompit Pengurus. Puisque vous savez tous utiliser votre Ilmu, je me disais qu'en combinant vos dons avec mon Ilmu du savoir, nous pourrions reproduire le sort, jadis utilisé pas vos ancêtres. Après tout, ma connaissance de la légende est parfaite, ça pourrait suffire !

— Ouais enfin, d'après Rob, cette légende est un ramassis de conneries ! rappela Chipan.

— Si tu as une meilleure idée, je t'en prie ! se fâcha Pengurus.

— Chipan a raison sur un point, concéda Peri, Dewa doit être très affaibli. Tous les trois allons l'affronter pour te donner le temps de préparer le sort d'emprisonnement. Quand tu seras prêt, Pengurus, nous te prêterons nos forces pour le forcer à retourner d'où il vient !

Tombant d'accord avec Peri, tous reprirent leur course vers le tunnel.

DIIIIIIIIIIIIIIIIING !

Le groupe s'était comme heurté à un épais mur invisible. Cherchant à comprendre l'étrangeté de ce nouvel obstacle, chacun d'eux marchait, main devant comme s'ils progressaient dans le noir le plus total. Mais les murs, imperceptibles, changeaient sans cesse d'emplacement. Vite agacé, Chipan lança :

« Visible ou non, un mur reste un mur ! »

L'héritier de Lumyre provoqua une puissante onde de choc afin de détruire l'hypothétique labyrinthe visant à les immobiliser.

Un bruit proche de celui d'une baie vitrée qui explose se fit entendre sur l'ensemble de la place.

Satisfait de l'efficacité de son initiative, Chipan avança fièrement, avant de trébucher sur un trottoir que ses yeux ne pouvaient percevoir :

« Assez ! »

Il renouvela l'opération. Mais cette fois, l'onde rebondit pour le frapper violemment. Alors que Peri accourut pour s'assurer que Chipan était encore conscient, elle fut furieusement percutée. Au sol, elle tentait péniblement de comprendre ce qui venait de lui arriver.

Pengurus, sur le qui-vive, s'adressa à Hans :

— Ce n'est pas un labyrinthe ! affirma-t-il. On dirait que quelqu'un s'amuse avec nous en utilisant un Ilmu bien particulier…

— Accouche ! s'énerva Hans. Quel est cet Ilmu !

— Je pensais que personne n'était parvenu à le maîtriser… reprit Pengurus. Mais ça ressemble à l'Ilmu de la dissimulation. Ce pouvoir permet à son utilisateur de se rendre invisible, de créer des distorsions de l'espace, de matérialiser le vide… Les possibilités d'usage sont nombreuses… C'est l'Ilmu que les trois peuples tentaient de développer pour rendre la prison de Dewa complètement invisible…

— Dans ce cas, j'ai peut-être une idée ! ponctua Hans.

Le Prince du Domaine Isolé invoqua une sphère presque aussi grande que la place de culte et projeta en son sein des jets d'encre, non sans provoquer quelques vives réactions de la part de ses camarades :

« C'est dégueulasse ! »

« Bah c'est malin ! T'es complètement con, toi ! »

« Astuci... Beurk, j'en ai plein la bouche ! »

Mais tous constatèrent alors qu'ils n'étaient pas quatre, mais cinq sur le lieu de prière.

Partiellement taché, l'adversaire décida de se révéler aux yeux de Chipan et des autres.

Affublé d'une armure faisant office de seconde peau, un humain portant des lunettes aux verres teintés rouges leur fit un large sourire :

« Pas mal pour de vulgaires insensés tels que vous ! Mais peu importe vos efforts ! Je ne vous laisserai pas atteindre Dewa ! »

Devant l'apparition de ce nouveau mage, plein de ressources, il était urgent de mettre au point une nouvelle stratégie :

— Le temps presse ! rappela Pengurus. Mais il est clair que nous ne pourrons pas passer tant que cet homme nous fera barrage !

— Maintenant qu'on peut le voir, je suis sûr qu'on peut l'exploser ! affirma Chipan.

— Encore faut-il pouvoir l'atteindre... objecta Peri. Et Pengurus a raison... Nous n'avons plus le temps !

— Laissez-le-moi, proposa Hans. Dépêchez-vous de quitter la sphère, je la verrouillerai ensuite pour l'empêcher de vous retarder !

— Sans toi, nous ne pourrons pas reproduire le sort ! contesta Pengurus.

— On n'a pas le choix ! coupa Hans. Vous devrez tenir jusqu'à ce que je puisse vous rejoindre !

Devant l'évidence, Pengurus, Chipan et Peri s'extirpèrent de la sphère de Hans, qui s'empressa de suivre le plan expliqué plus tôt.

L'homme ne chercha pas à les poursuivre, comprenant qu'il lui fallait neutraliser l'utilisateur de l'Ilmu défensif pour se soustraire à la sphère qu'il avait créée.

En silence, les deux hommes se jaugèrent tout en essayant de s'intimider mutuellement :

— Tu ne m'as pas dit ton nom… commença Hans, en tentant de gagner du temps.

— Je m'appelle Hagan, mais connaître mon nom ne changera rien au triste sort qui te guette beau brun ! répliqua-t-il, confiant.

— C'est un fait, sourit Hans. Toutefois, j'aime personnaliser mon argumentation lorsque je m'apprête à annoncer une mauvaise nouvelle.

Ce fut le début d'une lutte acharnée. Hans sécréta de l'acide du bout de ses doigts. Hagan courba l'espace pour renvoyer le jet contre son émetteur, qui prit instantanément les propriétés du composé chimique :

— Tu ne peux plus me toucher à présent, joli roux ! affirma Hans, fièrement.

— Que tu crois ! ricana Hagan.

Créant une paroi imperméable entre lui et sa cible, l'homme aux lunettes frappa son adversaire avec une brutalité fracassante.

Son attaque fut sans effet contre le corps de Hans, devenu eau.

Usant et abusant de leur Ilmu pour porter le coup décisif, les deux hommes donnaient tout.

Alors que chacun rassemblait ses forces, Hans rétablit la conversation :

— Pourquoi mets-tu tant de cœur à nous empêcher de rejoindre Dewa ?

— Tout simplement parce que je refuse de te laisser le réveiller ! répondit calmement Hagan, entre deux respirations.

— Alors tu as tout faux mon pauvre ! regretta Hans. Nous sommes justement là pour empêcher Milicia de le sortir de sa prison.

— De qui tu parles ! Vous êtes les premiers à mettre les pieds sur le Sanctuaire Perdu !

XXII
« C'est impossible ! Encore ! »

Reka était parvenu à trouver un Pesawat en état de marche, aux abords de Gadis Cantik.

Loan, Xatria et Rob ne tardèrent pas à y prendre en place afin de partir vers Pang Kat.

La Princesse Loan espérait y trouver le carnet évoqué par sa Mère et confronter le soi-disant nouveau souverain de Pang Kat.

Assise à côté de Xatria, elle s'aperçut que son amie, si loyale, se crispait par moment :

— Xatria, excusez ma question, mais est-ce que tout va bien ? Vous semblez bien pâle…

— Oui, Princesse, tout va pour le mieux… répondit-elle. Reka, dans combien de temps arriverons-nous à Pang Kat ?

— Ce Pesawat n'est pas aussi performant que celui que nous avions. Toutefois, il reste performant ! Je pense que nous y serons d'ici quelques minutes.

— Dans ce cas, je vais me reposer un peu, dit Xatria en se levant pour quitter la cabine de pilotage. Nous devrons certainement nous confronter aux gardes du château.

Rejoignant la cabine de repos, Xatria prit le temps de se séparer de son armure. Elle avait beaucoup saigné suite au crash de l'appareil précédent :

« Que dois-je faire ? Je me sens si faible... Non ! Je ne peux pas faire faiblir. Je ne peux pas faire défaut au serment que j'ai fait en un moment aussi fatidique... Je dois protéger Loan, je l'ai juré. Même si ma mission doit signifier la fin de ma vie... »

Comme annoncé par Reka, le Pesawat du groupe arriva à proximité de la station de Pang Kat.

À leur grande surprise, aucun ennemi ne se manifesta pour leur barrer la route. Xatria prévint :

« Restez sur vos gardes... Ce n'est pas normal... »

Loan, Xatria, Reka et Rob progressèrent jusqu'à la salle du trône sans encombre.

Le silence qui régnait était aussi inhabituel qu'inquiétant.

Soudain, des bruits de pas résonnèrent et une voix familière se fit entendre :

« Loan... Tu es finalement revenue ! »

La Princesse, ravie d'entendre sa marraine, se réjouit :

— Marraine ! Chère Vénus ! Je suis si heureuse de constater de vous allez bien ! On m'a rapporté que vous aviez été faite prisonnière suite à l'offensive sur Gadis Cantik !

— Oui... confirma Vénus, tout en conservant un calme étrange et presque glaçant. Que viens-tu faire en ces murs ?

— Je suis au regret de vous apprendre le décès de Mère... s'attrista-t-elle. Avant de nous quitter, elle m'a demandé de me rendre au palais afin de récupérer un précieux carnet.

— Ah oui ? Et que contient ce fameux carnet ? insista la prêtresse de la beauté.

— Selon les informations qu'elle m'a données, il...

— Taisez-vous Princesse ! Intervint Xatria. Elle n'est pas dans son état normal…

— Vous non plus, mon amie… ajouta Rob. Je le devine à votre souffle pénible et saccadé…

— Fuyez, tous les trois ! ordonna la guerrière. Je ne tiendrai pas longtemps face à une telle adversaire…

— Xatria, je ne puis vous laisser ici, je peux tenter d'utiliser mon pouvoir pour neutraliser les émotions de ma marraine, proposa Loan.

— J'ai bien peur que ce ne soit pas si simple, constata Reka, muni de son petit ordinateur. Vénus semble sous emprise, mais je ne détecte aucun autre Ilmu autour d'elle. C'est très étrange…

— FUYEZ ! cria Xatria devant l'attaque imminente de la maîtresse de Gadis Cantik.

Quelques minutes plus tôt, face à la prison de Dewa, Milicia prit un instant.

Beruang, toujours à ses côtés, portait le cuiseur à riz indispensable à la libération du créateur.

Tout serait ensuite en place. Car oui, après la disparition d'Isyss, la quintessence était d'elle-même retournée au Sanctuaire Perdu.

Beruang s'avança doucement vers l'autel, puis jeta un regard à Milicia :

— Nous y sommes…

— Oui, confirma-t-elle toujours absorbée par ses nombreuses pensées.

— À toi de me dire, reprit l'homme à l'armure. On fonce ?

— Après tant d'épreuves, tant de sacrifices, il nous est impossible de renoncer… Ce vœu est notre dernière chance… Allons-y ! Et demandons à Dewa de ramener ma sœur.

Beruang disposa l'autocuiseur sur l'autel.

Celui-ci se mit à scintiller, puis à gronder, de plus en plus fort. Jusqu'à... Rejeter le cuiseur à riz. Ce qui ne tarda pas à faire réagir Milicia :

« C'est impossible ! Encore ! Je ne comprends pas, le bracelet de Hutan, la quintessence du Domaine Isolé ET ce foutu autocuiseur ! Qu'est-ce qui cloche ! »

Clôture – Le vœu d'une sœur

C'est à l'aube de ses sept printemps que les capacités hors du commun de Milicia Molko avaient été décelées. Et pour cause ! À Tahu, les plus grands professeurs avaient porté la plus grande attention à Celah Molko, la grande sœur de la télépathe.

De six ans son aînée, Celah avait séduit par son intelligence, sa perspicacité et sa maturité.

Leurs vies avaient pourtant bien mal commencé. Privées de leurs parents dans des circonstances aussi soudaines qu'inexpliquées, Celah et Milicia s'étaient retrouvées seules dans la maison familiale, située dans la banlieue de Pabrik.

Bien qu'encore jeune, Celah se souvenait avoir entendu son père, alors en entretien par le biais de son émetteur, se disputer violemment avec quelqu'un. Quelques jours plus tard, les parents partirent pour Tahu, laissant à Celah, neuf ans, le soin de s'occuper de Milicia :

« Nous ne pouvons vous emmener, mais sachez que papa et maman partent pour que, plus jamais, nous ne soyons séparés. Restez ici, essayez d'être le plus discrètes possible. Ne quittez la cave que pour aller chercher de quoi manger. Et quoiqu'il arrive, n'oubliez jamais à quel point nous vous aimons. Jamais. »

Celah appliqua les instructions de ses parents à la lettre, faisant de son mieux pour rassurer Milicia et veiller à ce que cette absence ne la bouleverse pas trop.

Mais après deux longues journées, les parents n'étaient toujours pas rentrés. Le soir venu, elles entendirent un fracas retentissant au-dessus de la cave où elles se cachaient. Le bruit des pas suggérait la présence de quatre à cinq individus. Leurs voix inconnues des petites filles criaient qu'il était primordial de les trouver et de les ramener à Tahu.

Terrifiée mais conscience de l'importance de ne pas se faire remarquer, Milicia chuchota :

— Ma sœur, peut-être que maman et papa n'ont pas pu revenir et que ces gens veulent nous ramener auprès d'eux. Tu ne crois pas ?

— Non, ma belle petite sœur. S'ils étaient venus de la part des parents, ils n'auraient pas enfoncé notre porte. N'oublie jamais Milicia, ne donne jamais ta confiance au premier venu. Ne laisse jamais à un inconnu le loisir de savoir ce qu'il y a dans ta tête ou dans ton cœur. Marquant un petit silence, Celah reprit. C'est une bonne cachette ici, ils n'auront pas l'idée de chercher la trappe de la cave sous la bibliothèque.

— Qu'allons-nous faire maintenant ? s'inquiéta Milicia.

— Il faut nous rendre à l'évidence, petite sœur, prévint Celah. Il est possible qu'il soit arrivé malheur à nos parents... Une si longue absence n'est pas normale. Quand ces intrus seront partis, nous tâcherons de partir pour Tahu.

— Aller là où on veut nous emmener ? N'est-ce pas trop dangereux ? s'alarma la fillette.

— Oui, ça l'est, déplora l'aînée. Mais c'est aussi la cité dans laquelle nos parents se sont rendus. Nous devons découvrir ce que tout cela signifie.

Blotties l'une contre l'autre, les deux sœurs patientèrent, jusqu'à ce que le silence reprenne sa place dans la maison.

Au petit matin suivant leur troisième jour de solitude, munies d'un sac plein de provisions et de larges capuchons dissimulant leurs visages, les deux gamines engagèrent leur marche jusqu'à Tahu.

Elles firent le choix de ne pas prendre les transports ou les axes fréquentés pour optimiser les chances de ne pas être repérées.

Mais la route était longue et pénible. Du haut de ses trois ans, un tel périple se relevait être un défi de taille pour Milicia. La fillette, malgré les ampoules sous les pieds et la fatigue de ses petites jambes, prenait sur elle.

Enfin ! Après trois jours de marche pénible, Tahu se dessinait à l'horizon. Mais le crépuscule naissant obligea Celah et Milicia à s'arrêter dans une petite forêt.

Alors qu'elles s'affairaient à préparer le repas et le couchage, elles entendirent des brindilles craquer sous les pas d'un homme.

Curieux de connaître la provenance de la fumée émise par le petit campement, il approcha et découvrit les deux petites :

— Ça alors ! Que font deux charmantes jeunes filles en ces lieux, à une heure aussi tardive !

— Nous sommes venues camper avec nos parents, rétorqua Celah. Ils sont partis chercher du bois et des baies !

— Sauf votre respect, chère enfant, je ne vois que deux couverts, objecta l'homme. Je comprends votre méfiance, mais s'il vous plaît, permettez-moi de vous aider. J'habite à Tahu, puis-je vous proposer de venir y passer la nuit ? Cette forêt n'est pas sûre, je ne voudrais pas qu'il vous arrive quoique ce soit, je ne me le pardonnerais pas.

— Très aimable de votre part, mais nous sommes suffisamment débrouillardes pour faire face ! déclina Celah

— Mais Celah... pleurnicha Milicia, j'ai faim... Et j'en ai marre de ne manger que des pommes de terre...

— Ne discute pas Milicia ! s'agaça la grande sœur.

— Très bien jeunes filles, poursuivit l'homme d'un ton apaisant. Si vous préférez rester ici, laissez-moi me joindre à vous. Il doit me rester quelques saucisses de ce midi, dans mon sac.

Devant la gentillesse du Tahutien, et pour calmer les sanglots de Milicia, Celah céda à la proposition de l'homme.

Tout en sortant ses provisions de son sac, l'homme instruit posa de nombreuses questions. Les réponses étaient courtes, évasives et fastidieuses à arracher.

Il changea son fusil d'épaule et raconta la vie qu'il menait à la cité du savoir. Devant cet esprit si riche d'expériences et de connaissances, Celah, tout comme Milicia, fut peu à peu entièrement captivée. Les langues se délièrent :

— Vous êtes incroyable, monsieur, complimenta Celah. Vous êtes un véritable érudit !

— Vous aussi, exprima-t-il en retour. Je suis stupéfait devant votre capacité à comprendre et à analyser tout ce jargon scientifique !

— Nos parents ont toujours été attentifs à notre éducation. Ils nous ont toujours poussées à la curiosité, à l'éveil et à l'ouverture d'esprit.

— Voilà des parents qui méritent bien des égards ! félicita l'adulte. Pourrais-je les rencontrer ? Où sont-ils en ce moment ?

— Ils sont... hésita Celah. Ils sont partis à Tahu, nous ne savons pas exactement pourquoi. Ça fait maintenant plusieurs jours... C'est la raison pour laquelle ma petite sœur et moi avons décidé de partir à leur recherche.

— Mes pauvres petites, compatit le savant. Je suis un membre éminent de Tahu, je suis le Docteur Sarjana. Peut-être puis-je contribuer à rendre vos recherches plus aisées.

C'est ainsi que Celah et Milicia rejoignirent Tahu, avec le solide espoir de revoir leurs parents.

Celah expliqua à Sarjana la colère de son père lors de sa conversation à l'émetteur, la décision de les laisser seules à la maison et l'intrusion des inconnus à leur recherche.

Sarjana essayait de rester positif, mais ne put passer sous silence la difficulté à retrouver le recruteur qui en avait après la famille Molko :

« Les recruteurs de Tahu gardent précieusement et jalousement le nom des enfants au potentiel exceptionnel pour éviter la concurrence. »

Les jours devinrent des semaines, puis des mois et des années. Le Docteur Sarjana avait bien sûr pris les deux jeunes filles sous son aile. Elles étaient ses meilleures élèves.

Milicia, une télépathe à l'Ilmu presque exponentiel. Capable de s'introduire dans l'esprit des gens, jusqu'à les manipuler selon sa convenance. Un tel pouvoir avait évidemment été passé sous silence.

Celah, quant à elle, était vue comme la femme qui succéderait au Docteur Sarjana. Mais Celah n'était pas impatiente de voir ce jour arriver. Et c'est tant mieux ! Puisque Sarjana, depuis déjà des années, ne vieillissait plus. Ce qui laissait à Celah tout le loisir de poursuivre ses travaux. Elle n'avait évidemment jamais abandonné l'idée de découvrir ce qui était arrivé à ses parents, mais ses recherches l'avaient conduite à s'intéresser à l'Histoire d'Aslinya. Et plus particulièrement à un mystérieux groupuscule mentionné, sans être nommé, dans l'un des anciens écrits.

Ces documents avaient été presque intégralement détruits après l'emprisonnement de Dewa. C'est en notant des incohérences, ici et là, que Celah avait levé le voile sur l'existence de cette organisation de l'ombre.

Comme chaque troisième jour de la semaine, Milicia s'était rendue chez sa sœur pour déjeuner. Mais cette fois-là, Celah ne l'avait pas accueillie. Cherchant sa sœur un peu partout dans la grande maison qu'elle occupait, elle finit par l'apercevoir dans son laboratoire :

« *Eh bien, ma sœur adorée ne se donne même plus la peine de se lever de sa chaise ! C'est du propre ! Pire ! À en juger par l'absence d'odeur subtile d'un plat au four, il est clair que tu n'as strictement rien cuisiné ! Tu sais à quel point je t'aime, mais là ma chère, tu files un mauvais coton !* »

Milicia, interpellée par l'absence de réaction de Celah, s'approcha d'elle et posa sa main sur son épaule :

— Celah ? Que se passe-t-il ?

— Milicia ! bondit l'aînée de sa chaise. Ma sœur, excuse-moi. Je crois que je suis sur le point de découvrir un bien sombre secret. Il pourrait s'agir de la survie des peuples d'Aslinya, tous autant qu'ils sont !

— Je suis sûre que tu exagères, grande sœur ! dédramatisa Milicia. Allons, calme-toi et…

— C'est très sérieux, petite sœur. J'ai reçu deux courriers ces trois derniers jours, s'angoissa Celah. On me somme de cesser immédiatement mes recherches… Je ne me sens plus en sécurité.

— Dans ce cas, tu ne dois pas rester seule. Ton mari est un guerrier, je suis sûre que sa présence dissuadera ton corbeau de s'en prendre à toi.

— Beruang est parti en mission à Badaï Saljy, précisa Celah.

— Voilà ce que je te propose ! lança Milicia. Je pars à la rencontre de Beruang. Toi, tu trouves un endroit sûr et tu ne parles de ta planque à personne. Si tu as le moindre problème, tu penses très fort à moi et je te porterai secours, où que je sois, par ton intermédiaire ! Il te faudra juste me laisser prendre le contrôle de ton cerveau, termina-t-elle avant de prendre congé.

« Je te demande pardon, Celah. J'aurais dû te prendre plus au sérieux... T'ai-je suffisamment répété à quel point je t'aime ?

Toi, qui m'as en partie élevée. Qui as pris soin de moi, à chaque jour merveilleux que nous avons eu le bonheur de partager.

Je suis partie pour Badaï Saljy. J'y ai su qu'il était arrivé malheur à ton époux. Je l'ai cherché longtemps. Trop longtemps.

Quand je suis rentrée à Tahu, le Docteur Sarjana m'a fait comprendre que tu n'avais pas pu m'attendre davantage.

Il m'a appris que tu avais contracté l'incurable maladie d'Akhir, qui détruit le cerveau jusqu'à te faire sombrer dans un profond coma...

Peut-être que toute cette agitation qui t'animait venait en partie de ce mal... Mais je n'ai rien vu.

J'ai attendu, jour et nuit, à ton chevet. M'as-tu entendue ? Je ne sais pas. Je préfère me dire que non... Parce que sinon, cela voudrait dire que tu as quitté notre monde sans te soucier de tout l'amour que j'ai pour toi.

Après ton départ, j'ai été contrainte d'annoncer la terrible nouvelle à Beruang, lui-même dans un état préoccupant...

Nous ne pouvions nous résoudre à continuer d'exister sans toi. J'ai donc pensé à la légende d'Aslinya, au vœu qui me rendrait ma sœur.

Sans vraiment comprendre comment, je me suis soulagée de ma conscience et de mon humanité.

Tu n'aurais pas voulu que tous ses crimes soient commis… Alors, pardonne-moi Celah. Ces vies valaient-elles d'être sacrifiées au nom de celles que tu pourras sauver ?

Je t'aime. »

Milicia Molko

Imprimé en Allemagne
Achevé d'imprimer en juin 2022
Dépôt légal : juin 2022

Pour

Le Lys Bleu Éditions
40, rue du Louvre
75001 Paris